Se soigner
autrefois

Dans la même collection

Histoire de France
sous la direction de Jean Carpentier
et François Lebrun
1989

Histoire de l'Europe
sous la direction de Jean Carpentier
et François Lebrun
1992

François Lebrun

Se soigner autrefois

Médecins, saints et sorciers aux XVIIe et XVIIIe siècles

Éditions du Seuil

Une première édition de cet ouvrage
a paru en 1983 aux éditions Messidor / Temps actuels
dans la collection « La passion de l'histoire ».

ISBN 2-02-023210-3
(ISBN 2-201-01618-6, 1re publication)

avant-propos de la seconde édition

A la mémoire de Jacques Léonard

Se proposer de rééditer, plus de dix ans après sa publication, un ouvrage d'histoire, quel qu'il soit, devrait entraîner normalement de la part de l'auteur un travail de mise à jour pour tenir compte des travaux menés à bien depuis, dans le secteur étudié, soit par l'auteur lui-même, soit par d'autres chercheurs. Si j'ai choisi de republier *Se soigner autrefois* sans en changer une ligne, c'est d'abord parce que ce livre, au moment où je l'ai écrit, n'avait d'autre prétention que de présenter une synthèse des travaux existants, mais n'était pas le fruit de recherches personnelles : la médicalisation de la société française d'Ancien Régime n'était pas pour moi — et n'est pas devenue depuis — un objet prioritaire, comme l'était, au même moment, pour Jacques Léonard, la médicalisation de la société française aux XIXe et XXe siècles. Dans ces conditions, j'aurais pu tout au plus m'appuyer sur les travaux réalisés par d'autres pour infléchir telle analyse ou telle conclusion, pour ajouter telle page sur un aspect naguère négligé, voire pour modifier profondément le panorama alors présenté.

Or une constatation s'est vite imposée à moi, que j'évoque avec prudence (ai-je bien tout recensé ?) et surtout avec regret : que ce soit pour l'Ancien Régime ou même, à un moindre degré, pour les deux siècles suivants, l'histoire de la médecine, au sens très large où l'entendait le grand initiateur que fut Jacques Léonard, est un secteur sinon déserté, du moins bien peu fréquenté. Certes, écrivant cela, je n'oublie ni les travaux de Jacques Gélis et de Jean-Pierre Goubert parus depuis 1983, ni ceux de Roselyne Rey, prématurément disparue, ni l'essai stimulant de Georges Vigarello, ni surtout les travaux d'Olivier Faure et de son équipe lyonnaise [1]. Je n'oublie pas non plus qu'un certain nombre d'historiens anglo-saxons se sont consacrés avec succès à ce secteur quelque peu laissé en friche par leurs collègues français [2]. A cet égard, la bibliographie du récent ouvrage d'Olivier Faure, *Histoire sociale de la médecine (XVIIIe-XXe siècles)* [3], fait excellemment le point des travaux publiés ces dernières années, tout en s'en inspirant pour réaliser une précieuse synthèse allant de la fin du XVIIe au milieu du XXe siècle. Quant aux problèmes posés par l'évolution actuelle de l'histoire de la médecine, ils sont évoqués dans le petit recueil collectif, *Pour l'histoire de la médecine. Autour de l'œuvre de Jacques Léonard* [4], avec notamment les articles d'Olivier Faure, Marie-José Imbault-Huart, Jean-Pierre Peter, Jacques Poirier. Renvoyant le lecteur à ces articles et à la synthèse d'Olivier Faure, je souhaite que la présente réédition, à l'identique, de mon essai écrit voilà dix ans, soit reçue comme un appel à une relance de la recherche, et je fais mien le vœu de Marie-José Imbault-Huart : « Que souhaiter d'autre sinon que l'histoire de la médecine devienne réellement une histoire qui soit à la fois celle des historiens et des médecins. Il apparaît urgent qu'elle ne soit plus amputée du savoir et de la pratique médicaux saisis par ceux qui les exercent et dont l'approche et la réflexion sont irremplaçables, pour faire de l'histoire de la médecine une discipline en pleine possession de ses moyens, à la mesure de la culture de notre époque [5]. »

François Lebrun

NOTES

1. Jacques Gélis, *La Sage-femme ou le Médecin. Une nouvelle conception de la vie*, Paris, Fayard, 1988, 560 p. Jean-Pierre Goubert, *Médecins d'hier et Médecins d'aujourd'hui. Le cas du docteur Lavergne (1756-1831)*, Paris, Publisud, 1992, 252 p. Jean-Pierre Goubert et Roselyne Rey (sous la dir. de), *Atlas de la Révolution Française, tome 7, Médecine et santé*, Paris, EHESS, 1993, 84 p. Roselyne Rey, *Histoire*

de la douleur, Paris, La Découverte, 1993, 414 p. Georges Vigarello, *Le Sain et le Malsain. Santé et mieux-être depuis le Moyen Age*, Paris, Seuil, 1993, 400 p. Olivier Faure, *Les Français et leur médecine au XIXe siècle*, Paris, Belin, 1993, 320 p. A noter aussi l'important article de Pascal Hérault, « Soigner en Montmorillonnais au début du XVIIIe siècle, d'après le "Livre des remèdes et voyages" de l'augustin Jean Rozet », *Annales de Bretagne et des Pays de l'Ouest*, 1993, p. 61-120, et les Actes du Colloque *Ambroise Paré et son temps*, Laval, 1990, 280 p. Le tome II de l'*Histoire de la population française*, sous la dir. de Jacques Dupâquier, *De la Renaissance à 1789* (Paris, PUF, 1988, 602 p.), comporte un chapitre de synthèse intitulé « L'homme devant la maladie et la mort », par Jean-Noël Biraben, Jean-Paul Gutton et François Lebrun (p. 243-286). Quant au numéro 23 de la revue *Dix-Huitième Siècle* (Paris, PUF, 1991, 562 p.), intitulé « Physiologie et médecine des Lumières » et présenté par Mirko Grmek et Roselyne Rey, il porte davantage sur la physiologie que sur la médecine ; à noter cependant l'article de Jean-Pierre Goubert, « Les chirurgiens vus par eux-mêmes, 1790-1791 » (p. 119-128).

2. Je citerai ici, dans l'ordre chronologique de leur publication, les ouvrages et articles les plus importants concernant la France aux XVIIe et XVIIIe siècles : Othmar Keel, « La problématique institutionnelle de la clinique en France et à l'étranger de la fin du XVIIIe siècle à la période de la Restauration », *Bulletin canadien d'histoire de la médecine*, 1985, p. 183-204, et 1986, p. 1-30. Colin Jones, « Montpellier medical students and the medicalisation of 18th Century France », dans Roy Porter et Andrew Wear, *Problems and Methods in the History of Medicine* (Londres, Croom and Helm, 1987, p. 57-80). Matthew Ramsey, *Professional and Popular Medicine in France, 1770-1830*, Cambridge, Cambridge University Press, 1988, 406 p. Colin Jones, *The Charitable Imperative : Hospitals and Nursing in Ancien Regime and Revolutionary France*, Londres, Routledge, 1989, 317 p.

3. Paris, Anthropos, 1994, 274 p.

4. Rennes, Presses Universitaires de Rennes, 1994, 124 p., textes réunis par Michel Lagrée et François Lebrun. Cf. aussi, « Maladies et médecine », numéro spécial des *Cahiers d'histoire*, Lyon, 1992, n° 3-4, « Dix ans d'histoire de la santé », sous la dir. d'Olivier Faure et Didier Nourrisson.

5. *Pour l'histoire de la médecine*, *op. cit.*, p. 82.

introduction

Un enfant sur quatre mourant avant un an, une espérance de vie à la naissance de l'ordre de vingt-huit ans[1] *: ces deux chiffres, caractéristiques de la démographie de la France du 18ᵉ siècle, traduisent, en soi et* a fortiori *par comparaison avec ceux d'aujourd'hui, une extrême vulnérabilité face aux maux de toutes sortes qui guettent chaque homme et chaque femme, du berceau à la tombe. L'explication d'une telle situation met en jeu de nombreux facteurs. En effet, la manière dont une civilisation répond au grand défi de la maladie et de la mort est directement liée à tous les éléments qui la constituent : croyances religieuses et explication qu'elles fournissent au mystère de la maladie, structures économiques et niveau de vie qui en découlent pour l'immense majorité de la population, connaissances scientifiques et techniques en matière médicale, place dans la société des divers praticiens de l'art de guérir.*

Pour autant, je n'entends nullement restituer dans ce livre la civilisation française d'Ancien Régime dans toutes ses dimensions, religieuse, économique, intellectuelle, sociale, et me substituer ainsi aux nombreux auteurs qui ont écrit sur le sujet et auxquels je ne peux que renvoyer[2]*. Cependant, j'ai voulu écrire autre chose qu'un chapitre d'histoire de la médecine. Il sera question ici, bien sûr, de savoir médical et de professions médicales, mais comme de simples éléments d'un ensemble plus vaste. Ce que j'ai tenté, c'est d'appréhender de façon globale l'attitude des Français des 17*e *et 18*e *siècles face à la maladie.*

*La réponse qu'ils donnent à la question qu'elle pose reste avant tout d'ordre religieux, de même que certaines des armes dont ils usent contre elle. Les techniques de guérison existent, mais sont largement impuissantes face aux maux quotidiens et aux grands fléaux épidémiques, en dépit de quelques progrès du savoir théorique, et ce n'est que timidement que se fait jour, dans la seconde moitié du 18*e *siècle, chez une partie de l'élite cultivée, une évolution mentale qui amorce la désacralisation de la maladie et rendra possibles les progrès décisifs du 19*e *siècle. C'est pourquoi, en ce domaine plus qu'en beaucoup d'autres, nos certitudes et nos distinctions trop tranchées de la fin du 20*e *siècle sont autant d'obstacles à une compréhension des réalités d'hier. Certes, déjà, à une médecine officielle représentée par les docteurs en médecine, les maîtres chirurgiens et les maîtres apothicaires dont les titres, diplômes et statuts sont reconnus par le roi et protégés comme tels, s'oppose, de manière souvent conflictuelle, une médecine parallèle constituée, en marge de la précédente, de tous ceux vers qui se tournent aussi les malades dans l'espoir de la guérison : empiriques, conjureurs, saints guérisseurs. Certes, déjà, à une médecine surnaturelle s'oppose une médecine naturelle. Les adeptes de celle-ci sont non seulement les représentants de la médecine officielle, mais aussi les empiriques sans diplôme, les uns et les autres se donnant pour tâche d'aider la nature à rétablir la santé compromise et n'usant pour cela que de « moyens naturels », selon l'expression de l'époque. Le recours au conjureur ou au saint guérisseur fait intervenir au contraire des moyens exclusivement magiques et religieux.*

*Toutefois, cette double distinction est en partie artificielle et répond imparfaitement aux réalités. Un empirique parisien particulièrement réputé peut avoir le train de vie d'un grand médecin ; un guérisseur de village se distingue souvent assez mal d'un chirurgien de campagne, et de plus, use parfois de formules magiques à l'appui de ses remèdes. Les choses se brouillent d'autant mieux que la distinction entre médecine savante et médecine populaire se révèle en grande partie anachronique, non seulement au niveau des savoirs et des pratiques qui, jusqu'au milieu du 18*e *siècle au moins, sont* *communs à tous ceux qui se mêlent de guérir, mais aussi au niveau de la clientèle qui, du roi au dernier des journaliers, fait appel, indistinctement et successivement, à tous les recours possibles, médecin, empirique, pèlerinage thérapeutique. Au-delà de certaines apparences trompeuses, ce qui frappe l'historien, c'est la même inefficacité relative du côté des thérapeutes et, du côté des malades, la même attitude mentale devant l'éventail des secours qui leur sont offerts.*

C'est cette profonde cohérence que j'ai tenté de retrouver, en arrêtant l'enquête à la fin de l'Ancien Régime. On peut discuter ce terme. La Révolution ne modifie ni les conditions générales de l'art de guérir, ni les mentalités face à la maladie. Toutefois, deux raisons m'ont semblé justifier un tel choix : d'une part, les profonds changements de structure qui affectent les professions médicales du fait de la suppression des communautés de métier et des facultés en 1790-1793 et de la réorganisation ultérieure par la loi de ventôse an XI (1803) ; d'autre part, l'évolution décisive de la médecine entre 1780 et 1820, ce que Michel Foucault a appelé la naissance de la clinique[3]. Avec l'application de la loi de 1803, avec les travaux de Bichat et de Laennec, c'est vraiment, quelles que soient les rémanences, une autre histoire qui commence et bientôt s'accélère.

1

les discours sur la maladie

la maladie, avertissement et châtiment divin

En ces siècles de foi et de pratique quasi unanime, c'est d'abord de l'Eglise que les hommes attendent une réponse cohérente et rassurante au problème posé par la maladie. Pour retrouver cette réponse, diverses voies s'offrent à l'historien. Il peut traquer dans les savants traités écrits par les théologiens les longues dissertations consacrées au sujet, dans le droit fil de l'enseignement de saint Augustin. Mais il peut aussi, et avec plus de profit, chercher comment ce sujet difficile, lié directement au mystère du mal, est présenté aux chrétiens quelconques, et d'abord dès l'enfance par l'intermédiaire de l'enseignement du catéchisme.

Dans le manuel publié en 1677 par Claude Joly, évêque d'Agen, pour les besoins de son diocèse, et dont le succès lui vaudra d'être repris par de nombreux évêques, la seizième instruction de la sixième partie est intitulée « De la maladie » et débute ainsi : « Demande. Pourquoi Dieu nous envoie-t-il des maladies ? Réponse. 1 — C'est pour mortifier notre corps et le rendre obéissant à l'esprit. 2 — Pour nous détacher de l'amour des créatures et pour nous convertir à lui. 3 — Pour nous préparer à bien mourir. » Dans la troisième partie du *Catéchisme du diocèse de Nantes* (1689) « où les vérités chrétiennes sont plus amplement expliquées que dans les deux premières réservées aux petits enfants et aux enfants qu'on prépare à la première communion », la septième demande du *Pater*, « Délivrez-nous du mal », donne lieu aux commentaires suivants : « Demande. Expliquez-nous plus clairement les maux dont nous prions Dieu d'être délivrés ? Réponse. 1 — C'est le péché. 2 — Les peines que méritent le péché, telles sont les guerres, les pestes, les famines, les afflictions. » Et plus loin : « D. Pourquoi Dieu permet-il qu'il nous arrive souvent de grands maux ? R. Parce qu'il est expédient pour sa gloire et pour le bien de notre âme. Dieu purifie par là ses élus : ce n'est pas alors un juge qui punit, c'est un père qui corrige et qui châtie. Ainsi les maux deviennent de grands biens. » Il serait inutile de multiplier les citations empruntées aux divers catéchismes ayant cours dans chacun des diocèses du royaume, car tous, sous des formes parfois un peu différentes, tiennent le même langage. De même que les autres « afflictions », la maladie, voulue par Dieu, est à la fois un châtiment et un avertissement : châtiment individuel, ou collectif en cas d'épidémie, pour les péchés des hommes ; avertissement salutaire d'avoir à faire pénitence et à se préparer à bien mourir.

Au-delà du catéchisme prodigué dans l'enfance, l'enseignement de la prédication va dans le même sens, qu'il s'agisse du prône dominical du curé ou des sermons prêchés lors des missions. On ne peut ici que citer un exemple parmi d'autres. Vers 1770, Yves-Michel Marchais, curé d'une petite paroisse rurale de l'Anjou, évoque en ces termes « les peines et les souffrances de cette vie », parmi lesquelles figurent en bonne place « les maladies et les infirmités » : « De quelque côté que nous les envisagions, les souffrances sont des traits de miséricorde à notre égard et des moyens efficaces de sanctification. Comme châtiments, elles nous rappellent à Dieu, nous font satisfaire à sa justice et nous forcent en quelque sorte de quitter le chemin de l'iniquité pour éviter les remords et les peines qui nous y accablent. Comme épreuves, elles nous purifient, perfectionnent notre vertu, nous font aimer Dieu pour lui seul et deviennent des témoignages éclatants de notre piété et de notre religion[4]. »

Enfin, un *Essai d'exhortations pour les états différents des malades* écrit au début du 18ᵉ siècle par un prêtre de Vendôme, Antoine Blanchard, et qui connaît un très gros succès dont témoignent de nombreuses rééditions, s'étend longuement sur ces mêmes thèmes. Antoine Blanchard développe d'abord la valeur curative de la maladie : « Ce mal, quoique sensible, est un véritable remède. Il afflige le corps, mais il contribue à la guérison de l'âme. C'est un don de Dieu, beaucoup plus avantageux pour son salut que la santé même qui contribue souvent à sa perte. » Comme le font maints prédicateurs dans leurs sermons, Blanchard évoque « le saint Job » qui sut reconnaître la main de Dieu derrière les maux dont il était frappé, non pas un Dieu irrité et vengeur, mais « un Père tendre qui vient au secours de son fils pour s'opposer à sa perte ». Quelques pages plus loin, Blanchard en arrive au thème du châtiment : « Les maladies ne sont pas seulement des remèdes, elles sont encore des châtiments salutaires. C'est pour ce sujet que Dieu punit parfois l'âme par les infirmités du corps. » Et il conclut par ces lignes qui résument parfaitement l'attitude de l'Eglise face à la maladie et à sa place dans l'économie du salut : « Si nous étions bien pénétrés de cette conduite de Dieu sur nous, nous regarderions d'un autre œil les maladies que la Providence nous envoie ; et au lieu de nous en plaindre, nous l'en remercierions, puisque par là elle pourvoit aux besoins de notre âme. Nous considérerions le péché comme la source primitive des maux auxquels nous sommes exposés, nous serions convaincus que c'est la maladie de l'âme qui cause celle du corps, que c'est le dérèglement de notre esprit et de notre cœur qui a mis le désordre dans les humeurs qui faisaient toute la force de notre tempérament, et que si nous sommes livrés à un très grand nombre d'infirmités et de maladies, elles sont le juste châtiment de nos révoltes et nos infidélités. »

Ce langage est rappelé avec une force accrue lors des grands fléaux collectifs que sont les épidémies. C'est le cas notamment lors des pestes du 17e siècle, à l'occasion soit des prières et des vœux au début du fléau, soit des processions d'actions de grâce lors de sa disparition. Les mandements épiscopaux qui ordonnent ces prières évoquent tous l' « ire de Dieu » qui est à l'origine de l'épidémie et qu'il convient donc d'apaiser par la pénitence et la conversion collectives[5]. Les références constantes à cette cause première se trouvent d'ailleurs confortées par l'impuissance des hommes face au terrible mal. « Le nombre et l'habileté des médecins, écrit un bourgeois de Marseille lors de la peste de 1720, ne servaient, ce semble, qu'à faire voir que toutes nos industries et les secours humains ne peuvent rien contre la sévérité d'un Dieu en colère. » Les épidémies autres que la peste sont, elles aussi, l'occasion de faire des variations sur ce thème inlassablement répété et banal à force d'être entendu. Lors de la dysentrie qui ravage une partie de l'Anjou et des provinces voisines en 1707, l'évêque d'Angers affirme dans un mandement du 30 septembre que Dieu ne fait que punir des coupables : « Il ne nous livre à la corruption de notre corps que pour nous punir de celle de notre âme. Ce sont, pour ainsi dire, les vapeurs de nos crimes qui ont répandu dans l'air la malignité dont nous nous plaignons [...]. C'est pour tâcher de calmer le Tout-Puissant justement irrité contre nous, que nous vous exhortons à redoubler vos prières, à ranimer votre ferveur, à vous purifier de vos péchés que vous devez regarder comme la source de vos malheurs. »

Qu'elle soit un avertissement ou un châtiment, la maladie est toujours un don de Dieu. Dans ces conditions, le devoir du chrétien est de la supporter non seulement avec patience, mais même avec joie, comme un signe d'élection. Louis-Marie Grignion de Montfort écrit en 1703 à sa sœur tombée malade au cours de son noviciat : « Ma chère sœur, je me réjouis d'apprendre la maladie que le Bon Dieu vous a envoyée pour vous purifier comme l'or dans la fournaise. J'envie quasi votre bonheur [...]. Le Saint des saints voit des taches où la créature ne voit que des beautés. Souvent sa miséricorde prévient en nous sa justice en nous purifiant par la maladie qui est le fourneau ordinaire où il purifie ses élus. Quel bonheur pour vous de ce que Dieu veut lui-même purifier et apprêter sa victime selon son goût ! » A une telle réaction fait écho celle d'un « ancien anachorète » cité en exemple par l'auteur des *Maximes pour se conduire chrétiennement dans le monde* (1749). Ce saint homme, « d'une santé tout à fait ruinée par les austérités », souffrait continuellement de « très grandes douleurs à l'estomac et à la poitrine ». Pourtant, un jour, ses douleurs diminuèrent, puis disparurent, tant et si bien qu'il resta plus d'un an sans souffrir. « Plus affligé que surpris, les larmes aux yeux, il ne cessait de s'en plaindre tendrement au Seigneur. Ah ! vous m'avez abandonné, disait-il, ô mon Dieu. Hélas ! malheur à moi ! Par quelle faute ai-je mérité que vous ne m'ayez point visité pendant tout le cours de cette année ? » On connaît la *Prière pour demander à Dieu le bon usage des maladies* dans laquelle Blaise Pascal écrit entre autres : « Vous m'avez donné la santé pour vous servir et j'en ai fait un usage tout profane. Vous m'envoyez maintenant la maladie pour me corriger : ne permettez pas que j'en use pour vous irriter par mon impatience. J'ai mal usé de ma santé, et vous m'en avez puni : ne souffrez pas que j'use mal de votre punition. »

Une telle attitude, réservée à l'évidence aux âmes d'élite, risque de déboucher tout naturellement sur l'indifférence, voire sur la haine à l'égard de son propre corps et, à la limite, sur le refus d'intervenir par des moyens humains pour recouvrer la santé. Il existe des exemples de telles outrances, soit dans la vie de certains saints adeptes de mortifications extraordinaires, soit dans les discours de prédicateurs ou d'auteurs d'ouvrages d'édification. Pourtant, l'enseignement traditionnel de l'Eglise a toujours refusé cette périlleuse extrémité. Un chrétien frappé par la maladie doit, certes, commencer par répondre à l'avertissement de Dieu en songeant à son âme, mais aussitôt après, il doit s'efforcer de pourvoir à la guérison de son corps par tous les moyens licites en son pouvoir. C'est ce qu'exprime Fénelon lorsqu'il met ces mots dans la bouche de Mentor s'adressant à Télémaque : « Ce n'est pas assez d'être prêt à recevoir tranquillement la mort, il faut, sans la craindre, faire tous ses efforts pour la repousser. » C'est ce qu'exprime aussi de façon plus explicite, en son style rugueux, le curé Marchais qui n'est pourtant pas suspect de laxisme : « Ce n'est pas cependant, mes frères, que tous ces avis ni même aucun d'eux tendent à inspirer ou seulement autoriser cet esprit d'insensibilité et d'indifférence, de nonchalance ou de paresse qui ne s'émeut de rien et laisse tout porter sans vouloir agir, ni employer à propos les moyens naturels et raisonnables pour se soulager à l'occasion. Une pareille méthode ne sera jamais une soumission chrétienne et méritoire, mais simplement une bizarrerie, une puérilité et une folie la plus ridicule. Je dis au contraire que des malades et des infirmes peuvent et doivent chercher leur guérison dans les remèdes naturels, se servir de ceux que le Seigneur a créés pour cette fin et employer tout ce qu'ils croient pouvoir leur être utile pour se soulager. »

Toutefois, cette intervention de l'homme sur son propre corps a des limites. Elle exclut d'abord le recours à des moyens surnaturels relevant de la magie. Dans le sermon cité plus haut, Marchais poursuit : « Pourvu que dans ces remèdes et soulagements, il n'y ait rien que de bien légitime et purement naturel, sans paroles ni autres moyens extraordinaires, ce qu'on appelle superstition. » Cette intervention de l'homme exclut aussi, du moins en théorie, les différentes formes de « médecine de précaution ». C'est le fond même du débat provoqué au 18e siècle par la pratique de l'inoculation de la petite vérole. Le débat est ouvert en 1735 par la publication des *Lettres philosophiques* de Voltaire qui, dans sa onzième lettre, préconise avec fougue cette pratique déjà introduite en Angleterre. La controverse rebondit à partir de 1755 lorsqu'à l'instigation du médecin genevois, Tronchin, se répand en

France la variolisation, les premières inoculations* ayant lieu à Paris en 1755 et 1756, notamment celles des enfants du duc d'Orléans. L'attitude de l'Eglise devant cette nouveauté est réticente et embarrassée. Nombreux sont les ecclésiastiques qui tranchent dans le sens d'une condamnation sans appel. « Parmi les personnes d'une haute dévotion, racontera plus tard le chancelier Pasquier dans ses *Mémoires,* il n'en manquait pas qui disaient que c'était tenter Dieu que de donner à une créature humaine une maladie qui ne lui serait peut-être pas venue naturellement, et une notable partie du clergé abondait dans ce sens. » De fait, si l'on en croit le subdélégué de Guingamp en 1775, les curés bretons y voient « un crime contre la loi divine ».

Par contre, dès 1715, dans le compte rendu de l'ouvrage d'un médecin grec de Constantinople, les jésuites des *Mémoires de Trévoux*[1] se montrent partisans de la méthode. De même, en 1724, ils rendent compte très favorablement de la *Lettre sur l'inoculation* de La Coste. Il est vrai qu'en 1756, ces mêmes *Mémoires de Trévoux** se montrent partisans de la méthode. De même, en 1724, l'inoculation n'a pas été universellement approuvée et quelques canonistes l'ont censurée comme une pratique illicite. » Et l'auteur de l'article de conclure qu'il faut porter le débat sur le plan scientifique et juger la méthode d'après ses résultats : « C'est aux maîtres de l'art à continuer leurs observations avec un zèle exempt de passion et de partialité[6] ». Les pages qu'en 1776 les *Conférences ecclésiastiques d'Angers* consacrent à la question sont révélatrices d'un grand embarras : « De savoir maintenant si, en pleine santé, on peut prendre ou conseiller des remèdes qui mettent la vie en danger, pour prévenir des maladies à venir, incertaines quant au temps où l'on pourra en être attaqué et dont peut-être on ne le sera jamais [...], c'est, ce semble, exposer sa vie gratuitement ou au moins témérairement, ce qui est contre tous les principes. » Mais après cette condamnation théorique, le rédacteur des *Conférences* rappelle que ni la Sorbonne, ni les évêques n'ont cru devoir se prononcer, refuse donc de « donner aucun conseil sur cette matière » et finalement conclut en ces termes : « Nous ne croyons point devoir condamner un père coupable d'avoir exposé la vie de son enfant par un préservatif dont mille expériences ont prouvé l'efficacité. »

Mais tout en se refusant à une condamnation officielle et sans appel de l'inoculation, l'Eglise ne peut que réprouver l'éloge sans

* Les mots suivis d'un astérisque sont expliqués dans le *Lexique,* en fin de volume.

mesure qu'en font certains philosophes qui y voient, comme Diderot, une victoire contre les préjugés et « le triomphe de l'art sur la nature ». Dieu reste seul maître de la vie et de la mort, de la santé et de la maladie. Celle-ci est bien un avertissement providentiel et un instrument d'ascèse spirituelle avant d'être un mal naturel. Intéressant à la fois l'âme et le corps, elle relève à la fois du prêtre et du médecin, et l'un et l'autre sont étroitement associés au chevet du malade, au point que leur action connaît certaines interférences. C'est ainsi que le premier devoir du médecin est de veiller à ce qu'un malade dangereusement atteint se confesse. Le Concile du Latran de 1215 a formulé de façon précise cette obligation, reprise ensuite par les statuts de tous les diocèses. L'évêque de La Rochelle, par exemple, rappelle ce devoir en 1710 : « L'Eglise a jugé qu'il était si important aux malades de donner leurs premiers soins à la guérison de leurs âmes, avant que de songer à guérir leurs corps, qu'elle ordonne aux médecins, quand ils jugent la maladie dangereuse, d'avertir les malades de se confesser au plus tôt, qu'autrement, ils ne les visiteront plus[7]. » La déclaration royale du 9 mars 1712 fait de cette prescription ecclésiastique une obligation légale en défendant aux médecins, après la troisième visite, de retourner chez un malade gravement atteint si on ne leur présente pas un certificat du confesseur.

Mais, dans le même temps, les prêtres — en dehors du fait que quelques-uns d'entre eux jouent, on le verra, le rôle de guérisseur — apparaissent dans certaines de leurs fonctions, notamment l'administration de l'extrême-onction, comme des agents efficaces de la guérison des corps. Tous les textes le disent à l'envi, sermons, statuts synodaux, catéchismes, conférences ecclésiastiques : à côté de ses effets d'ordre spirituel, l'extrême-onction « rétablit la santé du corps lorsque cela est expédient pour le salut de l'âme du malade ». Ainsi se trouve confirmée à travers l'enseignement constant de l'Eglise et les pratiques qui en découlent, la signification profondément ambiguë qu'elle attribue à la maladie.

les médecins de Diafoirus aux hommes de science

Le discours des médecins s'inscrit tout naturellement dans celui de l'Eglise : Dieu est la cause première, dont nul ne nie l'existence, ni le pouvoir, du moins ouvertement. Quant au rôle des causes secondes dans l'irruption de la maladie dans un corps sain, il est l'objet de théories diverses qui doivent davantage au respect littéral des grands médecins de l'Antiquité et à une conception naturaliste de l'univers qu'à l'observation clinique. Le monde visible et le monde invisible forment un tout à l'intérieur duquel existent de multiples correspondances : « Tout est dans tout et réagit sur tout. » Il convient donc d'attacher une importance extrême à tous les phénomènes à la fois. Ceux qui se produisent dans ce microcosme qu'est le corps humain, et notamment l'irruption de la maladie, sont en relation avec ceux qui ont pour théâtre le macrocosme, l'univers, ciel et terre. Aux quatre éléments * du macrocosme — la terre, l'eau, le feu et l'air — et à leurs qualités respectives — le sec, le froid, le chaud et l'humide — répondent les quatre humeurs, substances liquides que l'on trouve dans le corps humain : le sang sécrété par le cœur est chaud et humide, la pituite ou phlegme sécrétée par le cerveau est froide et humide, la bile sécrétée par le foie est chaude et sèche, l'atrabile ou mélancolie sécrétée par la rate est froide et sèche. Selon qu'une humeur l'emporte sur les autres, un individu sera de tempérament sanguin, phlegmatique, bilieux ou mélancolique.

Dans un homme en bonne santé, les humeurs sont de quantité et de qualité normales. Par contre, quand elles deviennent « peccantes » *, c'est-à-dire qu' « elles ont de la malignité ou de l'abondance », c'est la maladie : « Toutes les maladies ne sont causées que par des humeurs peccantes qu'il faut évacuer. » Dans cette dernière définition de son *Dictionnaire universel* (1690), Furetière se montre beaucoup plus péremptoire qu'à l'article « maladie », dans lequel, prudent, il laisse la porte ouverte à d'autres causes que la théorie humorale : « Maladie, dérèglement qui arrive dans le corps, qui altère la santé, soit par la prédominance de quelque humeur, soit pour autre cause. » En fait, les débats théoriques sur l'origine et la signification de la maladie n'ont quelque intérêt que dans la mesure où ils débouchent sur une conception précise du rôle de la médecine et du médecin.

Ici deux grandes écoles s'opposent tout au long des deux siècles et jusqu'au début du 19e siècle [8] : la médecine agissante et la médecine expectante *. Pour les tenants de la première, la maladie peut résulter non seulement d'une surabondance ou d'une altération de l'une ou l'autre des humeurs, c'est-à-dire du contenu, mais aussi d'une obstruction, absolue ou relative, des organes qui les sécrètent (cœur, cerveau, foie, rate) et des canaux qui les véhiculent, c'est-à-dire du contenant. Il faut donc lutter sur les deux fronts, d'une part en évacuant les humeurs peccantes par la saignée ou en diminuant leur acidité par les édulcorants, d'autre part en supprimant les obstructions ou engorgements par les purgatifs. On reconnaît là le *saignare, purgare et clysterium donare* dénoncé par Molière. Pour les tenants de la médecine expectante, remise à la mode au 18e siècle par les disciples du médecin et chimiste allemand Stahl, auteur en 1730 de *L'Art de guérir par l'expectation,* la nature fait bien ce qu'elle fait, c'est donc elle la grande guérisseuse, la *Natura medicatrix* chantée par Hippocrate *. Le rôle du médecin est de la laisser faire, car elle tend spontanément à évacuer les humeurs viciées. Tout au plus convient-il de l'aider dans cette tâche en pratiquant, avec discrétion et discernement, saignées, purgations et clystères. Au total, la différence entre les deux médecines réside dans le type d'intervention du médecin face à la maladie : initiative brutale ou aide discrète, avec toutes les nuances possibles entre ces deux attitudes.

Mais, au-delà des querelles d'écoles, la réflexion des médecins sur leur art et ses possibilités connaît dans la seconde moitié du 18e siècle une évolution capitale. La mise en place, au 17e siècle, de la science moderne qui, à l'opposé du naturalisme magique du Moyen Age et de la Renaissance, s'appuie sur le doute méthodique et le primat de la raison et de l'expérience, n'a longtemps aucun effet sur la médecine qui reste esclave de ses théories invérifiées et de son attachement servile aux grands maîtres de l'Antiquité. Les médecins du 17e et de la première moitié du 18e siècle font preuve le plus souvent d'une sorte de fatalisme. Leur attitude s'aligne d'autant plus aisément sur celle de l'Eglise qu'ils sont dans beaucoup de cas impuissants à comprendre la maladie autant qu'à la guérir. L'attitude de ce médecin parisien envoyé en Provence où sévit la peste en septembre 1720, est révélatrice à cet égard. A la question « Quel est le traitement de la peste ? » qui lui est posée par les notables d'Apt réunis au palais épiscopal, il fait cette réponse : « Attendu que la peste est un fléau que Dieu envoie sur la terre pour châtier les hommes qui semblaient méconnaître sa toute-puissance, le génie médical, semblable à une étoile scintillante, pourra seul, dans l'avenir, par une inspiration sublime ou par une évocation, réussir à soulever le voile qui couvre encore le secret du remède spécifique de sa guérison, que la nature, tour à tour prodigue et avare, se plaît encore à conserver parmi ses recettes occultes ; en attendant, l'on n'aura rien de mieux à faire pour s'en préserver et pour en guérir que de placer sa confiance en sainte Anne, en saint Roch et aux saints patrons du pays[9]. »

Par contre, certains de ses confrères commencent à partager, à partir de 1750, l'optimisme des Lumières. Soutenus et encouragés par le mouvement philosophique, ils sont convaincus des possibilités infinies de la médecine. Cette conviction est méritoire, car elle ne peut s'appuyer sur aucun progrès sensible dans l'art de guérir qui fait preuve, à peu de chose près, de la même désolante impuissance qu'un siècle plus tôt. La place privilégiée qu'occupent la médecine et les médecins dans l'*Encyclopédie*, dont la publication s'échelonne de 1751 à 1766, est révélatrice de ce nouvel état d'esprit[10]. Diderot est lui-même passionné de biologie et a traduit en français dès 1746 le *Dictionnaire universel de médecine* de l'Anglais Robert James. De très nombreux médecins figurent parmi les collaborateurs de l'entreprise. C'est le cas d'abord du chevalier de Jaucourt, ancien élève du grand médecin hollandais Boerhaave et devenu le bras droit de Diderot dans la rédaction de l'*Encyclopédie* dont il a écrit de très nombreux articles. Mais c'est aussi le cas de quelques-uns des plus grands médecins du temps, notamment Barbeu du Bourg, Bordeu, Daubenton, Quesnay, Tronchin, Vicq d'Azyr. Par ailleurs, le nombre des articles médicaux, dont certains très longs et documentés, est particulièrement important. A l'*Encyclopédie*, s'ajoutent dans le même temps, des ouvrages de vulgarisation médicale. Certes, le 17e siècle a déjà connu la diffusion de tels ouvrages dont le plus célèbre, on le verra, est celui de Mme Fouquet ; mais il s'agissait alors de livrets à bon marché qui étaient l'œuvre non de médecins, mais de personnes charitables. Ce qui est nouveau, à partir de 1760 environ, c'est non seulement la prolifération de ce type de livres, mais surtout le fait qu'ils sont écrits désormais par des médecins. Citons seulement les deux plus célèbres et les plus constamment réédités, le *Dictionnaire portatif de santé*, de Vandermonde (première édition 1759) et surtout l'*Avis au peuple sur sa santé*, du médecin suisse André Tissot (première édition 1761).

Ce dernier précise dans son introduction le but qu'il s'est

assigné : « Le titre d'*Avis au peuple* n'est point l'effet d'une illusion qui me persuade que ce livre va devenir une pièce de ménage dans la maison de chaque paysan. Les dix-neuf vingtièmes ne sauront sans doute jamais qu'il existe, plusieurs ne sauraient pas le lire, un plus grand nombre, quelque simple qu'il soit, ne le comprendrait pas, mais je le destine aux personnes intelligentes et charitables qui vivent dans les campagnes et qui, par une espèce de vocation de la Providence, sont appelées à aider de leurs conseils tout le peuple qui les environne. » Et il énumère ensuite les personnes ainsi visées : « MM. les pasteurs », les seigneurs, « les personnes riches ou au moins aisées », les maîtres d'école, les chirurgiens, les sages-femmes.

Or, ce qui sous-tend ces divers ouvrages, c'est la conviction que face à la maladie et à la mort, l'homme peut beaucoup et pourra toujours davantage, que bien des maux jugés inévitables jusque-là ne le sont pas, qu'une information largement diffusée de quelques principes simples relevant plus de l'hygiène et de l'art de vivre que de la médecine, est susceptible d'armer les hommes, y compris les plus pauvres, et de les aider à entamer le front de la mort. Oui, celle-ci peut et doit reculer. C'est cette conviction qui anime tous ceux qui, à partir de 1760, refusent de considérer comme inéluctable l'hécatombe des enfants, notamment au berceau, et préconisent diverses mesures pour la limiter. Entre 1760 et 1770, il paraît en France une quarantaine d'ouvrages traitant de l'enfance, œuvres notamment de médecins, de chirurgiens ou de sages-femmes, par exemple en 1760 le *Traité de l'éducation corporelle des enfants en bas âge* de Des Essartz, dont s'inspire deux ans plus tard Jean-Jacques Rousseau dans l'*Emile,* ou l'*Avis aux mères qui veulent nourrir leurs enfants* de Mme Le Rebours, sage-femme, en 1767. C'est cette même conviction qui explique les efforts entrepris, surtout après 1770, par les intendants et bientôt la Société royale de médecine, pour lutter de façon aussi efficace que possible contre les épidémies. De leur côté, Buffon, Maupertuis ou Condorcet en arrivent à prédire que les bornes de la vie humaine peuvent être repoussées quasi indéfiniment. Au propos de Buffon, « le philosophe doit regarder la vieillesse comme un préjugé, comme une idée contraire au bonheur de l'humanité », fait écho celui de Condorcet, « la nature n'a mis aucun terme à nos espérances ».

Et pourtant c'est en 1765 que Jaucourt conclut l'article « Médecine » de l'*Encyclopédie* par cette phrase désabusée : « Si l'on vient à peser mûrement le bien qu'ont procuré aux hommes depuis l'origine de l'art jusqu'à ce jour, une poignée de vrais fils d'Esculape, et le mal que la multitude immense de docteurs de cette profession a fait au genre humain dans cet espace de temps, on pensera sans doute qu'il serait beaucoup plus avantageux qu'il n'y eût jamais de médecins au monde. » Le paradoxe n'est qu'apparent. Les hommes des Lumières — et les meilleurs des médecins en tête — sont conscients des capacités d'intervention limitées de l'art de guérir, voire même trop souvent de sa nocivité lorsqu'il est pratiqué par des inconscients bardés de faux principes, mais en même temps ils sont persuadés non seulement que la « saine philosophie » lui fera faire inéluctablement les progrès nécessaires, comme c'était déjà le cas pour les autres sciences, mais qu'en attendant, la diffusion dans le peuple de simples mesures de bon sens peut faire reculer la mort. L'idée que l'homme est capable de maîtriser la maladie a ainsi précédé d'un demi-siècle au moins la naissance de la clinique et les premiers progrès de la médecine. Mais cette idée même les a rendus possibles.

le savoir populaire

Tissot a raison : les écrits des médecins ne dépassent guère un cercle étroit de gens cultivés et, en tout cas, n'atteignent pas le « gros du peuple ». Celui-ci s'est forgé sa propre image de la maladie et l'a intégrée dans une conception générale du monde. Il existe ainsi un fonds de savoir populaire relatif à la santé et à son contraire, qu'il n'est pas facile d'appréhender dans la mesure où la culture traditionnelle des classes populaires, urbaines et rurales, est en grande partie orale. C'est pourquoi les proverbes, quand ils sont bien datés comme les *Curiosités françaises* d'Antoine Oudin (1640) ou le *Recueil des plus illustres proverbes* de Jacques Lagniet (1657), sont des échos d'autant plus intéressants à écouter, de ce savoir populaire. Dans leur ouvrage consacré à « la santé et la maladie dans les proverbes français », Françoise Loux et Philippe Richard donnent 396 proverbes sur « maladie et déviance », 188 sur « les attitudes envers la maladie », 349 sur « les procédés thérapeutiques ». Parmi beaucoup d'autres sur le corps, l'hygiène, les âges de la vie, la mort, ces quelque mille proverbes expriment d'abord l'idée que la maladie est le fléau suprême, pire que la pauvreté (« Mieux vaut corps que bien » ; « Santé vaut mieux que richesse »). Contre elle, il faut compter surtout sur Dieu (« Dieu qui donne la plaie donne le remède » ; « C'est la foi qui guérit »), sur ses saints (« Saint qui ne guérit pas n'a guère de pélerin » ; « Devant saint Blaise, tout mal s'apaise » ; « Saint Thiébault guérit tous les maux »), sur les herbes des champs (« Qui a de la rue, Dieu l'aide » ; « La sauge sauve » ; « L'herbe de la véronique, au médecin fait la nique » ; « La menthe lave de tout mal »), sur soi-même (« Bon médecin qui se guérit soi-même »), mais sûrement pas sur la médecine officielle et ses représentants à l'égard desquels la méfiance est totale et s'exprime de mille façons : « A la fièvre et à la goutte, les médecins ne voient goutte » ; « Médecins et maréchaux font souvent mourir gens et chevaux » ; « Les jeunes médecins font les cimetières bossus » ; « Quand le médecin est près, je vois la mort et sa queue » ; « Dieu guérit et le médecin encaisse ».

A un niveau plus élaboré, toute une littérature diffusée par les colporteurs et destinée, directement ou indirectement, aux gens du peuple, véhicule un discours médical qui fournit au moins un reflet de ce savoir populaire sur la maladie. C'est le cas des almanachs en tous genres, notamment le *Grand Calendrier et compost* des bergers* publié pour la première fois à Troyes en 1494 et dont le prologue précise : « A ce propos de vivre et mourir, disait ce berger que la chose laquelle désirait plus au monde était longuement vivre, et celle qu'il craignait plus était tôt mourir, [aus]si mettait son entendement et sa cure de savoir et faire choses possibles et requises pour vivre longuement, sainement et joyeusement, que ce présent compost et calendrier des bergers enseigne et apprend. » C'est le cas des multiples éditions du *Petit Albert* et du *Grand Albert et ses secrets merveilleux,* traités de magie * blanche et noire attribués à saint Albert le Grand. C'est le cas de *L'Agriculture et Maison rustique* de Charles Estienne et Jean Liébaut, publié en 1564, constamment réédité et qui, sans comporter de chapitre particulier sur la maladie, est à ce point imprégné du sujet que les auteurs (Estienne, il est vrai, est médecin) ont donné à la fin une « Table des maladies où les remèdes desquelles sont décrits ès sept livres ». C'est le cas des livrets à bon marché du type *L'Apothicaire charitable,* « enseignant à faire à la maison les médicaments composés avec grande facilité à peu de frais et peu de temps », ou *Le Médecin des pauvres,* recueil en douze pages de « prières et oraisons prévues contre le mal de dents, les coupures, les rhumatismes, les fièvres, la teigne, la colique, les brûlures, les mauvais esprits, etc. ». C'est le cas du livret de Philbert Guibert, *Le Médecin charitable,* de celui de Paul Dubé, *Le Médecin et le Chirurgien des pauvres*, paru en 1669 et réédité sept fois jusqu'en 1728, de celui de dom Nicolas Alexandre, *La Médecine et la Chirurgie des pauvres* (1714), enfin du plus célèbre de tous, le *Recueil des remèdes faciles et domestiques* de Marie de Maupeou, épouse de François Fouquet et mère du surintendant, paru en 1675 et réédité seize fois jusqu'en 1740.

Tous ces livres et livrets sont à mi-chemin entre la littérature savante et la littérature populaire. S'ils empruntent une partie de leur substance à la science médicale de leur temps, ils se situent délibérément du côté des savoirs et des pratiques populaires. Ainsi dom Alexandre défend en ces termes, dans l'avertissement de sa *Médecine et Chirurgie des pauvres*, les remèdes qu'il préconise : « On s'attend bien qu'étant composés d'ingrédients communs, et même dégoûtants, ils seront méprisés et rejetés par les riches et par les personnes qui affectant en tout des airs de grandeurs, même jusque dans l'usage des remèdes, n'estiment que ceux dans lesquels il n'entre que des drogues rares, venues des Indes et à grands frais, et dont cependant très souvent l'effet le plus sensible est de vider leur bourse sans leur rendre la santé, pendant que les gens du commun se guérissent promptement et parfaitement des mêmes maladies par des remèdes simples et familiers, que leurs médecins n'osent souvent leur proposer, ou par crainte de blesser leur vanité et leur délicatesse, ou de passer eux-mêmes pour des médecins à remèdes de bonnes femmes, car c'est ainsi qu'on les appelle pour les rendre méprisables, quoiqu'il arrive tous les jours que des malades, après avoir usé très longtemps et inutilement des compositions les plus pompeuses de la médecine, sont guéris promptement par un remède indiqué par un paysan ou une femmelette. »

On ne s'étonne pas dans ces conditions que de tels ouvrages aient encouru la condamnation condescendante d'un Tissot : « Je n'ignore pas que l'on a déjà quelques ouvrages destinés pour les malades de la campagne qui sont privés de secours ; mais les uns, quoique faits dans un bon but, produisent un mauvais effet ; de cette espèce sont tous les recueils de remèdes sans description de maladie, et par là même sans aucune règle sûre pour l'application, tel par exemple que le fameux recueil de Mme Fouquet, et quelques autres dans le même goût. »

Tels quels, ces divers imprimés, eux-mêmes relayés par de multiples copies manuscrites, cahiers de recettes ou grimoires plus ou moins magiques, expriment à leur façon la pensée populaire. Celle-ci tient sa profonde cohérence d'une interprétation animiste du monde, qui allie, en un ensemble fort composite, les données du christianisme à des éléments pré- ou para-chrétiens et qui est partagée encore aux 17e et 18e siècles, on l'a vu, par toute une partie des élites cultivées, notamment les médecins, qui ne l'abandonnent que peu à peu, non sans bien des rémanences. Dans une telle perspective, aucune frontière n'existe entre ordre naturel et ordre surnaturel. Dieu et Satan sont constamment à l'œuvre dans le monde pour le bonheur ou le malheur des hommes et sont, en particulier, les maîtres de la santé et de la maladie, celle-ci n'étant rien d'autre que l'irruption dans le corps de forces néfastes d'origine surnaturelle. Le discours du clergé qui présente la maladie comme un avertissement et un châtiment envoyés par Dieu, est donc assimilé, mais complété, en quelque sorte, par la croyance en l'intervention possible du sorcier, « suppôt » de Satan. Cette conception du monde qui aurait pu entraîner fatalisme et impuissance, débouche en fait sur une attitude dynamique, car l'homme n'est pas totalement désarmé devant les forces mystérieuses qui l'agressent. Il peut mettre en œuvre diverses pratiques soit pour prévenir le mal, soit pour s'en guérir s'il n'a pu l'éviter. Ces pratiques, préservatrices et curatives, mêlent inextricablement médecine, christianisme et magie. Si les seules armes naturelles, notamment le recours aux plantes, se révèlent trop souvent insuffisantes, c'est que la maladie, divine ou diabolique, ne peut céder en fin de compte qu'à des pouvoirs thaumaturgiques *. celui qui fait des miracles.

Ainsi, au moins jusqu'au milieu du 18e siècle environ, y a-t-il accord général entre les trois discours, ecclésiastique, savant et populaire, sur le malheur biologique et les armes dont on peut user contre lui. Même quand il y a dissonances, celles-ci se situent à l'intérieur d'une même conception du monde.

2

la médecine officielle : formation et savoirs

les facultés et les collèges de médecine

L'enseignement de la médecine est officiellement assuré, au 17e siècle, dans une vingtaine de facultés dépendant d'une université et seules habilitées à décerner les différents grades, baccalauréat, licence, doctorat. Mais il faut tout de suite nuancer les choses. A côté des facultés qui comme Paris, Montpellier, Toulouse, Reims, Strasbourg, assurent un enseignement régulier, comptent de nombreux étudiants et donnent des grades appréciés, d'autres comme Orange, Valence, Bourges, Poitiers, Nantes, n'ont qu'une existence théorique ou épisodique, avec un enseignement soit inexistant, soit intermittent. Entre ces deux extrêmes, Douai, Pont-à-Mousson (transférée à Nancy en 1768), Dole (transférée à Besançon en 1691), Caen, Angers, Bordeaux, Perpignan, Aix, Grenoble ont des ressources, des activités d'enseignement et un rayonnement plus ou moins réduits. En principe, les docteurs issus d'une faculté ne peuvent exercer que dans le ressort territorial de celle-ci. Seuls les docteurs de Paris et de Montpellier peuvent exercer dans tout le royaume et

FACULTES et COLLEGES de MEDECINE au XVIIIe SIECLE

même « dans le monde entier », en vertu d'un privilège reçu de la Papauté.

La durée des études, la nature des épreuves exigées pour l'obtention des divers grades, le nombre et la réputation des professeurs, dits docteurs-régents*, varient considérablement d'une faculté à l'autre. A Paris, dans les bâtiments de la rue de la Bûcherie, en face de l'hôtel-Dieu, il existe quatre chaires d'enseignement : choses naturelles et non naturelles (c'est-à-dire anatomie, physiologie et hygiène), choses contre-naturelles (c'est-à-dire pathologie et thérapeutique), chirurgie, botanique ; une cinquième chaire, de pharmacie, est créée en 1696. Les titulaires de ces chaires sont élus pour deux ans, de même que le doyen, parmi l'ensemble des docteurs-régents de la faculté. Les étudiants doivent être catholiques. Même sous le régime de l'édit de Nantes (1598-1685), les protestants sont exclus et doivent aller ailleurs, par exemple à Montpellier où ils sont acceptés. Les études durent de six à sept ans et sont jalonnées par une série d'examens qui consistent le plus souvent en thèses disputées devant professeurs et étudiants. Au total, il en coûte, en frais divers, au nouveau docteur de Paris, plusieurs milliers de livres. Dans certaines facultés de province, l'enseignement est beaucoup plus sommaire, les frais moins importants et l'obtention des grades plus facile. Mais dans tous les cas, le contenu même de l'enseignement est essentiellement formel et théorique, l'intervention de l'observation ou de l'expérience restant tout à fait exceptionnelle. Les écrits d'Aristote, d'Hippocrate* et de Galien* ont valeur de dogmes. Aussi la méthode d'enseignement la plus répandue consiste-t-elle pour le maître, en robe longue et bonnet carré, à lire du haut de la chaire un chapitre des écrits de l'un ou l'autre des trois grands Anciens, en traduction latine, en agrémentant cette lecture d'un commentaire également en latin. Toutes les matières, y compris l'anatomie, s'enseignent de cette façon, à Paris ou à Montpellier comme dans la plus médiocre faculté de province. Le dogme de l'infaillibilité des Anciens conduit à se figer dans le passé et à repousser toute découverte, fruit de l'observation : « Ce n'est pas dans Hippocrate. »

Au sujet de cet enseignement médical des années 1650, l'historien Jacques Roger peut porter à juste titre ce jugement sévère : « Tout reste schématique et abstrait, et il semble difficile de retirer de cet enseignement autre chose qu'une certaine habileté à raisonner sur des concepts privés de contenu réel. » Et Molière force à peine le trait lorsqu'en 1673 il met dans la bouche du docteur Diafoirus cet éloge de son fils Thomas en cours d'études rue de la Bûcherie : « Il est ferme dans la dispute, fort comme un Turc sur ses principes, ne démord jamais de son opinion, et poursuit un raisonnement jusque dans les derniers recoins de la logique. Mais, sur toute chose, ce qui me plaît en lui, et en quoi il suit mon exemple, c'est qu'il s'attache aveuglément aux opinions de nos Anciens, et que jamais il n'a voulu comprendre ni écouter les raisons et les expériences des prétendues découvertes de notre siècle touchant la circulation du sang et autres opinions de même farine[11]. »

Il est vrai qu'il existe en dehors des facultés des établissements un peu moins esclaves de la tradition. Le Collège du roi fondé par François Ier en 1530, en dehors de l'Université et en partie contre elle, comporte un enseignement de la médecine, de la chirurgie et de la pharmacie. Quant au Jardin du roi, il est créé en 1633 à l'initiative de Gui de La Brosse, médecin ordinaire de Louis XIII. Ce jardin botanique comprend un terrain consacré à la culture des plantes médicinales. En 1671, des chaires de pharmacie, d'anatomie et de chirurgie y sont créées malgré l'opposition de la Faculté. Il faut, pour vaincre cette opposition, qu'une déclaration royale ordonne en mars 1673 que « les démonstrations de l'anatomie et les opérations de chirurgie se feront au Jardin royal, à portes ouvertes et gratuitement, dans un amphithéâtre construit à cet effet, et que les sujets qui seront nécessaires pour faire ces démonstrations seront délivrés à ses professeurs par préférence à tous autres ». La chaire de chirurgie est confiée à François Cureau de La Chambre assisté du chirurgien Pierre Dionis, comme démonstrateur. Ils enseignent la théorie de la circulation du sang, ce à quoi se refusaient toujours, pour leur part, les docteurs-régents de la faculté.

Au début du 18e siècle, l'enseignement de la médecine est donc caractérisé par une profonde disparité et une médiocrité quasi générale. C'est pour porter remède à cette situation qu'est signé à Marly, en mars 1707, un édit royal « portant règlement pour l'étude et l'exercice de la médecine dans le royaume[12] ». En préambule de ce texte long et circonstancié, le roi constate d'abord « l'avilissement » dans lequel est tombée la profession médicale et renouvelle « les défenses rigoureuses » concernant l'exercice de la médecine par ceux qui « n'ont ni le mérite ni le caractère de médecin », puis il déclare qu'il s'est proposé de « ranimer l'attention et la vigilance des facultés établies en notre royaume en réunissant dans un seul règlement tout ce que nous voulons être généralement observé pour l'étude de la médecine et pour l'obtention des grades, afin qu'ils puissent être dorénavant la preuve et la récompense du travail et non un vain titre d'honneur plus propre à tromper le public qu'à en mériter la confiance ».

L'article premier rappelle l'obligation de l'enseignement dans toutes les facultés de médecine. Là où cet enseignement « pourrait en avoir été discontinué », il devra être rétabli selon les anciens statuts. Les articles 3 et 4 jugent nécessaire d' « enjoindre aux professeurs d'être assidus à leurs leçons et exercices » et de limiter à trois mois maximum la durée des vacations, c'est-à-dire des vacances. Aux termes de l'article 6, les professeurs devront être non cooptés, comme c'était le cas à Paris et dans quelques facultés de province, mais choisis par concours : « Voulons que toutes les chaires de professeurs qui vaquent actuellement et qui vaqueront à l'avenir, soient mises à la dispute et qu'après que les aspirants aux dites chaires auront fait les leçons, démonstrations et autres actes probatoires qui leur seront prescrits par les docteurs de chaque faculté, la chaire vacante soit adjugée à celui qui sera trouvé le plus digne à la pluralité des suffrages, lesquels seront donnés par scrutin. »

Le cursus des études et des examens est strictement défini. La maîtrise ès arts qui sanctionne les deux années de philosophie suivies dans un collège d'université ou dans une faculté des arts, est exigée de quiconque veut s'inscrire en faculté de médecine. L'enseignement médical comporte au minimum trois années d'études sanctionnées chacune par un examen de deux heures au moins. A l'issue des deux premières années, les étudiants ne sont interrogés que « sur les parties de la médecine qui leur auront été enseignées pendant le cours de l'année ». Par contre, à la fin de la troisième année, « ils répondront sur toutes les leçons qu'ils auront prises pendant le cours entier de leurs études de médecine ». Les étudiants qui auront satisfait à ces trois examens annuels, pourront, immédiatement après le troisième, postuler les différents grades ou degrés, qui leur seront accordés à l'issue de soutenances publiques : « S'ils sont trouvés capables dans lesdits trois examens, ils soutiendront publiquement un acte pendant trois heures au moins, après lequel ils seront reçus bacheliers ; voulons que trois mois après ils subissent un dernier examen sur la matière médicinale, après lequel ils soutiendront un second acte public pendant quatre heures au moins pour être admis ensuite au degré de licencié ; le tout s'ils sont jugés dignes desdits degrés de baccalauréat et licence à la pluralité des suffrages. Outre lesquels actes, ceux qui voudront être reçus docteurs seront obligés d'en soutenir un troisième pendant cinq heures au moins sur toute la partie de la médecine, lequel acte ils pourront soutenir dès qu'ils seront reçus licenciés sans être tenus d'observer aucun interstice. » Ainsi, à l'issue de sa troisième et dernière année d'études, l'étudiant peut, en un peu plus de trois mois, devenir successivement bachelier, licencié et docteur en médecine. En fait, seuls les plus capables, mais aussi et surtout les plus riches, franchissent la dernière étape, c'est-à-dire le doctorat. Il est vrai qu'en vertu de l'article 26, le grade de licencié suffit théoriquement pour avoir le droit d'exercer la médecine dans les villes et bourgs du royaume.

En ce qui concerne le contenu des études, l'édit parle de façon globale des « parties de la médecine » ou de la « matière médicale », mais il insiste tout de même explicitement dans ses articles 22 et 25 sur l'obligation de l'enseignement de l'anatomie et de la pharmacie, avec « démonstrations » correspondantes : « Les écoliers desdites facultés seront tenus d'assister aux cours d'anatomie et de pharmacie galénique et chimique, et aux démonstrations de plantes [...]. Enjoignons aux magistrats et aux directeurs des hôpitaux de faire fournir des cadavres aux professeurs pour faire les démonstrations d'anatomie, pour enseigner les opérations de chirurgie. » Enfin, dernière nouveauté et non la moindre, l'édit introduit la liaison obligatoire entre théorie et pratique au chevet du malade : « Ordonnons que dans chaque faculté quatre docteurs se trouvent avec le doyen dans leur lieu d'assemblée, précisément à dix heures du matin, le jour marqué de chaque semaine, pour y assister gratuitement de leurs conseils les pauvres malades qui se présenteront, et qu'ils fassent écrire leurs avis par les bacheliers, licenciés et jeunes docteurs qui assisteront à ces visites des pauvres. »

Au total, ce texte marque clairement la volonté de l'Etat d'uniformiser l'enseignement de la médecine et d'en améliorer globalement la qualité, en instituant des règles valables dans tout le royaume tant en matière de recrutement des professeurs que de durée et contenu des études et de nature des examens. Mais retenu par la nécessité de respecter privilèges et franchises, l'Ancien Régime va rarement jusqu'au bout de sa logique centralisatrice, même sur le plan théorique. C'est ainsi que l'édit de 1707 introduit lui-même et institutionnalise d'importantes exceptions aux mesures qu'il prévoit. Alors que le titre de licencié ou de docteur acquis dans des conditions similaires partout — du moins théoriquement — aurait dû permettre à son titulaire d'exercer la médecine n'importe où dans le royaume, les articles 31 et 32 maintiennent les privilèges des villes où il y a soit une faculté, soit un collège de médecine. Dans les villes de faculté, seuls les docteurs ayant acquis leur titre dans cette faculté et ayant subi en outre un acte ou examen complémentaire, ont le droit de s'installer comme médecin, ce qui assure à ces docteurs-régents le double monopole de l'enseignement et de l'exercice de la médecine dans la ville. En dehors des quelque vingt facultés, il existe une vingtaine de collèges qui se sont créés dans des villes généralement non pourvues d'université. Le terme de collège ne doit pas faire illusion : il ne s'agit pas d'un établissement d'enseignement, mais du corps ou communauté que constituent les médecins du lieu et qui n'autorise un nouveau docteur frais émoulu d'une faculté à exercer dans la ville qu'après se l'être agrégé à la suite d'un examen. Ainsi se trouve perpétuée la distinction entre plusieurs catégories de médecins : d'une part, l'aristocratie des docteurs-régents dans les villes de faculté et des docteurs agrégés à un collège là où il y en a un ; d'autre part, la foule des docteurs forains ou externes et des simples licenciés susceptibles d'exercer partout où il n'y a ni faculté ni collège, selon les termes mêmes de l'article 35 : « Dans les lieux où il n'y aura ni université ni agrégation, la médecine pourra être exercée par tous les docteurs ou licenciés de quelqu'une des facultés de notre royaume. »

Par ailleurs, l'édit introduit, dans son article 37, une autre exception concernant la faculté parisienne : « Attendu que, par l'examen que nous avons fait des statuts en usage dans la faculté de notre bonne ville de Paris, il a été reconnu qu'on n'y peut rien ajouter pour le bon ordre et l'utilité publique, nous déclarons que nous n'entendons point comprendre ladite faculté dans notre présent édit, ni rien changer à ses statuts que nous voulons à l'avenir être observés selon leur forme et teneur comme ils l'ont été par le passé. » Cet article permettait ainsi implicitement à la faculté de Paris de continuer à coopter ses membres et non de mettre ses chaires d'enseignement au concours à chaque vacance.

Mais, au-delà des contradictions mêmes de l'édit de Marly, il y a plus grave, à savoir son application fort imparfaite. Ranimer l'enseignement là où il était devenu intermittent ou inexistant, créer de nouvelles chaires, construire des amphithéâtres et des jardins botaniques, introduire la liaison entre enseignement théorique et enseignement pratique, nécessitaient des ressources financières que n'avaient pas la plupart des petites facultés et surtout une ouverture d'esprit et un dynamisme qui manquaient cruellement à la majorité des médecins et des docteurs-régents. En fait, l'enseignement de la médecine après 1707 reste dans ses grandes lignes ce qu'il était avant cette date, c'est-à-dire variable selon les facultés, moins pour la diversité des matières enseignées que pour la durée et le coût des études. A Paris, celles-ci durent au moins sept ans. Si l'on peut accéder au baccalauréat au bout de trois ans, le nouveau bachelier doit suivre encore deux années de cours avant de pouvoir postuler la licence ; devenu licencié, l'étudiant parisien devra attendre encore deux ans, pendant lesquels il suivra cours d'anatomie et consultations gratuites, pour pouvoir se présenter au doctorat. Ainsi, la faculté parisienne, s'autorisant de l'exception faite pour elle, continue à étaler sur quatre ans après le baccalauréat l'obtention des grades de licencié et de docteur. Du fait de leur longueur, ces études coûtent cher : six mille livres environ, au milieu du 18e siècle. Si l'on ajoute que la qualité de l'enseignement y est, nous le verrons, médiocre, on comprend que la grande majorité des provinciaux qui viennent étudier la médecine à Paris fréquentent moins la faculté que le Collège du roi ou le Jardin du roi et préfèrent ensuite aller prendre leurs grades dans une faculté de province plus accueillante et moins coûteuse, notamment Montpellier toujours à la hauteur de son ancienne réputation. C'est ainsi que sur les cent dix-neuf docteurs en médecine exerçant en Bretagne à la veille de la Révolution (et vivant encore en 1803), soixante-quinze au moins ont fait une partie ou la totalité de leurs études médicales dans la capitale, mais qu'un seul a le titre de docteur en médecine de Paris, les autres s'étant fait recevoir dans une faculté de province, Montpellier pour le tiers d'entre eux, Caen pour le quart, Angers ou Reims pour les autres [13].

L'exemple de Guillaume Laennec, l'oncle du grand Laennec, est particulièrement révélateur. Arrivé en 1769 à Paris venant de Quimper, il suit pendant trois ans les cours de la faculté et surtout ceux du Collège et du Jardin du roi (notamment le cours public d'Antoine Petit). En même temps, il accompagne les médecins dans leurs visites à l'hôpital de la Charité et approfondit à ses frais ses connaissances en obstétrique et en botanique en prenant des leçons particulières auprès d'un chirurgien accoucheur et d'un apothicaire. Au début de 1772, il quitte Paris pour Montpellier. Là, il prend d'un seul coup les douze inscriptions nécessaires, pour soixante-douze livres, et fort du bagage acquis dans la capitale et de ses « lettres testimoniales » (c'est-à-dire des certificats de ses différents maîtres parisiens), il passe tous ses examens en quatre mois : le 14 novembre 1772, il est bachelier, le 16 mars 1773, licencié, le 18 mars, docteur forain. Le tout lui a coûté deux mille livres, trois fois moins qu'à Paris. Il en est de même de celles des autres facultés de province qui décernent de nombreux diplômes, comme Caen ou Reims : beaucoup de leurs diplômés ont fait leurs études à Paris avant de venir acquérir des grades à bien meilleur compte. Pour devenir docteur forain, il n'en coûte que deux mille livres à Reims — comme à Montpellier —, que quatre cents à cinq cents livres — douze fois moins qu'à Paris ! — à Caen ou à Angers.

Mais le jeune docteur souhaitant devenir docteur-régent dans une ville de faculté ou se faire agréger à un collège de médecins, doit prévoir de nouveaux délais et de nouveaux frais. A Angers, le titre de docteur-régent revient à plus de deux mille livres. A Rennes, le collège de médecine créé en 1667 n'agrège un nouveau membre que si celui-ci subit avec succès une « thèse d'agrégation » et verse les honoraires requis. Cette procédure a pour but avoué de vérifier la compétence du postulant et d'écarter éventuellement tel docteur forain ayant acquis trop facilement son grade dans une petite faculté de médiocre réputation. Mais elle équivaut en fait à l'exercice d'un monopole destiné à éviter une concurrence fâcheuse. Ainsi les distinctions entre les diverses catégories de docteurs — en laissant de côté les licenciés — se fondent sur des différences moins de savoir que de fortune et de situation sociale. Le mémorialiste François-Yves Besnard écrit crûment dans ses *Souvenirs d'un nonagénaire* où il évoque la vie à Angers vers 1770 : « Il était consacré par l'usage de ne pas conférer les grades nécessaires pour exercer dans la ville en qualité de médecins à des candidats connus pour ne pas appartenir à des familles honorables dans la bourgeoisie. »

Au-delà de la durée et du coût des études, quelle était la valeur de l'enseignement prodigué ? Le corps enseignant est théoriquement recruté « à la dispute », c'est-à-dire par concours. Cela est vrai dans la plupart des facultés de province : à ces professeurs dits « royaux » ne sont demandés que des tâches d'enseignement. Une exception, on l'a dit, est prévue pour Paris où le régime de la cooptation reste autorisé. Cinq facultés de province — Angers, Bourges, Nantes, Poitiers et Toulouse — arguant du fait que leurs statuts sont les mêmes que ceux de la faculté parisienne, en usent de même que celle-ci : le corps des docteurs-régents y conserve donc le double monopole de l'enseignement et de l'exercice de la médecine dans la ville. Partout, les professeurs sont peu nombreux : sept à Paris, huit à Montpellier, quatre à Angers. Ce ne sont pas des spécialistes ; ils sont censés dominer tout le savoir médical de leur temps et peuvent, d'une année à l'autre, être amenés à enseigner l'une ou l'autre des grandes matières au programme qui sont notamment la physiologie, la pathologie, l'anatomie, la chirurgie, la pharmacie. Sous leur autorité, des bacheliers ou des licenciés sont utilisés comme répétiteurs ou démonstrateurs.

L'enseignement reste aussi théorique qu'au siècle précédent. Toutefois, il existe dans plusieurs facultés, notamment à Paris, quelques séances annuelles de dissection au cours desquelles le professeur lit des pages de Galien ou d'Hippocrate, cependant qu'un démonstrateur reprend ses propos en français et s'efforce de retrouver sur le cadavre les organes décrits. L'édit de Marly rend obligatoires ces « démonstrations d'anatomie », mais leur généralisation se heurte à deux problèmes, la construction d'amphithéâtres appropriés et surtout la difficulté de trouver des cadavres [14]. Ceux-ci ne peuvent être que les corps de condamnés à mort exécutés ou de malades décédés à l'hôpital. Mais magistrats et directeurs d'hôpitaux ne sont pas toujours très coopératifs, en dépit des injonctions officielles, et jusqu'à la fin du 18e siècle la chasse au cadavre, à la veille des cours d'anatomie, reste à l'ordre du jour. A Paris, en 1747, le grand anatomiste Winslow ne peut, faute de sujet, faire le dernier de ses quatre cours annuels. A Bordeaux pour la même raison, les cours d'anatomie sont purement et simplement supprimés. Là où ils existent, les cours tendent à être réservés à une catégorie privilégiée d'étudiants, généralement les futurs docteurs internes. A défaut de cadavres susceptibles d'être disséqués (très vite, car on ne connaît aucun moyen efficace de conserver les corps), l'enseignement pratique peut s'appuyer sur des pièces en bois ou en cire, sur des squelettes, voire plus simplement sur des tableaux imprimés, grandes planches *in-plano* ou atlas anatomiques à découpures superposées. De même, l'enseignement de la pharmacie se double théoriquement de « démonstrations de plantes », mais ces travaux pratiques ne sont possibles que là où existe un jardin botanique, ce qui n'est pas le cas dans toutes les villes de facultés.

Quant à l'enseignement au chevet du malade, il reste exceptionnel dans la mesure où la majorité des professeurs n'en ressentent pas encore la nécessité. A Paris, seuls les licenciés ont le droit, au cours des deux années d'études en vue du doctorat, d'accompagner les médecins des hôpitaux dans leurs visites ; mais ce n'est pas une obligation et seuls les plus zélés s'astreignent à ces visites hospitalières. A Montpellier, ce sont les administrateurs de l'hôpital Saint-Eloi qui refusent d'ouvrir leur établissement aux étudiants, que ce soit pour une consultation hebdomadaire destinée aux malades pauvres ou pour la visite des salles ; en 1760, ils consentent à autoriser une vingtaine d'étudiants au maximum, mais il faudra attendre la période révolutionnaire pour que puisse fonctionner véritablement la chaire de clinique avec enseignement hospitalier. A Angers, en dépit des efforts d'un docteur-régent exceptionnellement dynamique, Pierre Hunauld fils (1664-1728), ardent apôtre de l'enseignement hospitalier, celui-ci ne réussit pas à passer dans les faits.

En fait, à la veille de la Révolution, malgré les bonnes intentions de l'édit de Marly et quelques initiatives isolées, l'enseignement universitaire reste profondément dogmatique et sclérosé. C'est toujours en marge des antiques facultés que se développe un enseignement réellement novateur et que se forment les meilleurs des futurs médecins. A Paris, c'est le cas d'abord du Collège du roi. Les cours, encore professés en latin, sont gratuits. Quatre chaires sont consacrées à la médecine, à la chirurgie et l'anatomie, à la pharmacie, à la botanique. Leurs titulaires sont le plus souvent de grands savants très ouverts à toutes les nouveautés, ainsi Jean Astruc, Nicolas Andry, Antoine Portal, Joseph Raulin. Le Jardin du roi assure, lui aussi, un enseignement gratuit de haute qualité en botanique, chimie et anatomie. Les cours sont faits en français par des professeurs de grand renom comme Antoine de Jussieu, Fourcroy, Winslow, Antoine Petit, Vicq d'Azyr. A ces grands établissements il convient d'ajouter les cours privés et payants donnés par les meilleurs professeurs. L'enseignement de l'obstétrique, notamment, est assuré essentiellement de cette façon. C'est pour ces différents cours ou pour les bibliothèques privées qu'ouvrent certains maîtres à leurs étudiants que tant d'entre eux passent quelques années à Paris, beaucoup plus, on l'a vu, que pour l'enseignement à la faculté. En province aussi, la novation et le dynamisme sont à chercher du côté de quelques professeurs qui, en dehors de leurs cours à la faculté, organisent, à titre privé, au profit de leurs étudiants, des consultations gratuites pour malades pauvres ou des visites des salles d'hôpital.

La diversité de la formation des chirurgiens

Les chirurgiens se différencient fondamentalement des médecins, savants puisant leur science dans les livres, alors qu'eux-mêmes ne sont que des artisans s'occupant des maladies externes. Ils sont propres aussi bien à manier le rasoir qu'à soigner « clous, anthrax, bosses et charbons* ». Ces chirurgiens-barbiers sont constitués en communautés de métier et tiennent boutique. Pour devenir maître, il n'est pas nécessaire d'avoir fait des études et de savoir le latin. Il suffit, comme dans n'importe quel autre métier manuel, de faire son apprentissage et de réussir son « chef-d'œuvre ». Toutefois, à Paris, dès la fin du 13e siècle, un certain nombre de chirurgiens ont décidé d'abandonner la barberie et de se contenter de la partie proprement chirurgicale de la profession. Ils ont créé à cet effet la confrérie ou collège de Saint-Côme et se sont attribués robe longue et bonnet carré, réservés aux médecins. En 1611, ils organisent en marge de la faculté de médecine un enseignement pratique avec démonstrations sur cadavres. C'est le début d'un long conflit, non seulement avec la faculté, mais aussi avec la communauté des chirurgiens-barbiers de Paris que le collège de Saint-Côme prétend contrôler. Le 7 février 1660, à l'issue d'un procès de trois ans devant le parlement de Paris, celui-ci donne raison aux médecins en déclarant « les deux communautés de chirurgiens et de barbiers unies », en faisant « inhibitions et défenses auxdits chirurgiens-barbiers de prendre la qualité de bacheliers, licenciés, docteurs et collège, mais seulement celles d'apprentis, maîtres et communauté, comme aussi de faire aucune lecture et actes publics » et enfin en ordonnant que « pas un desdits chirurgiens-barbiers puisse porter la robe et le bonnet ». Guy Patin, ancien doyen de la faculté parisienne, qui écrivait, en 1657 : « Nous ne voulons pour eux ni robes, ni bonnets, ni licences, ils sont déjà assez sots sans se fournir de tel apparat », applaudit au « triomphe de saint Luc sur saint Côme ». Ainsi se trouve renforcée, entre médecins et chirurgiens, une barrière que seule la Révolution abattra.

Toutefois, trente ans plus tard, les chirurgiens marquent un point décisif, puisque l'édit de novembre 1691 les sépare officiellement des barbiers-perruquiers et leur interdit de tenir boutique. La faveur dont jouissent, auprès de Louis XIV, le premier chirurgien du roi, Félix, puis son successeur Mareschal, à la suite des succès qu'ils remportent en assistant le roi, en particulier lors de l'opération de la fistule, est pour beaucoup dans cette reconnaissance de l'éminente spécificité de leur métier. En 1719, les chirurgiens de Versailles sont dotés de statuts royaux qui servent de modèle aux « statuts et règlements généraux pour les maîtres en chirurgie des provinces du royaume », édictés en 1730. La promotion à la fois sociale et scientifique de la profession est consacrée par la création l'année suivante, sous l'impulsion de Mareschal et de La Peyronie et avec le patronage de Louis XV, de la Société académique des chirurgiens de Paris, qui prendra en 1748 son nom définitif d'Académie royale de chirurgie.

Pourtant, il ne faut pas se méprendre. Loin de constituer désormais une profession homogène, les chirurgiens continuent à former, parmi les métiers artisanaux, le corps le plus diversifié qui soit. Quoi de commun, en effet, entre les quelques grands chirurgiens travaillant à Paris ou dans les grandes villes de province, hommes de grand savoir et de haute culture, souvent membres de l'Académie de chirurgie, et leurs humbles confrères ruraux, parfois presque totalement illettrés et continuant à pratiquer la barberie en dépit des interdictions répétées ? Entre ces deux extrêmes, toutes les nuances sont représentées. Ces différences profondes ont leur origine dans la formation que reçoivent les uns et les autres. Encore convient-il de distinguer, ici encore, la législation officielle et son application. Après l'édit de novembre 1691, toute une série de textes — notamment les statuts de 1730, la déclaration de 1736 et les lettres patentes de 1756 — tendent à valoriser la profession de chirurgien, nettement séparée maintenant de celle de barbier, et à imposer par voie de conséquence des conditions strictes à l'obtention du titre de maître en chirurgie. A partir de 1756, la maîtrise ès arts est rendue obligatoire pour les futurs maîtres en chirurgie des principales villes du royaume. Mais cette obligation, qui impose le même niveau de départ aux futurs chirurgiens et aux futurs médecins, est loin d'être toujours respectée : dans la communauté des maîtres en chirurgie de Rennes entre 1756 et 1792, les titulaires de la maîtrise ès arts restent l'exception.

Comme pour tout métier « mécanique », l'apprentissage chez un maître est nécessaire et théoriquement suffisant pour permettre à l'apprenti de devenir compagnon, puis maître à son tour. Mais la durée et la nature de cet apprentissage sont très différentes selon que l'apprenti se destine ou non à exercer dans une ville pourvue d'une communauté de maîtres chirurgiens. Une telle communauté, ayant à sa tête un maître qui porte le titre de lieutenant du premier chirurgien du roi, existe dans près de quatre cents villes du royaume, toutes chefs-lieux d'un tribunal royal, bailliage ou sénéchaussée, le ressort de chaque communauté correspondant théoriquement avec celui du tribunal. Mais sur ces quelque quatre cents communautés, cent vingt seulement comptent plus de cinq maîtres, dont neuf de vingt à quarante-neuf maîtres et cinq plus de cinquante (Paris, Lyon, Marseille, Toulouse, Bordeaux). Plus la communauté est importante, plus sont grandes les chances de trouver des maîtres de valeur auprès de qui il est possible de faire un apprentissage particulièrement fructueux. Par ailleurs, comme dans beaucoup d'autres métiers, l'apprenti peut choisir de faire un

COMMUNAUTES de CHIRURGIENS et COLLEGES de CHIRURGIE au XVIIIe s.

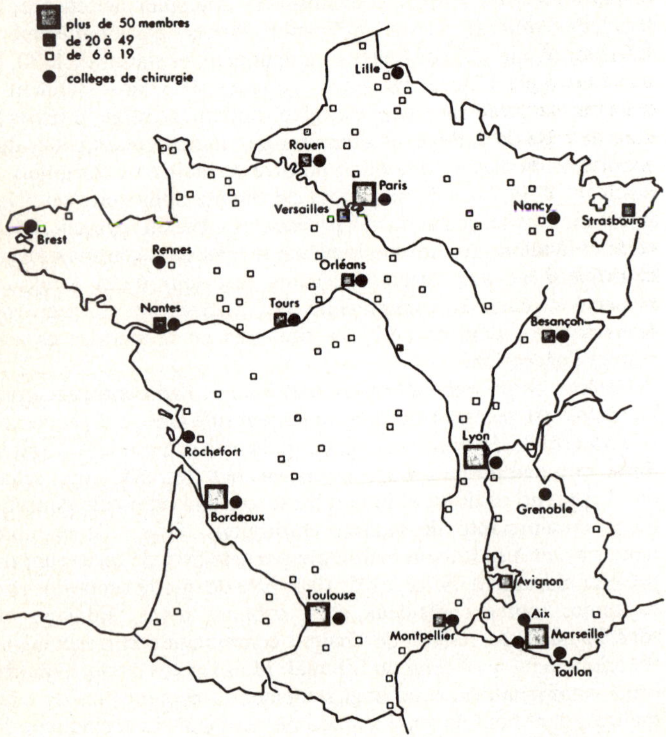

tour de France qui le conduira successivement, pour quelques mois chaque fois, chez plusieurs maîtres renommmés. Sédentaire ou itinérant, l'apprentissage consiste à accompagner le maître chez sa clientèle ou à l'hôpital. On apprend ainsi le métier « sur le tas », en regardant, en aidant, puis en se livrant soi-même aux pratiques de la chirurgie, c'est-à-dire saigner, panser les plaies, inciser les abcès, réduire les fractures, voire aider aux accouchements difficiles.

En principe, cet enseignement pratique se double d'un enseignement théorique. A l'origine, il est assuré par des médecins dans le cadre des facultés ou des collèges de médecine, les cours à l'intention des apprentis chirurgiens étant, exceptionnellement, assurés en français. Mais la déclaration de 1736 prescrit l'organisation d'un enseignement spécifique de la chirurgie dans toutes les villes ayant communauté et à la charge de celle-ci. En fait, une telle prescription se révèle inapplicable et le premier chirurgien du roi, qui a la responsabilité de la chirurgie dans le royaume, doit s'en remettre à la bonne volonté des communautés. A la veille de la Révolution, une quinzaine seulement, Paris en tête, se sont pourvues d'une école publique de chirurgie, dotée de lettres patentes : Aix, Bordeaux, Besançon, Grenoble, Lille, Lyon, Marseille, Montpellier, Nancy, Nantes, Orléans, Paris, Rennes, Rouen, Toulouse, Tours. De plus, il existe trois écoles de chirurgie navale à Brest, Rochefort et Toulon.

Il ne s'agit nullement, pour autant, d'écoles comparables à celles créées par la Monarchie dans la seconde moitié du 18e siècle, Ecole des ponts-et-chaussées, Ecole des mines, Ecole royale du génie de Mézières, dans lesquelles les élèves recrutés à partir d'un concours d'admission, sont hébergés comme internes et reçoivent une formation complète et de haut niveau à l'issue de laquelle leur carrière était assurée. Dans les écoles de chirurgie, rien de tel. Créées à l'initiative de la communauté locale, elles prodiguent, dans des locaux plus ou moins bien adaptés selon les villes, un enseignement d'importance et de qualité très variables à un public d'étudiants qui viennent y chercher non une garantie de carrière, ni même un diplôme qu'elles ne peuvent décerner, mais, dans le meilleur des cas, une formation théorique complémentaire de l'apprentissage pratique. Deux exemples permettront de cerner les choses de plus près. L'école de chirurgie de Rennes est fondée en 1738, soit moins de deux ans après la déclaration de 1736 ; toutefois, elle ne reçoit ses lettres patentes qu'en 1748. Les enseignants, désignés du titre caractéristique de démonstrateurs, sont choisis parmi les maîtres de la communauté rennaise : un concours est ouvert à chaque vacance de poste, le candidat retenu étant choisi par cooptation après cinq épreuves dont l'une consiste à faire un cours devant les étudiants. Quatre enseignements sont assurés, ceux-là mêmes qui existent dans presque toutes les écoles similaires : les principes, l'ostéologie, l'anatomie, les opérations ; il s'y ajoute en 1762 un cours d'obstétrique. Mais l'exiguïté des locaux utilisés par les démonstrateurs de l'école de Rennes limite le nombre des étudiants — neuf en moyenne de 1748 à 1755, quatorze de 1756 à 1780 — et contribue à nuire à la qualité et à la régularité de l'enseignement. Les leçons d'anatomie, par exemple, ne durent que quelques jours par an. On conçoit, dans ces conditions, que bon nombre de candidats rennais à la maîtrise préfèrent compléter leur formation dans une autre ville, notamment à Paris.

Le collège de Saint-Côme, devenu collège de chirurgie de Paris, est réorganisé par lettres patentes de 1724 et doté de cinq chaires de démonstrateurs royaux : principes, ostéologie, anatomie, opérations, matière médicale externe. A ces cinq matières viennent s'ajouter en 1750 et dans les années suivantes, l'obstétrique, la pathologie (remplaçant l'ostéologie), la physiologie (remplaçant les principes), les maladies des yeux. Comme dans toutes les écoles de chirurgie, les cours sont accessibles à tous ceux qui désirent y assister, y compris les étudiants en médecine, dans la limite des places disponibles : il n'y a ni conditions d'admission, ni frais de scolarité, ni contrôle de l'assiduité, ni collation de grades. Aussi les étudiants sont-ils très nombreux et d'origine géographique très diverse. En 1755, il y a mille trente-huit étudiants inscrits pour quatre cours. Ils proviennent de toutes les provinces de France, les plus nombreux étant originaires du Sud-Ouest : quatre-vingt-quatre de Poitou-Saintonge, cinquante-sept de Limousin-Auvergne, cent vingt-cinq de Guyenne, cent quatre-vingt-cinq de Gascogne, cinquante-sept de Languedoc, soit cinq cent huit étudiants — près de la moitié du total — pour le seul quart sud-ouest du royaume, c'est-à-dire les régions les plus éloignées de Paris, mais qui sont aussi, Languedoc mis à part, les plus dépourvues en communautés de chirurgiens dotées d'un nombre suffisant de maîtres[15].

De Rennes à Paris, d'Aix à Lille, quelle est la valeur de cet enseignement théorique ? Comme celui de la médecine, c'est un enseignement surtout oral, fait en principe en latin (les apprentis chirurgiens ne sont-ils pas tous, au moins théoriquement, maîtres ès arts ?), mais le plus souvent, en fait, en français. L'enseignement pratique est peu développé. Celui de l'anatomie pose le problème des cadavres. Le stage hospitalier est généralement réservé à une minorité d'étudiants, dits à Paris « compagnons », et recruté par concours, les étudiants externes ne pouvant profiter de l'expérience hospitalière qu'en nombre limité. Selon le chirurgien Rapatel en 1770, les étudiants parisiens « sont obligés, s'ils veulent apprendre à opérer eux-mêmes, de suivre des maîtres particuliers qu'ils paient à cet effet ». Les démonstrateurs sont tous maîtres en chirurgie ; toutefois, dans les villes où existe une faculté ou un collège de médecine, des docteurs en médecine peuvent participer à l'enseignement, mais sous le contrôle de la communauté.

Mais, en dehors des écoles de chirurgie, l'apprenti faisant son tour de France peut tirer parti d'un certain nombre d'institutions capables de lui assurer un utile complément de formation. C'est le cas à Paris du Collège et du Jardin du roi et surtout de l'Ecole pratique de dissection créée par un arrêt du conseil du roi du 4 juillet 1750. Accessible à tous les étudiants en chirurgie, gratuite, celle-ci prend bientôt une importance considérable du fait d'une pédagogie très neuve. En effet, l'enseignement très poussé de l'anatomie se double de celui de la clinique conçue comme l'étude des symptômes et des signes servant de base concrète au diagnostic ; de plus, une longue formation pratique double cette formation théorique. L'Ecole de dissection de Paris contribue à l'essor de l'enseignement de la chirurgie dans la seconde moitié du 18e siècle, en marge d'un enseignement médical universitaire qui reste profondément sclérosé. En province, il existe de même dans quelques grandes villes, outre les collèges officiellement créés par les communautés de chirurgiens et dotés de lettres patentes, des institutions assurant un enseignement chirurgical. Ainsi à Angers, quelques jeunes et brillants maîtres chirurgiens, notamment Michel Chevreul, décident de créer trois cours réguliers, à raison d'une leçon par jour. La communauté des chirurgiens angevins soutient bientôt l'initiative et bien que le titre officiel de collège royal ne lui soit pas accordé, l'école d'Angers fonctionne à la satisfaction de tous, comptant vingt à vingt-cinq élèves en moyenne chaque année. Les écoles de chirurgie navale de Brest, Rochefort et Toulon rendent également de grands services. Tout navire de guerre ou de commerce est obligé d'embarquer un chirurgien, mais par économie beaucoup d'armateurs se contentent de recruter comme chirurgien navigant un étudiant d'une des écoles de chirurgie navale, qui achève son apprentissage sous la forme d'un voyage aux Antilles ou aux Indes orientales. Enfin, il va de soi que dans toutes les villes dotées d'une faculté de médecine, notamment Paris, Montpellier, Reims et Toulouse, c'est-à-dire les plus prestigieuses, l'apprenti en quête d'une formation particulièrement solide y fera avec profit une halte plus ou moins longue, fréquentant les cours qui lui paraissent les plus intéressants et allant même parfois jusqu'à acquérir le titre de docteur en médecine. Au total, rien de plus varié, on le voit, que ces années d'apprentissage.

A l'issue de celles-ci, il reste au futur chirurgien à subir l'examen qui lui permettra d'acquérir ses lettres de maîtrise et d'entrer officiellement dans la profession. Cet examen est de nature très différente selon le type de maîtrise postulée. En effet, de même qu'il existe deux grands types de médecins, il existe aussi deux, voire même trois catégories de chirurgiens : les internes qui ont le droit d'exercer dans une ville où il y a une communauté dont ils font partie de droit ; les externes qui peuvent exercer soit dans les villes dépourvues de communauté, soit dans les bourgs de campagne. Pour les futurs chirurgiens internes, souvent fils, neveu ou gendre de maître, après un an d'apprentissage sur place et trois ou quatre ans d'études le plus souvent itinérantes, l'examen dit « de grande expérience » ou « de grand chef-d'œuvre », que l'on ne peut passer qu'à vingt-cinq ans révolus, consiste en une série d'épreuves s'échelonnant sur plusieurs mois : d'abord, l'examen sommaire, ou tentative ; puis deux mois plus tard, et durant deux jours, le « premier » examen portant sur les principes de la chirurgie ; ensuite, les examens « centraux » qui comprennent cinq « actes » espacés chacun d'un mois, actes des saignées, des bandages et appareils, d'ostéologie et maladies des os, des opérations, des accouchements. Enfin, l'ultime épreuve, dite examen « de rigueur », est une véritable thèse, sans le nom pour ne pas irriter les facultés de médecine. Cet acte public qu'on appelle aussi dissertation ou position, est soutenu devant toute la communauté des maîtres chirurgiens et en présence d'un docteur en médecine comme observateur. A son terme, le nouveau maître prête serment entre les mains du lieutenant du premier chirurgien du roi. Le « grand chef-d'œuvre » est non seulement long et difficile ; il est aussi coûteux. Les frais de réception se situe entre mille cinq cents et deux mille livres, sans compter bien entendu le coût des années d'apprentissage et d'enseignement. C'est moins cher que le doctorat en médecine de Paris, mais aussi cher que celui de Montpellier ou de Reims et plus cher que celui de Caen ou d'Angers. L'importance des frais, les difficultés de l'examen et la nécessité de s'y présenter avec un solide bagage intellectuel, tout contribue à faire, à la fin du 18e siècle, des maîtres chirurgiens de grand chef-d'œuvre des praticiens aussi compétents qu'ils pouvaient l'être à l'époque, en même temps que des notables jouissant d'un incontestable prestige dans la ville où ils résident.

Pour le futur chirurgien externe appelé à exercer dans une ville dépourvue de communauté, l'examen sanctionne deux ans d'apprentissage et trois ans de compagnonnage. Au cours de ces trois ans, il a souvent complété sa formation en suivant les cours d'un collège de chirurgie. Sur le millier d'étudiants du collège de chirurgie de Paris en 1755, nombreux sont ceux qui viennent de petites villes sans communauté de chirurgiens et qui y retourneront exercer. C'est dire que leur savoir n'est pas forcément très inférieur à celui des maîtres de grand chef-d'œuvre. Mais, sans fortune et sans relations, ils peuvent difficilement envisager la carrière de chirurgien interne. Pour eux, l'examen qu'ils passent devant la communauté la plus proche et qui les habilitera à travailler dans une petite ville nommément désignée, ne coûte qu'une centaine de livres et ne comporte que trois épreuves, de trois heures chacune, la première sur les principes, la seconde sur l'anatomie et les opérations, la troisième sur la saignée, les plaies et les médicaments. Quant aux futurs chirurgiens des « bourgs et villages », l'examen qu'ils subissent n'est qu'une simple formalité : il comporte une seule épreuve de trois heures, qui n'exige que des connaissances modestes et ne coûte qu'une soixantaine de livres.

Qu'ils exercent dans une ville dépourvue de communauté ou dans un bourg, les chirurgiens de « petite expérience » ne sont vraiment que des chirurgiens de second ordre. Non seulement il leur est interdit de prendre des apprentis (à moins qu'il ne s'agisse de leur propre fils), mais ils sont tenus, « pour les opérations de conséquence », d'appeler en consultation un des maîtres de la communauté la plus proche. Il est vrai que cette obligation reste le plus souvent lettre morte compte tenu des distances et des frais qu'entraînerait le déplacement d'un chirurgien interne. On aboutit ainsi à ce paradoxe qui consiste à laisser les responsabilités les plus lourdes à ceux qui sont les moins préparés à les assumer, c'est-à-dire les chirurgiens de campagne. Michel Chevreul, maître chirurgien à Angers et de surcroît docteur en médecine de Reims, dénonce en ces termes, en 1791, cette situation absurde : « Si l'on jette un regard rapide mais juste sur les devoirs qui sont imposés au chirurgien de campagne, on voit qu'il y est absolument étranger lorsqu'il commence à s'y livrer, ce qui est une suite presque inévitable de la suite de ses études [...]. Après trois années d'études et d'exercice, cet élève se présente alors pour être reçu ; cette réception consiste dans un seul examen si l'endroit où il va se fixer est un bourg ou un village à foire ou marché. Ainsi l'on calcule le degré de connaissance nécessaire au chirurgien d'après la grandeur de la ville, du bourg ou du village qu'il va habiter. Ainsi la santé ou même la vie des hommes devient plus ou moins précieuse suivant que les pays qu'ils habitent sont plus ou moins fameux par le nombre de leurs habitants. » Encore Michel Chevreul feint-il d'ignorer une réalité plus regrettable encore, à savoir qu'exercent dans les campagnes de nombreux individus qui se donnent le titre de chirurgien sans avoir jamais été reçu par une communauté et qui tiennent tout leur savoir de l'expérience acquise.

l'absence de formation théorique des sages-femmes et des apothicaires

Il en est de même plus nettement encore de l'immense majorité des femmes qui se mêlent de « l'art des accouchements ». Théoriquement, il est nécessaire pour devenir sage-femme de subir un examen de moralité devant le curé de la paroisse et d'être reçue par la communauté de chirurgiens la plus proche dans des conditions qui sont différentes selon les lieux où la future sage-femme entend exercer et que précisent les statuts et règlements de 1730. Si c'est dans la ville même de la communauté de chirurgiens, l'apprentissage théorique et pratique est de deux années sanctionnées par un examen passé devant un jury composé de deux maîtres chirurgiens et consistant en deux épreuves orales de trois heures chacune, l'une sur la théorie, l'autre sur la pratique. Pour une sage-femme destinée à exercer dans une ville sans communauté, l'apprentissage reste de deux ans, mais l'examen se ramène à une seule épreuve devant un seul maître chirurgien. Enfin la réception d'une sage-femme pour les « bourgs et villages » n'est qu'une simple épreuve de contrôle. Mais, à quelques exceptions près, les chirurgiens sont généralement incapables, jusqu'au milieu du 18e siècle, d'assurer de façon satisfaisante cette formation des futures sages-femmes. En effet, ils ont appris la théorie de l'obstétrique, mais du fait des préjugés dont Philippe Hecquet se fait l'écho dans son livre, paru en 1708, *De l'indécence aux hommes d'accoucher les femmes,* ils n'ont le plus souvent que très peu d'expérience.

Le seul lieu de formation pratique existant dans le royaume est l'Office des accouchées créé en 1630 à l'hôtel-Dieu de Paris. Il reçoit chaque trimestre trois ou quatre élèves qui acquièrent un certain nombre de connaissances en accouchant les femmes pauvres de la ville. Mais il n'y a aucun enseignement théorique et, de toute façon, le nombre des sages-femmes ainsi formées annuellement est ridiculement faible eu égard aux besoins de l'ensemble du royaume. Il ne suffit même pas aux besoins de la capitale où s'installent de préférence ces anciennes élèves de l'hôtel-Dieu. En fait, la plupart des matrones, non seulement dans les paroisses de campagne, mais même dans beaucoup de villes, assistent les femmes en couches sans avoir reçu la moindre formation, ni satisfait à l'obligation de l'apprentissaqe et de la réception par la communauté de chirurgiens. Seul le contrôle par le curé est effectif, dans la mesure où les évêques attachent le plus grand prix à l'étroite surveillance d'un personnage dont on sait l'importance au sein d'une communauté paysanne notamment. Le curé vérifie que la postulante est bonne catholique, sera capable d'ondoyer dans les formes le nouveau-né en danger de mort et n'usera jamais de ses savoirs à des fins abortives ou infanticides ; ce à quoi la future sage-femme s'engage par serment avant d'être officiellement « reçue ». On trouve de nombreux exemples de ces réceptions dans les registres paroissiaux où beaucoup de curés ont jugé utile de les consigner.

Dans ces conditions, la matrone acquiert tout son savoir-faire au chevet des accouchées, en assistant une matrone plus âgée qui lui transmet ses recettes, mais aussi ses préjugés. Issue de la communauté rurale, connue de tous et connaissant tout le monde, elle-même mariée et mère de famille, elle exerce gratuitement ses fonctions et utilise son savoir empirique pour abréger les souffrances de la femme en travail, ce qui l'entraîne souvent à précipiter dangereusement l'accouchement. Si « la nature a tout bien disposé », son rôle se borne à rassurer et encourager la parturiente et à user de pratiques magiques censées hâter la délivrance. Par contre, si l'enfant se présente mal, elle est le plus souvent impuissante, faute de connaissances théoriques, et l'accouchement devient dramatique pour la mère et pour l'enfant. La situation est donc doublement paradoxale. D'un côté, les maîtres chirurgiens qui ont appris l'obstétrique au cours de leurs études peuvent l'enseigner savamment aux très rares sages-femmes qui viennent les trouver, grâce à des manuels comme celui de François Mauriceau, *Traité des maladies des femmes et de celles qui sont nouvellement accouchées* (1668), mais ils n'ont qu'exceptionnellement l'occasion de vérifier et d'éprouver ce savoir livresque. De l'autre, les sages-femmes sont, par la force des choses, des praticiennes incultes. Comme le dit très bien Jacques Gélis : « A la pratique sans théorie qui caractérise la formation des matrones, les accoucheurs ne peuvent guère opposer, jusqu'au début du 18e siècle, que la théorie sans la pratique. » Si la situation évolue un peu dans la première moitié du siècle, c'est uniquement parce que tend à croître le nombre des chirurgiens s'occupant d'accouchements [16].

Il faut attendre les années 1760 pour que la nécessité d'une réelle formation des sages-femmes soit l'objet d'une prise de conscience collective à laquelle participent non seulement des chirurgiens et quelques rares sages-femmes qualifiées, mais aussi des administrateurs et les plus hautes autorités de l'Etat soucieux, dans une perspective populationniste, de mettre un terme à des pratiques qui enlèvent dès le berceau « tant de sujets au roi ». En 1762, un enseignement de l'obstétrique à l'intention des futures matrones est organisé en Bretagne grâce à l'appui des états provinciaux. En 1769, le médecin du roi Joseph Raulin publie, à la demande du ministre Bertin, des *Instructions succinctes sur les accouchements, en faveur des sages-femmes de provinces, faites par ordre du Ministère.* De nombreux manuels de ce type sont publiés dans les années suivantes, par exemple les *Principes sur l'art des accouchements par demandes et réponses en faveur des sages-femmes de la campagne* de Jean-Louis Baudelocque (1775), le *Cours d'accouchement en forme de catéchisme* de Jacques Telinge (1776) ou le *Précis de l'art des accouchements en faveur des sages-femmes et des élèves en cet art* de Michel Chevreul (1782). Ils se donnent tous pour but de mettre à la portée des sages-femmes soucieuses de s'instruire, le minimum de connaissances théoriques et pratiques nécessaires.

Mais l'initiative la plus importante est celle d'Angélique Le Boursier du Coudray, maîtresse sage-femme brevetée, nommée par le roi en 1767 « pour enseigner l'art des accouchements dans toute l'étendue du royaume ». En fait, Mme Du Coudray a commencé ses cours dès 1759 et les poursuivra jusqu'en 1783. En vingt-cinq ans, elle parcourt systématiquement presque toutes les provinces, mis à part l'Alsace et surtout le Languedoc où elle se heurte à l'opposition farouche de la faculté de médecine de Montpellier. Ainsi, entre 1775 et 1779, elle est successivement à Caen, Rennes, Rouen, Le Mans, Angers et Tours. Dans tous les cas, sa venue est préparée par l'intendant ou par l'un de ses subdélégués qui envoie une circulaire à tous les curés de paroisse pour leur annoncer le séjour de Mme Du Coudray et le programme de ses cours et les engager à y envoyer « des sujets capables de profiter de telles leçons ». Les dépenses sont prises en charge partie par l'intendance, partie par les curés, les seigneurs ou les communautés d'habitants. Le cours qui dure de six à huit semaines et groupe généralement une centaine d'auditrices, se compose de deux parties, la leçon et la démonstration proprement dite. La leçon cherche à inculquer aux élèves le minimum de connaissances jugé indispensable à une accoucheuse de campagne. L'acquisition de ces bases solides est assurée par la répétition et la récitation par cœur des passages les plus importants de la leçon. Mais l'originalité de la méthode consiste à dépasser ce savoir livresque et à établir un lien très étroit entre la théorie et la pratique. Cette dernière est rendue possible par la fameuse machine inventée par Mme Du Coudray. « La partie principale de cet ensemble, écrit Jacques Gélis[17], comprend un mannequin, figurant un tronc de femme, avec bassin et cuisses, reposant sur un socle en chêne grâce à une armature et des supports en fer. Composé de toile forte, de taffetas et de peau couleur clair, il est rembourré en coton ; des rubans y sont fixés et des parements permettent de masquer ou de découvrir la cavité du bassin. Ce mannequin est représenté en grandeur naturelle. Des pièces annexes, destinées à expliquer l'anatomie et à démontrer les phases et les accidents du travail, accompagnent le mannequin : parties de la génération, poupées, têtes de fœtus, matrices dans leur état naturel ou pendant la grossese, pessaires. » Chaque élève est appelée, à tour de rôle, à répéter sur la machine la manœuvre exécutée et commentée par Mme Du Coudray.

Celle-ci, pour prolonger sur place son enseignement, forme ensuite en quelques jours cinq à dix chirurgiens qui, avec le titre officiel de chirurgiens-démonstrateurs et sous le contrôle de l'intendant, auront la charge de former eux-mêmes, dans les mêmes conditions et dans le même esprit, les sages-femmes de la province. A l'issue de leur stage, les élèves reçoivent un brevet les habilitant à pratiquer « l'art des accouchements ». Infatigable et passionnée par sa tâche, Mme Du Coudray entend travailler en profondeur et créer un véritable enseignement régulier de l'obstétrique dans toute la France. On estime à plus de dix mille le nombre des sages-femmes qui, entre 1760 et 1790, ont été ainsi formées par ses soins et par ceux des quelque deux cents chirurgiens-démonstrateurs qu'elle a suscités un peu partout. Chiffre considérable et qui témoigne de l'ampleur de l'effort accompli, mais qu'il faut tout de suite tempérer. D'une part, il y a environ quarante mille paroisses dans le royaume. D'autre part, sur ces dix mille sages-femmes brevetées, presque toutes, mêmes lorsqu'elles exerçaient initialement à la campagne, s'installent en ville où existe une clientèle aisée susceptible de reconnaître et de payer leur nouvelle qualification. Ainsi les campagnes — c'est-à-dire 80 à 90 % de la population — ne profitent pratiquement pas de ces efforts : elles restent, à la veille de la Révolution, le domaine des matrones sans instruction.

L'apothicaire — le terme est préféré à celui de pharmacien encore peu employé — « exerce cette partie de la médecine qui consiste en la préparation des remèdes » (Furetière). Les apothicaires sont des marchands artisans souvent regroupés avec les épiciers et les droguistes au sein d'une même communauté de métier. C'est le cas notamment à Paris où ils forment, avec les marchands épiciers, le deuxième des prestigieux Six-Corps, sous la bannière de saint Nicolas. Pour devenir apothicaire à Paris, il faut faire quatre ans d'apprentissage chez un maître, servir six autres années comme garçon ou compaqnon et subir un examen comportant trois épreuves. La première, théorique, se passe devant un jury composé de neuf maîtres apothicaires, du doyen et de deux docteurs-régents de la faculté de médecine. La deuxième, dont sont dispensés les fils de maîtres, est pratique et consiste en une reconnaissance d'herbes médicinales. La troisième, ou chef-d'œuvre, est l'exécution de cinq préparations. La communauté possède rue de l'Arbalète, au faubourg Saint-Marcel, un jardin des plantes où un maître apothicaire fait un cours régulier de botanique, droit qui lui a été reconnu en 1632 malgré l'hostilité de la faculté de médecine. Les apprentis et compagnons soucieux de bien préparer la première épreuve suivent en outre des cours soit à la faculté, soit surtout au Jardin du roi où trois postes de « démonstrateurs et opérateurs pharmaceutiques » sont créés en 1635, puis une chaire de pharmacie en 1671 dont l'un des premiers titulaires est Tournefort (1656-1708). Guy Fagon, premier médecin du roi, est intendant du Jardin de 1696 à sa mort en 1718. Il développe le jardin des plantes médicinales et enseigne lui-même la pharmacie. C'est Buffon, devenu intendant en 1739, qui fait du Jardin du roi un grand établissement scientifique de renommée internationale et doté d'un corps professoral éminent, notamment en botanique avec les Jussieu, Antoine (1686-1758) et Bernard (1699-1777), puis leur neveu Antoine-Laurent (1748-1836).

A la fin du 18e siècle, les maîtres apothicaires de Paris marquent un point décisif dans la lutte sourde qui les oppose non seulement aux épiciers et droguistes dont ils s'efforcent de se démarquer, mais surtout aux docteurs-régents de la faculté de médecine qui leur dénient le droit d'enseigner. En effet, la déclaration royale du 25 avril 1777 crée le collège de pharmacie de Paris qui réunit l'ensemble des maîtres apothicaires à l'exclusion des épiciers et qui reçoit le droit d'assurer, dans les locaux de la rue de l'Arbalète, l'enseignement théorique des apprentis. En province, la formation du futur apothicaire se ramène le plus souvent à l'apprentissage, de durée variable, couronné par le chef-d'œuvre. L'enseignement théorique est inexistant, sauf là où existe une faculté de médecine pourvue d'une chaire de pharmacie. Dans ce cas, les apprentis apothicaires sont tenus d'assister aux cours, d'ailleurs intermittents, du docteur-régent chargé à la faculté du cours de pharmacie, et aux quatre herborisations que celui-ci organise chaque année à l'intention non seulement des étudiants en médecine, mais des maîtres apothicaires et de leurs apprentis. Toutefois, dans la seconde moitié du 18e siècle, se créent dans plusieurs villes de province des jardins des plantes ou des sociétés de botanophiles qui, à l'instar du Jardin du roi, organisent un enseignement théorique de la botanique et de la pharmacie en marge des démonstrations et herborisations. Plusieurs de ces jardins sont situés dans des ports et profitent ainsi d'un approvisionnement régulier par les médecins, chirurgiens et pharmaciens de la Marine.

De la médecine à la pharmacie, c'est tout l'enseignement de l'art de guérir qui, en 1789, a besoin d'être profondément réformé. Les médecins qui à partir de 1776 se retrouvent au sein de la Société royale de médecine, en sont plus conscients que quiconque et s'efforcent de promouvoir cette nécessaire réforme. En 1787, Vicq d'Azyr, secrétaire perpétuel de la Société royale, élabore un « Nouveau plan de constitution pour la médecine en France » dans lequel il préconise notamment une meilleure répartition géographique des établissements d'enseignement, la réunion en des études communes des deux branches de l'art de guérir, médecine et chirurgie, avec spécialisation ultérieure, enfin une rénovation de l'enseignement par la substitution du français au latin et par une importance accrue accordée aux leçons cliniques et aux exercices pratiques. Il faudra les bouleversements de la Révolution mettant à bas les institutions d'Ancien Régime, pour rendre possible l'application de ces projets.

les progrès limités du savoir médical

Au-delà des formes mêmes que revêt l'enseignement de l'art de guérir, il faut tenter de cerner le savoir ainsi transmis, en d'autres termes les connaissances médicales et leur évolution, des années 1600 à la veille de la Révolution. Le 16e siècle avait été marqué par d'importants progrès dans le domaine de l'anatomie, en dépit des obstacles apportés par l'Eglise au développement de la dissection de cadavres humains. De nombreux artistes se sont intéressés à la représentation du corps. Léonard de Vinci notamment a réalisé une œuvre anatomique de première importance, ainsi décrite par Antonio de Beatis, qui rend visite au grand artiste, en 1517, près d'Amboise : « Ce gentilhomme a composé un ouvrage sur l'anatomie appliquée spécialement à l'étude de la peinture, aussi bien des membres que des muscles, des nerfs, des veines, des jointures, des intestins et de tout ce qui peut s'expliquer tant sur le corps des hommes que sur celui des femmes; on n'en a jamais fait de semblable. Il nous l'a montré et nous a dit, en outre, qu'il avait fait la dissection de plus de trente corps d'hommes ou de femmes de tout âge[18]. » Il est vrai qu'en dehors de quelques-uns de ses contemporains, ces dessins de Léonard sont restés pratiquement inconnus jusqu'au début du 20e siècle et n'ont donc joué aucun rôle direct dans les progrès scientifiques ultérieurs[19]. C'est au Rhéno-Flamand André Vésale que revient le mérite d'avoir fondé l'anatomie moderne avec son grand livre illustré *De humani corporis fabrica* (1543) qui connut un énorme succès et constitua pendant près de trois siècles le meilleur traité d'anatomie et la constante référence, Gabriel Fallope et Jérôme Fabrice poursuivant et complétant, dans la seconde moitié du siècle, l'œuvre de Vésale. Ainsi, au début du 17e siècle, la configuration du corps humain était-elle connue avec exactitude, au moins dans ses grandes lignes.

Il n'en était malheureusement pas de même pour les autres disciplines médicales : physiologie, nosologie, thérapeutique, hygiène n'avaient pratiquement pas progressé. Seules avaient marqué quelques points la pathologie infectieuse avec Fracastoro et la chirurgie générale avec Ambroise Paré. Le grand Paracelse (1493-1541) s'efforçant de créer une médecine affranchie de la tradition et soumise à la seule observation, avait prêché dans le désert. Ses contemporains étaient prêts à admettre volontiers sa théorie de la correspondance étroite entre macrocosme et microcosme et les constantes interférences qu'il établissait entre médecine, occultisme, astrologie et alchimie. Mais ce magicien qui prétendait avoir fabriqué l'homuncule * et l'élixir de longue vie, était aussi un génial précurseur qui préconisait l'enseignement au lit du malade et un grand praticien qui osait écrire : « Mes livres ne sont pas écrits comme ceux des autres médecins qui se sont bornés à copier Hippocrate et Galien ; je les ai composés en me fondant sur l'expérience qui est la plus grande maîtresse de toutes choses [...]. La pratique ne devrait pas se baser sur la théorie spéculative ; la théorie doit dériver de la pratique. » Il faudra plus de deux siècles avant qu'un tel langage soit vraiment entendu et que puisse naître, avec la clinique, la médecine moderne.

En effet, les connaissances médicales ne s'enrichissent guère au 17e siècle. Elles n'enregistrent, en tout cas, ni découvertes théoriques majeures — sinon la circulation du sang — ni applications pratiques spectaculaires. Cette incontestable stagnation qui peut surprendre en un siècle où Galilée, Descartes, Newton fondent la science moderne, expérimentale et quantitative, résulte d'abord du respect tyrannique de la tradition. Aucune découverte, même confirmée par l'expérience, ne peut être admise si elle n'est pas garantie par l'autorité des Anciens. Qu'importe que la circulation du sang soit établie par les remarquables observations de Harvey et confirmée par de nombreux travaux, qu'importe que le quinquina fasse ses preuves dans la guérison des fièvres intermittentes : l'une et l'autre ne peuvent être que rejetées puisque ni Hippocrate ni Galien n'en ont parlé. Les sarcasmes dont Boileau accable l'université de Paris et sa faculté de médecine dans son *Arrêt burlesque* de 1675, ne font que traduire la triste réalité : « Vu par la cour la requête présentée par les régents, maîtres ès arts, docteurs et professeurs de l'université, tant en leurs noms que comme tuteurs et défenseurs de la doctrine de maître Aristote [...] contenant que depuis quelques années, une inconnue nommée Raison aurait entrepris d'entrer par la force dans les écoles de ladite université [...] qu'elle aurait changé et innové plusieurs choses en et au-dedans de la nature [...] comme de faire voiturer le sang par tout le corps, avec plein pouvoir audit sang d'y vaguer, errer et circuler impunément par les veines et les artères ; n'ayant d'autre droit ni titre pour faire lesdites vexations que la seule expérience, dont le témoignage n'a jamais été reçu dans lesdites écoles [...] plus, par un attentat et voie de fait énorme contre la faculté de médecine, se serait ingérée de guérir, et aurait réellement et de fait guéri, quantité de fièvres intermittentes avec vin pur, poudre, écorce de quinquina et autres drogues inconnues audit Aristote et à Hippocrate, son devancier, et ce, sans saignées, purgations, ni évacuations précédentes. » Ce texte méritait d'être cité, même partiellement, comme témoignage de la réaction exaspérée des esprits sensés devant la bêtise obtuse dans laquelle s'enfermait volontairement une grande partie du corps médical. Celui-ci ne se relèvera que lentement au cours du 18e siècle du discrédit qu'une telle attitude intellectuelle lui vaudra auprès de la classe éclairée.

L'autre raison du peu de progrès des connaissances médicales réside dans l'abus de l'esprit de système. Du rationalisme à ses débuts, médecins et savants semblent n'avoir retenu que les possibilités illimitées de la pure raison. Impressionnés par les travaux des mathématiciens et des astronomes, ils élaborent des théories auxquelles ils s'efforcent ensuite de plier la réalité, au lieu de s'en tenir à la stricte interprétation des faits observés ou expérimentés. Le 17e siècle est vraiment le siècle des systèmes médico-philosophiques. Descartes lui-même présente dans son traité posthume *De l'homme,* écrit en 1632, une conception dualiste selon laquelle le corps humain est un animal-machine qui fonctionne de lui-même comme un ingénieux automate et dont la vie qui l'anime ne dépend donc pas de l'existence de l'âme. Pour expliquer le fonctionnement de cette machine, Descartes, qui pourtant préconise par ailleurs le doute méthodique et la nécessité de l'observation et de l'expérience, échafaude des théories qui ne tiennent aucun compte des réalités connues de son temps. Il écrit par exemple : « Le feu qui est dans le cœur de la machine que je vous décris n'y sert à autre chose qu'à dilater, échauffer et subtiliser ainsi le sang qui tombe continuellement, goutte à goutte, par un tuyau de la veine cave dans la concavité du cœur droit, d'où il s'exhale vers le poumon. »

Ces théories sont assez voisines de celles alors défendues par les médecins mécanistes ou iatro-mécanistes *, tel l'Italien Borelli. Les mécanistes tentent d'appliquer aux mouvements des êtres animés les lois qui régissent la physique et les mathématiques. L'estomac n'est qu'une cornue, le cœur, un ressort, le poumon, un soufflet, les muscles, des cordes, les viscères, des filtres, les veines et les artères, des tubes. Et ces organes fonctionnent comme les outils mécaniques auxquels ils sont comparables. Beaucoup de médecins sont, peu ou prou, mécanistes et ramènent presque toutes les maladies à des problèmes de tuyauterie. Ce qui est grave, c'est que de telles théories conduisent à une thérapeutique dangereusement évacuante : pour soulager ou déboucher les conduits, il faut multiplier purgations et saignées. Par contre, pour les médecins chimistes ou iatro-chimistes *, dont le Flamand Van Helmont est le chef de file, les fonctions du corps sont commandées par des éléments occultes nommés « archées ». Ces éléments sont ordonnés selon une savante hiérarchie et ont chacun leur attribution. C'est la révolte de tel ou tel d'entre eux qui provoque les diverses maladies. Sans suivre forcément Van Helmont dans tout son système, beaucoup de médecins expliquent toutes les maladies et tous les malaises par des phénomènes physiques : lutte entre l'acidité et l'alcalinité des humeurs, alternance entre « fermentations » et « effervescences ». Mais la plupart des médecins du 18e siècle, disciples en cela du plus grand d'entre eux le Hollandais Boerhaave (1668-1738), dont les *Aphorismi* sont dans toutes les bibliothèques, réalisent un compromis entre iatro-mécanisme et iatro-chimisme et orientent leur thérapeutique tantôt contre l'obstruction des conduits, tantôt contre l'agitation des humeurs.

L'évolution de la médecine ne peut pourtant pas se ramener à l'aristotélisme borné d'un Diafoirus ou à l'esprit de système de Van Helmont. Des progrès importants sont quand même enregistrés, notamment en physiologie, même s'ils ne débouchent encore sur aucune amélioration sensible de l'art de soigner. Le plus important de tous est la découverte par l'Anglais William Harvey de la double circulation du sang, qu'il expose dans son *De motu cordis,* publié en 1628, et complète vingt ans plus tard par ses *Exercitationes duae anatomicae* connues sous le nom de *Lettres à Riolan* (1649). Certes, l'œuvre de Harvey n'est pas une innovation totale. La petite circulation à travers les poumons est décrite dès le 13e siècle par un médecin arabe, mais son manuscrit ne sera retrouvé qu'au 20e siècle. De même deux exemplaires de l'ouvrage de théologie dans lequel Michel Servet décrit à son tour la petite circulation, sont brûlés en même temps que son auteur en 1553, et tous les autres exemplaires disparaissent peu après. Par contre, Harvey a connu les travaux des Italiens Colombo et Cesalpino qui, en 1558-1559, décrivent le mécanisme de la circulation (Cesalpino est le premier à employer ce terme) et attribuent clairement au cœur le rôle principal dans ce mécanisme. Le mérite du médecin anglais est d'avoir donné pour la première fois, à la suite de nombreuses observations et expériences sur des animaux agonisants ou décapités, une description presque complète du phénomène de la circulation du sang, aussi bien dans le circuit périphérique (grande circulation) que dans le circuit pulmonaire (petite circulation). Cette description claire constitue bien une étape essentielle dans la connaissance du corps humain et dans l'histoire de la médecine. Pourtant la découverte d'Harvey se heurte à la vive opposition de tous les tenants de la tradition. En France, la plupart des médecins, Jean Riolan et Guy Patin en tête, repoussent la nouvelle doctrine comme « paradoxale, inutile, fausse, impossible, absurde et nuisible » et s'efforcent de ridiculiser son auteur en le traitant de *circulator,* mot latin signifiant médecin ambulant, en d'autres termes charlatan. La violente querelle entre circulateurs et anticirculateurs dure presque tout le siècle. Et en 1690, Furetière peut écrire dans son *Dictionnaire* ces lignes sereines : « Circulation se dit aussi en médecine du mouvement que fait le sang qui plusieurs fois par jour passe par le cœur et va jusqu'aux extrémités du corps des animaux. Harvée *(sic)* est un docteur moderne d'Angleterre qui a le premier découvert la circulation du sang, en 1628, qui est maintenant reconnue par tous les médecins. » De son côté, Jean Pecquet découvre en 1651 la circulation lymphatique et montre que le foie n'y joue aucun rôle.

La découverte, en physiologie, la plus importante de ces deux siècles, en dehors de la circulation du sang, est celle du processus chimique qui constitue l'essentiel de la fonction respiratoire. C'est le fait d'Antoine-Laurent Lavoisier qui affirme en 1777 que la vie est une combustion et décrit le phénomène magistralement en quelques lignes : « La machine animale est principalement gouvernée par trois régulateurs principaux : la respiration qui consomme de l'hydrogène et du carbone et qui fournit du calorique ; la transpiration qui augmente ou qui diminue, suivant qu'il est nécessaire d'emporter plus ou moins de calorique ; enfin la digestion qui rend au sang ce qu'il perd par la respiration et la transpiration. »

En anatomie, la mise au point progressive du microscope permet notamment à l'Italien Malpighi d'étudier les tissus vivants et au Hollandais Van Leeuwenhoek de découvrir en 1677 les spermatozoïdes et en 1688 les globules sanguins. Le problème de la génération oppose les savants en ovistes pour qui le fœtus est entièrement formé dans l'œuf et en animalculistes ou spermatistes pour qui il l'est dans le spermatozoïde. Sans trancher pour autant le différend, l'Italien Spallanzani démontre vers 1780 que la fécondation nécessite un contact matériel entre le spermatozoïde et l'ovule. L'anatomie pathologique, c'est-à-dire l'étude systématique des lésions consécutives aux maladies, débute avec l'œuvre considérable de l'Italien Morgagni dont le *De sedibus et causis morborum* paraît à Vienne en 1761.

Mais ces progrès importants dans une meilleure connaissance du corps humain, sain et malade, reste, pour la plupart, théoriques et sans effets directs sur l'art de soigner. Par ailleurs, certaines découvertes pratiques, riches d'avenir, n'ont aucun effet dans le moment : c'est ainsi que l'Autrichien Auenbrugger peut bien inventer la percussion en 1761, il faut attendre en France les premières années du 19e siècle pour que sa méthode soit vulgarisée par Corvisart. Pourtant, à côté du sectarisme de trop de docteurs régents imbus de iatromécanisme ou de iatrochimisme (surtout à Paris, ceux de Montpellier sont beaucoup moins dogmatiques), les médecins praticiens, eux, aux prises avec leur clientèle sont plus sensibles aux leçons des deux plus grands médecins de l'époque, cliniciens avant la lettre, l'Anglais Sydenham (1624-1689) et le Hollandais Boerhaave (1668-1738), dont le prestige est considérable en France comme dans toute l'Europe. Ils en retiennent une manière très pragmatique de traiter les problèmes de leur métier et surtout la nécessité, enseignée déjà par Hippocrate, mais trop oubliée, d'accorder à chaque malade une attention spécifique. C'est en cela surtout que l'action du médecin se modifie peu à peu au cours du 18e siècle par rapport à ce qu'elle était encore trop souvent au temps de Molière. Mais cette heureuse évolution ne doit pas masquer l'essentiel : à la veille de la Révolution, la médecine, définie comme l'art de soulager les hommes dans la maladie et de faire reculer la mort, n'a pas beaucoup progressé au cours des deux siècles précédents.

3

la médecine officielle : l'art de guérir

le diagnostic

« Comme ainsi soit qu'on ne puisse guérir une maladie qu'on ne la connaisse parfaitement, et qu'on ne la puisse parfaitement connaître sans en bien établir l'idée particulière et la véritable espèce par ses signes diagnostiques et prognostiques, vous me permettrez, Monsieur notre ancien, d'entrer en considération de la maladie dont il s'agit, avant que de toucher à la thérapeutique et aux remèdes qu'il nous conviendra faire pour la parfaite curation d'icelle[20]. » Dans son style fleuri qui sent l'école, le premier médecin de M. de Pourceaugnac, s'adressant à l'un de ses confrères appelé en consultation, ne fait qu'exprimer une évidence : le diagnostic précède la thérapeutique. Pour déceler les « signes et symptômes qui donnent l'indication et la connaissance de la nature et causes des maladies[21] », le médecin interroge et observe le patient. Il ne le palpe que fort peu et l'explore moins encore : ce sont là tâches manuelles et donc viles pour lesquelles il est fait éventuellement appel au chirurgien et dont on pense d'ailleurs qu'elles n'apprendraient pas grand-chose. Selon les principes hippocratiques, l'essentiel réside dans l'interrogatoire long et minutieux du malade et de son entourage, et dans l'observation du facies, de la langue, des yeux et surtout du pouls, des urines, des selles et du sang.

« Pour discerner le pouls, écrit La Martinière en 1667, il faut porter trois doigts ou quatre sur l'artère du bras proche la main du malade, laquelle ne doit être ni élevée, ni baissée, ni pressée, ni serrée d'aucun lien. » Selon le même auteur, le pouls est égal ou inégal ; le pouls égal peut être véhément ou languide, le pouls inégal, réciproque, intermittent ou défaillant ; de surcroît, selon les types de maladies, le pouls peut être petit, dur, tendu, élancé, convulsif, rare, languide, tardif, ondoyant, vermiculant, fourmillant, tremblant, ondeux, large, mol. Un siècle plus tard, Tissot qui s'inspire implicitement des *Recherches sur le pouls* de Bordeu (1755), est moins prolixe, mais plus précis : « Il n'y a pas besoin de définir le pouls fort et le pouls faible ; le fort est presque toujours de bon augure, le faible est souvent fâcheux. Si le pouls, en frappant le doigt, fait sentir un coup sec, comme si l'artère était de bois ou de quelque métal, on l'appelle dur ; l'opposé s'appelle mou ; le dernier vaut généralement mieux. Si le pouls est fort et mou, encore qu'il soit vite, on doit conserver beaucoup d'espérance. S'il est fort et dur, cela indique ordinairement une inflammation et demande la saignée et le régime rafraîchissant. S'il est petit, vite et dur, le danger est très grand. » De plus, Tissot insiste sur l'intérêt de la mesure précise du pouls dans l'appréciation de l'état fébrile. Cette notion de mesure des pulsations s'est introduite après 1710 à l'instigation de l'Anglais Floyer, inventeur d'une « physician's pulse watch ». « Le pouls, écrit Tissot, bat chez une personne bien portante, depuis l'âge de dix-huit ou vingt ans jusqu'à soixante-dix, entre soixante et septante fois par minute [...]. Si le pouls n'est qu'un tiers plus vite, [la fièvre] n'est pas extrêmement forte ; elle est forte quand cette augmentation est d'une moitié ; très dangereusement, l'on peut presque dire mortelle, quand on est parvenu au point d'avoir deux battements au lieu d'un. »

Pour Furetière, « les bons médecins jugent les maladies par les urines ». L'examen qui porte sur celle du réveil, recueillie dans un urinal clair et transparent, concerne d'abord la couleur, qui peut être blanche, orangée, dorée, safranée, rouge, vineuse, verte, bleue, et l'odeur, toute puanteur traduisant un état morbide, une fois éliminées les causes alimentaires. Il convient d'examiner aussi la nature même du liquide, sa transparence, la présence ou non d'écume après agitation de l'urinal, la subtilité ou la grossièreté de l' « hypostase » *. Enfin, depuis que l'Anglais Willis a signalé en 1673 la saveur sucrée de l'urine des diabétiques, les médecins ont pris l'habitude de compléter leurs examens en portant à leurs lèvres un doigt trempé dans l'urine du patient afin d'en apprécier le goût, insipide ou non. « Vos déjections, comment sont-elles ? », demande son médecin à M. de Pourceaugnac. L'examen des selles — mais aussi des expectorations et des sueurs — joue en effet un rôle au moins aussi important que celui des urines, et le vocabulaire n'est pas moins riche pour désigner l'odeur des matières, leur couleur, leur consistance, leur fréquence, tous ces éléments intervenant dans le diagnostic. Le sang, enfin, examiné après saignée, est censé donner lui aussi de précieux renseignements : « Le sang noir et aqueux, écrit La Martinière, est la marque d'une fièvre quarte ; celui qui est de couleur jaune signifie le mal être à la rate, celui qui est de couleur vert bleuâtre est signe que le mal est au foie, celui qui est roussâtre, noir, dur et coagulé, signifie une paralysie. Le sang tiré qui fait une peau blanche, verdâtre, tendre ou dure, est un signe d'abondance de pituite et viscosités. » Lorsqu'il est figé, sa plus ou moins grande résistance au couteau fournit aussi des indications.

Ces observations superficielles se prêtent à de multiples commentaires et à des variations intellectuelles, mais n'apportent que peu d'éléments positifs. Comme elles ne s'accompagnent d'aucun examen sérieux du malade lui-même par palpation, exploration, percussion ou auscultation, ni d'aucune mesure précise de la température[22], le diagnostic repose donc essentiellement sur l'interrogatoire du patient et des gens qui l'entourent. Il n'est pas surprenant, dans ces conditions, que la pratique des consultations par correspondance se maintienne et même se développe au cours de ces deux siècles. Le médecin consulté adresse un questionnaire circonstancié auquel répond le malade lui-même ou un membre de sa famille. Au vu de cette réponse, accompagnée parfois d'un flacon d'urine ou de sang, l'homme de l'art fait son diagnostic et envoie ses prescriptions. Théophraste Renaudot publie en 1642, *La Présence des absents, ou facile moyen de rendre présent au médecin l'état d'un malade absent*. Il s'agit d'un « formulaire » que pourront remplir aisément toutes personnes « moyennant qu'elles sachent lire » et grâce auquel un médecin éloigné sera « suffisamment instruit de l'état du malade, de sa maladie et de tous les symptômes et circonstances nécessaires pour tirer les indications requises à les bien et méthodiquement traiter, voire aussi bien que si le malade était présent ». En 1761, dans le dernier chapitre de son *Avis au peuple sur sa santé*, intitulé « Questions auxquelles il est absolument nécessaire de savoir répondre quand on va consulter un médecin », Tissot précise : « Il serait même à souhaiter que les personnes de tout ordre qui écrivent pour des consultations, voulussent bien, dans leurs lettres, observer un plan à peu près semblable. » De fait, jusqu'au 19e siècle, la plupart des médecins soignent ainsi par correspondance une partie de leur clientèle.

saignare, purgare et clysterium donare

Le diagnostic une fois posé, soit de cette façon, soit au chevet du malade, soit par consultation de celui-ci au domicile du médecin, il appartient à ce dernier d'ordonner la thérapeutique appropriée. Les remèdes dont il dispose sont, au total, peu nombreux : la diète, la saignée, les diverses purgations et potions, les topiques *, quelques rares spécifiques * et, dans certains cas limités, le recours aux opérations de chirurgie et aux cures thermales.

Contre les excès de la médecine agissante, et notamment l'abus des saignées et des purgations, les tenants de la médecine expectante prônent les bienfaits de la diète, non seulement au début et au cours de la maladie, mais aussi pendant la convalescence. Tissot énonce, comme « le régime général qui convient à toutes les maladies », les prescriptions suivantes : « Se réduire à très peu ou à point d'aliments solides, renoncer surtout entièrement à la viande, au bouillon, aux œufs et au vin, boire abondamment. » Quant au convalescent, il faut le tenir à une diète légère. Certes, il ne limite pas à cela la lutte à mener contre la maladie et ne méconnaît aucun des autres moyens dont il faut user selon la nature du mal, mais il fait de la diète la condition nécessaire à la réussite de tout autre traitement approprié. Il convient lui-même que ce principe salutaire est loin d'être unanimement admis : « Je dois le dire, ce préjugé mortel qu'il faut soutenir les malades par de la nourriture est encore trop répandu parmi les personnes mêmes que leurs talents et leur éducation devraient soustraire à des erreurs aussi grossières que celles-là. » Il note que ce préjugé est, plus encore, le fait de l'ensemble de la population, notamment dans les campagnes, et il conclut : « Plus on aime un malade, plus on veut le faire manger : c'est l'assassiner par tendresse. » Ces propos de Tissot sont révélateurs d'une méconnaissance, partagée par beaucoup de ses confrères, des réalités de la vie quotidienne des masses populaires. Une sous-alimentation chronique y étant trop souvent la règle, il n'est pas étonnant que le vin, la viande, le pain blanc — ces mets de riches — apparaissent comme des remèdes susceptibles de donner des forces au malade. La médecine d'un Tissot et de ses émules est une véritable médecine de classe qui n'est adaptée qu'à la petite élite de la fortune qui est leur clientèle ordinaire.

La saignée, « opération de chirurgie qu'on fait avec une lancette pour tirer le sang corrompu ou superflu qui est dans les veines », reste, selon Furetière, « le remède principal » des médecins. D'après Botallo, médecin de Charles IX et de Henri III, « plus on tire de l'eau d'un puits, plus il en revient de bonne ; plus la nourrice est têtée par l'enfant, plus elle a de lait ; le semblable est du sang et de la saignée ». Ce principe joint à la croyance selon laquelle le corps contient vingt-quatre litres de sang et que l'on peut en perdre vingt sans mourir, explique l'incroyable fortune de cette médication. La saignée peut être seulement préventive ; elle est dite alors « de précaution » ; Louis XIV est ainsi saigné régulièrement. Mais elle est le plus souvent curative. Ordonnée par le médecin, elle est faite par le chirurgien dans une chambre préalablement obscurcie par fermeture des volets. Une personne présente éclaire avec une bougie ou une chandelle. Elle se pratique en divers points du corps qui ne sont pas indifférents, mais varient selon la nature de la maladie qu'il faut combattre. En général, la veine que l'on perfore est à proximité du siège du mal, mais rarement *in situ ;* ainsi, au 17e siècle, les veines du front, des tempes, du bout du nez et des angles internes des yeux, pour les maux de tête, les infirmités de la face et les maux d'yeux ; les veines de la lèvre inférieure et de la langue, pour les ulcères de la bouche et les douleurs de dents ; la veine médiane du bras, pour les maux du cœur et des poumons ; la veine basilique du bras droit, pour le foie, du bras gauche, pour la rate ; les veines des genoux, pour les douleurs des reins, des cuisses et de la vessie ; la veine sciatique, pour la goutte ; les veines malléolaires, au-dessus du pied, pour la gravelle et la stérilité ; les veines des pieds, pour les hémorroïdes, les maux de matrice et l'aménorrhée *.

Indépendamment des vertus curatives de la saignée, l'aspect du sang tiré aidera le médecin, on l'a vu, dans son diagnostic, mais permet déjà au chirurgien de rassurer le malade. « Si le sang est sorti avec vigueur et abondance, écrit Pierre Dionis dans ses *Cours d'opérations de chirurgie* (1707), il lui fait voir la nécessité qu'il y avait d'en ôter [...] S'il est vilain et corrompu, il lui dit que ce que l'on a vidé donnera moyen, par le secours de la circulation, à celui qui reste de se purifier ; s'il est beau et vermeil, il s'en réjouira avec le malade, en lui disant que c'est une preuve infaillible que celui qui demeure dans ses veines est de pareille nature et qu'un pareil sang promet une santé de longue durée. »

Mais l'opération, si courante qu'elle soit, n'est pas sans danger. Cela peut aller de l'hématome mal résorbé à la piqûre accidentelle du tendon, de l'artère ou du périoste, provoquant inflammation et abcès. En 1704, Saint-Simon *, qui a alors vingt-neuf ans, est sauvé *in extremis* des suites d'une saignée mal faite, grâce à l'intervention de Mareschal, chirurgien de Louis XIV, venu spécialement de Versailles à Paris avec la permission du roi : « En arrivant le matin, il m'ouvrit le bras d'un bout à l'autre. Il était temps ; l'abcès gagnait le coffre et se manifestait par des grands frissons. Il demeura deux jours auprès de moi, vint après plusieurs jours de suite, puis de deux jours l'un. L'adresse et la légèreté de l'opération, des pansements, et de me mettre commodément passent l'imagination [...] J'avais fait un léger effort du bras le jour de la saignée, auquel j'attribuais l'accident. Mareschal et Fagon ne doutèrent pas que le tendon n'eût été piqué. » Mais ces accidents sont relativement rares, compte tenu de la fréquence de l'opération, au moins dans les milieux de la cour et de la ville où l'on peut se payer les soins d'un médecin et d'un chirurgien.

Il existe peu de détracteurs de cette pratique qui a pour elle l'ancienneté et l'autorité d'Hippocrate et de Galien. Les critiques, nombreuses, qu'on lui adresse, portent sur l'abus, non sur l'usage. Le titre du livre que publie en 1656 le médecin fléchois Jean Bineteau est à cet égard révélateur : *La Saignée réformée, ses abus, son mauvais et trop fréquent usage, corrigés par quantités de raisons naturelles et d'autorités d'Hippocrate et de Galien.* En dépit de ces références et de sa modération, l'ouvrage vaut à son auteur les foudres de Guy Patin qui se vantait de saigner ses malades jusqu'à trente fois de suite dans le cours d'une même maladie, y compris vieillards et enfants à la mamelle. Au début du 18e siècle, Philippe Hecquet qui servit de modèle à Lesage pour son docteur Sangrado dans *Gil Blas,* professe que « le sang n'est point si nécessaire à la conservation de la vie et qu'on ne saurait trop saigner un malade ». En août 1726, la jeune duchesse d'Orléans meurt en couches par la faute des médecins : « Ils ont fait saigner la princesse, raconte Barbier dans son *Journal,* de telle sorte qu'elle n'avait plus de force ; aussi l'on dit publiquement que les médecins, et surtout Chirac, sont cause de sa mort. »

La saignée reste en France la médication essentielle jusqu'à la fin du 18e siècle, mais ses indications tendent à se limiter un peu — du moins dans les écrits médicaux —, de même que les points du corps où elle se pratique. Dans son *Dictionnaire portatif de chirurgie,* Pierre Sue écrit en 1771 : « Les veines qu'on peut ouvrir sont en très grand nombre, mais on se borne ordinairement à celles du cou, du bras et du pied. » De son côté Tissot écrit : « La saignée n'est nécessaire que dans quatre cas : 1° quand il y a trop de sang ; 2° quand il y a inflammation ; 3° quand il est survenu, ou qu'il va survenir, dans le corps, quelque cause qui produirait bientôt l'inflammation [...] ; 4° quelquefois pour apaiser une douleur excessive. Il est égal dans quelle partie on la fait [...]. Dans quelque état que ce soit, quelque robuste que soit le sujet, si la saignée n'est pas nécessaire, elle nuit. » Et il ajoute ces lignes qui en disent long sur le maintien de certaines pratiques à la Guy Patin : « L'on voit en frémissant que quelques personnes sont saignées dix-huit, vingt, vingt-quatre fois dans deux jours ; d'autres quelques centaines de fois dans quelques mois. Ces observations prouvent, à coup sûr, toujours l'ignorance du médecin ou du chirurgien ; et si le malade en réchappe, on doit admettre les ressources de la Nature qui ne succombe pas sous tant de coups meurtriers. »

La purgation relève de la même médecine évacuante et constitue un remède aussi employé que la saignée. Il existe différents types de purgations selon le procédé utilisé — breuvage clystère ou — et selon le résultat obtenu — vomissement ou selles —. Tissot précise que « cette dernière voie est beaucoup plus naturelle que la première qui ne se fait que par un mouvement violent et contre-nature ». Le clystère est, selon Furetière, « un remède ou injection liquide qu'on introduit dans les intestins par le fondement, pour les rafraîchir, pour lâcher le ventre, pour humecter et amollir les matières, pour irriter la faculté expultrice, dissiper les vents, aider à l'accouchement, etc. ; on fait des clystères d'eau, de son, de lait et particulièrement de décoctions de certaines herbes ; il y a des clystères remollitifs, carminatifs, lénitifs, astringents, laxatifs, anodins, etc. ». On le voit : c'est en reprenant seulement, sans rien y ajouter, le vocabulaire savant en usage de son temps, que Molière fait rire ses contemporains. Ceux-ci ne s'y trompent pas et leur rire, qui s'adresse directement aux médecins, prouve qu'ils ne sont pas dupes de la phraséologie de ces derniers.

Si l'on en croit Ambroise Paré, le clystère aurait été inventé par les Egyptiens qui n'auraient fait qu'imiter les cigognes qui se servent leur bec comme d'une seringue. Quoiqu'il en soit, le 17e et le 18e siècle usent et abusent du clystère. Dès la fin du 17e siècle, on dit de préférence lavement, remède ou médecine, mais la chose est la même. Son administration au moyen d'une longue seringue — « l'escopette d'Hippocrate » —, de taille variable selon les sujets et les cas, demande prudence et adresse. C'est le fait théoriquement des apothicaires, ce qui justifie les surnoms que leur donnent les Parisiens — « mirancus », « limonadiers des postérieurs » — et l'épitaphe burlesque de l'un d'eux : « Ci-gît qui pour un quart d'écu, S'agenouillait devant un cul. » Mais dans la plupart des maisons bourgeoises, cela fait partie des attributions habituelles de la servante. A la cour de Louis XIV, c'est une pratique courante ; la duchesse de Bourgogne peut même se faire donner un lavement, debout, par sa suivante, dans un salon plein de courtisans, sans que personne ne s'en aperçoive. La mode s'en maintient au 18e siècle, si l'on en croit du moins le vulgarisateur Bréchillet-Jourdain en 1772 : « Il n'y a peut-être point de pays d'Europe où l'on prenne plus de lavements qu'en France, surtout dans la capitale, chez les gens du bon ton, qui s'imaginent être malades quand ils ont oublié d'en prendre un ou deux dans la journée. Ils calculent ordinairement le degré de leur santé, non sur ce qu'ils ressentent, mais sur le nombre de lavements qu'ils ont pris pendant le mois. » La purgation s'administre aussi, et plus aisément, par voie buccale.

Quel que soit le mode d'absorption, le temps où l'on se purge n'est pas indifférent. Certes, si l'opération répond à un besoin urgent, on la fait dans le moment. Par contre, si le temps ne presse pas, il vaut mieux éviter les trop grandes chaleurs et les trop grands froids et opérer de préférence le matin. L'opinion commune fait intervenir, dans le choix du jour, le signe du zodiaque et le mouvement de la lune. Mais, à la fin du 18e siècle, la plupart des médecins ne voient plus là que préjugés et ignorance. Lavement ou breuvage, prise par le bas ou par le haut, la purgation n'a d'effets bénéfiques qu'à condition d'être faite avec discernement et à l'aide d'un purgatif approprié. Tout en vantant ses avantages à l'égal de leurs devanciers, les médecins du 18e siècle multiplient les mises en garde, comme pour la saignée. Ils dénoncent notamment l'usage consistant à purger quelqu'un dès le début d'une maladie et avant qu'ait pu être définie la nature exacte de celle-ci. Tissot écrit dans les « attentions générales » qui ouvrent son *Avis au peuple :* « L'on fait par là des maux infinis. Il y a des cas dans lesquels les évacuants, au commencement du mal, conviennent et sont nécessaires ; ces cas seront indiqués dans d'autres chapitres. Mais tant qu'on ne les connaît pas, il faut établir, comme une règle générale, que ces remèdes sont nuisibles à cette époque ; ce qui est vrai le plus souvent, et toujours quand les maladies sont inflammatoires. » Il dénonce également le fait de purger « toutes les fois que les maladies viennent de faiblesses et d'épuisement », et surtout l'habitude des purgations répétées : « Les purgatifs souvent réitérés ont les mêmes inconvénients que les fréquentes saignées ; ils ruinent les digestions, l'estomac ne fait plus ses fonctions, les intestins deviennent paresseux, et l'on est sujet à des coliques très violentes. » L'avis n'était pas inutile si l'on songe que Louis XIV a été purgé plus de deux mille fois en cinquante ans.

simples, thériaque et quinquina

La composition du liquide ainsi introduit dans le corps par voie anale ou buccale, fait intervenir dans des proportions variables selon chaque cas, quelques-uns des multiples produits de la pharmacopée de l'époque. Il en est de même des sudorifiques dont le but est de purger par sudations, et des innombrables tisanes, potions, infusions, poudres, aux vertus non purgatives, mais seulement apéritives, incisives ou émollientes *. Il en est de même enfin des remèdes topiques *, emplâtres, onguents, cataplasmes, gargarismes et autres médicaments externes. Ce qui caractérise en effet la plupart de ces remèdes, c'est l'étonnante variété de leurs composants et leur absence de véritable spécificité. Héritée des siècles précédents, la pharmacopée des 17e et 18e siècles reste essentiellement galénique, c'est-à-dire à base de plantes auxquelles s'ajoutent quelques produits d'origine animale et de rares remèdes chimiques, au total plusieurs centaines de substances différentes. Aujourd'hui encore certaines pharmacies hospitalières, conservées en l'état, témoignent de cette extraordinaire variété. L'apothicairerie de l'hôtel-Dieu de Baugé, en Anjou, entièrement équipée entre 1673 et 1675 et restée intacte, aligne ses cent quarante-six boîtes de bois cylindriques, ses cent quatre-vingt-dix pots ou chevrettes, ses cent quatre-vingts petits pots ou piluliers, ses cent vingt bouteilles ou bocaux de verre, chaque récipient portant le nom latin du produit qu'il contenait et contient parfois encore.

Les plantes médicinales, dites « simples » *, proviennent soit de France même, soit de pays exotiques. Une liste, tant soit peu complète, des simples, cultivés ou sauvages, cueillis dans les campagnes françaises, serait fort longue. Voici ceux qui reviennent le plus fréquemment dans les recettes du temps, classés par ordre alphabétique, avec leurs effets aujourd'hui reconnus par les spécialistes : la gousse d'*ail* est vermifuge, antispasmodique et fortifiante ; la racine et les graines d'*angélique* stimulent la digestion et sont diurétiques et sudorifiques ; le fruit de l'*anis* vert est expectorant et carminatif (c'est-à-dire favorisant l'expulsion des vents) ; la plante et la racine d'*aristoloche* sont anti-inflammatoires ; la plante et la racine d'*armoise* commune sont apéritives ; la feuille d'*artichaut* stimule les fonctions hépatique et biliaire ; la racine de *bardane* cicatrise les plaies et est diurétique et sudorifique ; la feuille et la racine de *belladone* sont antispasmodiques et analgésiques ; la fleur de *bigaradier* stimule la sécrétion des sucs gastriques ; l'écorce de *bourdaine* est un bon laxatif ; la feuille de *busserole* est un antiseptique des voies urinaires ; la fleur de *camomille* est antispasmodique, analgésique, anti-inflammatoire, cicatrisante ; la feuille de *cassis* est diurétique ; la petite *centaurée* est apéritive et digestive ; la racine de *chélidoine* est antispasmodique, analgésique et sédative ; la racine de *chicorée* sauvage stimule la fonction biliaire ; le rhizome de *chiendent* est diurétique et antiseptique ; la feuille de *digitale* pourpre est diurétique et améliore l'action du cœur ; le fruit et la racine de *fenouil* sont antispasmodiques et expectorants ; le rhizome de *fougère* mâle est vermifuge ; la racine de *gentiane* est apéritive et fortifiante ; la feuille, la fleur et la racine de *guimauve* sont calmantes et anti-inflammatoires ; le rhizome d'*hellébore* noire est un régulateur cardiaque ; le fruit et la feuille de *laurier* sont apéritifs et diurétiques ; la fleur de *lavande* est calmante ; la fleur et la feuille de grande *mauve* sont adoucissantes, expectorantes et anti-inflammatoires ; la fleur de *mélilot* est émolliente ; la feuille et la fleur de *mélisse* sont antispasmodiques et sédatives ; la fleur de *millepertuis* est cicatrisante et astringente ; la fleur de *passiflore* est antispasmodique ; la fleur de *pavot* est somnifère ; la feuille et la fleur de *plantain* sont expectorantes et astringentes ; la racine de *raifort* est laxative et antiseptique ; la fleur de *rue* est antispasmodique et favorise la menstruation ; la feuille de *sauge* est astringente et anti-inflammatoire ; la tige et la feuille de *thym* sont antispasmodiques et digestives ; la racine de *valériane* est fébrifuge et antispasmodique ; la feuille de *verveine* est digestive et calmante.

Qu'elles soient cultivées dans les jardins ou sauvages, ces plantes doivent être cueillies avec un soin tout particulier et, pour chacune d'elles, à une époque précise de l'année, compte tenu du cycle végétatif. A cette raison s'en ajoutent d'autres, d'ordre mi-naturel, mi-magique, par exemple les phases de la lune et le caractère de certaines dates, notamment la nuit de la Saint-Jean, le 24 juin. Beaucoup d'apothicaires — et pas seulement les gens du peuple — choisissent ce jour-là qui, en même temps que la fête du saint, est le premier jour de l'été, pour faire la cueillette des simples.

Les plantes exotiques, moins nombreuses, proviennent soit du Moyen-Orient, soit d'Asie, soit d'Amérique du Sud. Au 17e siècle, les Hollandais ont un quasi-monopole de l'introduction en Europe de ces « drogues et épiceries », mais, au siècle suivant, une partie de ce commerce passe aux mains des Anglais et des Français. Voici les plus utilisés de ces produits végétaux d'origine exotique : la gomme de l'*assa-fœtida,* plante du Moyen-Orient, est antispasmodique ; le fruit du *benjoin,* arbre de la péninsule indochinoise, est un désinfectant des voies respiratoires ; l'écorce de *cannelle,* arbre de Ceylan, stimule la sécrétion des sucs gastriques ; l'écorce de *gaïac,* arbuste d'Amérique centrale, est diurétique et sudorifique ; le rhizome de *gingembre,* plante d'Arabie, est carminatif ; le clou de *girofle,* fruit en forme de clou d'un arbre des Moluques, est stimulant et antiseptique ; le *jalap,* résine extraite de racines du Mexique, est un purgatif ; la *manne,* liquide coulant des branches de divers arbres, frênes de Sicile, cèdres du Liban, chênes de Mésopotamie, est généralement purgative ; la *myrrhe,* résine d'un arbre d'Arabie, est stimulante et antispasmodique ; la noix de *muscade,* semence d'un arbre d'Indonésie, est tonique et digestive ; l'*opium,* suc des fruits du pavot de Perse, est somnifère et analgésique ; le rhizome de *rhubarbe,* arbre de Chine, est apéritif et laxatif ; la racine de *salsepareille,* arbuste de l'Inde, est diurétique et soporifique ; la feuille et le fruit du *sené,* arbrisseau d'Ethiopie, sont purgatives.

L'énumération des produits d'origine végétale serait incomplète sans le vin et les breuvages exotiques que sont le chocolat, le café et le thé. Le vin est en effet au moins autant que la boisson qui « réjouit le cœur de l'homme », un remède qui peut être prescrit pur comme tonique notamment dans les convalescences et qui surtout, de même que le vinaigre, forme, beaucoup plus qu'un simple excipient, la base de nombreuses compositions médicamenteuses. L'usage du chocolat introduit en Europe par les Espagnols à la suite de la conquête du Mexique, ne date en France que de la première moitié du 17e siècle. Les médecins le recommandent, car « il rafraîchit les estomacs trop chauds et échauffe ceux qui sont trop froids » (Furetière). Cependant beaucoup de gens se méfient de cette boisson nouvelle. Mme de Sévigné qui « en a entendu dire du mal », lui attribue toutes sortes de méfaits. Le 25 octobre 1671, elle écrit tout de go à sa fille : « La marquise de Coetlogon prit tant de chocolat étant grosse qu'elle accoucha d'un petit garçon noir comme un diable, qui mourut. » En 1772, Bréchillet-Jourdain estime que « le chocolat facilite la digestion, nourrit beaucoup, adoucit les âcretés de la poitrine, réveille les esprits et l'amour, et résiste à la malignité des humeurs », mais il avertit que « son usage trop fréquent échauffe considérablement, surtout quand, dans sa composition, il y a beaucoup d'épices et d'aromates âcres ». C'est dans les années 1670 que le café passe dans l'usage en France, à la suite du séjour à Paris, en 1669, de Soliman Aga, ambassadeur du Grand Turc, qui en abreuve ses nombreux visiteurs. La mode s'en mêle, et ne passe pas contrairement à ce que pensait Mme de Sévigné. Les médecins discutent tout de suite des vertus thérapeutiques du nouveau breuvage et Furetière résume bien, en 1690, l'opinion de la majorité d'entre eux : « Il fortifie les membres, mondifie (c'est-à-dire nettoie) le cuir en desséchant les humidités qui sont dessous et donne bonne odeur à tout lc corps ; il guérit l'obstruction des viscères, provoque les mois des femmes, guérit la gale et la corruption du sang, la migraine et l'hydropisie. » Quant au thé, on lui attribue à peu près les mêmes vertus, mais son usage est beaucoup moins répandu.

En marge des simples et des végétaux de toutes sortes, les produits d'origine animale et humaine jouent un rôle important. Dans sa *Pharmacopée royale,* publiée en 1676, Moïse Charas fournit cette impressionnante énumération : « Pour les animaux, j'entends non seulement ceux qui sont employés entiers, comme les scorpions, les grenouilles, les vers, les cloportes, les petits chiens, les fourmis, les cantharides, les lézards, etc., mais toutes les parties des corps des animaux qui peuvent être employés par la médecine, sans en excepter leurs excréments et leurs superfluités, comme sont le crâne, l'axonge *, le sang, les cheveux, la fiente et l'urine de l'homme ; la corne, le priape *, les testicules, le suif, la moelle et l'os du cœur du cerf ; le foie et l'intestin du loup ; le suif, la rate, la pierre du fiel et l'os du cœur du bœuf ; le pied de l'élan ; le poumon du renard ; le cerveau du moineau ; la dent de l'éléphant et celle du sanglier ; la corne de la licorne * et celle du rhinocéros ; les fanons, l'ongle, l'axonge * et la fiente du cheval ; celle du mulet et celle de l'âne ; le musc ; le bézoard * ; les perles ; les coquillages ; les mâchoires du brochet ; les pattes, les pierres et le suc des écrevisses ; le sang et le suif du bouc et du chevreau ; le cœur, le foie, le tronc, la tête, la queue, l'axonge * et la peau des vipères. » Encore Charas ne mentionne-t-il ici ni le limaçon, le crapaud, le castor, le paon blanc ou la baleine, ni surtout ces produits essentiels que sont la cire, le miel, les œufs, le lait de vache, de chèvre ou de femme. Tous ont leur vertu particulière, reconnue par Charas et, après lui, par Nicolas Lémery, dont la célèbre *Pharmacopée universelle* (1697) et le *Traité des drogues simples* (1698) serviront de référence pendant tout le 18e siècle. C'est ainsi que l'écrevisse est souveraine contre les fièvres putrides, le poumon de renard contre les maladies pulmonaires, le cerveau de moineau contre l'épilepsie, le ver de terre contre les ulcères, les cancers, les rhumatismes et la goutte. Quant à la vipère, utilisée dans toutes ses parties et sous toutes les formes, elle guérit toutes les maladies, de même que le cerf, « à cause, écrit Charas, de l'avidité du cerf à dévorer les vipères ».

En dehors des perles animales, les apothicaires utilisent, en poudre et en composition, quelques pierres précieuses : la topaze, le jaspe, l'émeraude, le saphir, l'améthyste, l'onyx, le lapis-lazuli. On leur attribue, ainsi qu'à l'or, de remarquables vertus toniques et, éventuellement, hémostatiques. De plus, depuis les travaux de Paracelse sur l'utilisation en médecine de certains corps minéraux, une pharmacie chimique a tenté de se développer en marge de la pharmacie galénique qui a pour elle toute l'autorité des Anciens, Galien en tête. En fait, trois corps surtout réussissent non sans mal à passer dans la pharmacopée des 17e et 18e siècles : le plomb, le mercure et l'antimoine. Le plomb fournit la céruse (carbonate de plomb) et la litharge (protoxyde de plomb) qui sont utilisés en emplâtres et recommandés déjà à ce titre par Ambroise Paré. C'est Paracelse qui le premier préconise l'emploi du mercure, ou vif-argent, dans le traitement de la « grosse vérole ». A sa suite, Van Helmont recommande l'emploi de l'arcane coralin à base de sels de mercure.

Quant à l'antimoine, ce corps simple solide qui se rapproche beaucoup de l'arsenic, il était connu et utilisé par les médecins arabes, mais c'est Paracelse qui donne à son emploi une impulsion décisive. En 1595, le médecin allemand Libavius résume ainsi dans son *Alchymia* la triple action de l'antimoine : *vomere, cacare, sudare.* Alors que son usage se répand un peu partout en Europe, la faculté de médecine de Paris décrète que « l'antimoine est un poison, lequel doit être mis au rang des simples qui ont une qualité venimeuse ». Cela n'empêche pas de nombreux médecins, iatrochimistes ou non, d'utiliser l'émétique, ou tartre stibié, composition à base d'antimoine. La querelle de l'antimoine éclate vers 1650 lorsque Eusèbe Renaudot, fils de Théophraste, et Jean

Chartier, professeur au Collège du roi, défendent les vertus de l'antimoine et de l'émétique contre la faculté de médecine et Guy Patin (qui ne parle que de tartre stygié, par allusion au Styx, la rivière des morts). Livres, traités et libelles, plus ou moins violents, sont échangés de part et d'autre, jusqu'à ce qu'un événement imprévu, en juillet 1658, tranche souverainement le débat. Louis XIV, alors âgé de vingt ans et en campagne dans les Flandres, tombe gravement malade (sans doute une fièvre typhoïde). Il est sauvé non par ses médecins, mais par un de leurs confrères d'Abbeville qui purge le roi vingt-deux fois avec de l'émétique. Guy Patin, fort dépité, peut bien écrire à Charles Spon : « Ce n'est pas la peine de dire que le vin émétique a sauvé le roi, vu qu'il en a pris si peu qu'il ne se peut moins [...]. Ce qui a sauvé le roi a été son innocence, son âge fort et robuste, neuf bonnes saignées et les prières de gens de bien comme nous. » C'est Vallot, premier médecin du roi, qui tire la leçon de l'événement : « Cette maladie fut un grand bonheur pour l'Europe entière en consacrant d'une manière définitive et par un éclatant exemple, les merveilleuses propriétés de l'antimoine. » Désormais, l'émétique, vomitif souverain, a sa place dans toutes les officines. L'une des formes sous lesquelles il est employé est celle des « pilules perpétuelles » ou « universelles », petites balles que le malade avale pour se purger et qui, rendues à peu près intactes, peuvent servir indéfiniment.

De cette gamme de produits de toutes sortes, les apothicaires savent jouer avec une étonnante virtuosité, variant à l'infini les combinaisons et les recettes. Outre ces simples *, ils utilisent aussi largement des médicaments eux-mêmes composés, notamment la thériaque et l'orviétan. La thériaque, dont on fait remonter l'origine jusqu'au premier médecin de Néron, est « un remède composé de quantité de médicaments chauds pour la guérison des maladies froides, comme paralysie, apoplexie, léthargie, épilepsie, convulsions, dysenterie, coliques, la fièvre quarte, la petite vérole, la morsure des chiens enragés et généralement contre les poisons et venins ; il y entre un grand nombre de drogues et d'ingrédients qui sont différents suivant la diversité des auteurs » (Furetière). Les produits de base sont le vin, le miel, la chair de vipère et l'extrait d'opium. La thériaque de d'Aquin, la plus commune, comporte plus de soixante-dix substances, dont trente plantes somnifères. L'orviétan, inventé par un médecin d'Orvieto, est introduit en France au milieu du 17e siècle et se vend près du Pont-Neuf ; c'est un produit très voisin de la thériaque. L'eau d'arquebusade (infusion de plantes vulnéraires *), l'eau de la reine de

Hongrie (à base, notamment, de romarin), le baume du Commandeur (préparation stimulante), le baume Tranquille * (fait de nombreuses plantes narcotiques) sont également des médicaments composés entrant à leur tour dans de multiples recettes.

Celles-ci sont d'une extrême variété. L'emploi de tel produit plutôt que de tel autre répond à divers critères. Selon le grand principe hippocratique et galénique consistant à opposer les contraires aux contraires, les propriétés attribuées à une plante — froide ou chaude, sèche ou humide — la désigne contre telle maladie en fonction de la nature de celle-ci. La froidure ou la chaleur, la sécheresse ou l'humidité des plantes varient de un à quatre degrés. Les médicaments du premier degré agissent « obscurément » ; ceux du second, « visiblement » ; ceux du troisième, « violemment » ; ceux du quatrième sont généralement à prohiber comme trop violents. De leur côté, les maladies sont classées en chaudes ou froides, sèches ou humides, selon une graduation de un à quatre. Le jeu des contraires veut que l'on traite le chaud par le froid, le sec par l'humide : ainsi le millepertuis, plante chaude, sera utilisé contre la sciatique et autres maladies « froides » des nerfs. Par contre, c'est en vertu du principe d'analogie que la forme ou telle caractéristique d'une plante (qui souvent lui doit son nom) justifie l'emploi de celle-ci : la serpentaire, ainsi nommée à cause de sa forme effilée comme une langue de serpent, intervient dans de nombreuses recettes contre les morsures de reptiles. Dans le même ordre d'idées, la chair pulvérisée de la vipère est estimée souveraine contre le venin de celle-ci, les petites pierres qui se trouvent dans la tête du brochet sont employées contre les pierres du rein ou de la vessie, l'os du cœur du cerf ou du bœuf, petit « os » qui se trouve dans la cloison des ventricules de beaucoup de ruminants, se voit attribué des vertus dans les maladies du cœur.

Certes, l'expérience pluriséculaire de l'effet bénéfique répété de tel produit en telle circonstance a joué son rôle. Il est évident que certaines des plantes utilisées ont en elles-mêmes d'indiscutables vertus curatives dont la pharmacopée des 19e et 20e siècles n'ont d'ailleurs jamais cessé de tirer parti dans un autre contexte intellectuel et avec d'autres moyens. Il n'en reste pas moins que le choix des produits entrant dans telle ou telle recette relève souvent d'une symbolique proche de la médecine magique. Et pourtant les médecins les plus éclairés et les plus sceptiques continuent, tout au long du 18e siècle, à prescrire ces vieilles formules, s'efforçant seulement d'éliminer celles qui leur paraissent dangereuses. Conscients de leur impuissance relative par ailleurs, pourquoi n'auraient-ils pas conservé celles qui étaient inoffensives à défaut d'être toujours efficaces? Ils partagent implicitement le point de vue du chirurgien Pierre Sue écrivant à propos de l'application du placenta sur le nouveau-né pour le fortifier : « Si ce remède est inutile, du moins n'est-il pas nuisible. »

Les procédés mêmes de préparation sont multiples. Cuits, bouillis, pilés au mortier, les plantes, les morceaux d'animaux ou les pierres précieuses sont mélangés selon des proportions précises et une posologie qui met en jeu l'once, douzième de livre, la demi-once, le drachme, ou gros, huitième d'once, le scrupule, tiers de drachme, et le plus petit des poids, le grain, vingtième de scrupule. Les préparations ainsi réalisées sont à usage interne ou externe. Relèvent du premier type les infusions, les tisanes (orthographiées le plus souvent ptisanes), les bouillons, les potions, les huiles, les loochs *, les sirops, les électuaires *, les bols, les poudres, les pilules, les tablettes, les lavements, les suppositoires ; du second, les cataplasmes, les emplâtres, les liniments, les onctions, les onguents, les fomentations, les collyres, les gargarismes. Il ne peut être question de donner même un aperçu des innombrables recettes de la médecine et de la pharmacie des 17e et 18e siècles. Force est de s'en tenir à quelques exemples empruntés à la plus grande autorité en la matière, Nicolas Lémery dans sa *Pharmacopée universelle* dont la première édition est de 1697.

Parmi les remèdes internes, l'huile des petits chiens : « Prenez deux petits chiens nouveau-nés ; on les coupera par morceaux, on les mettra dans un pot vernissé avec une livre de vers de terre bien vivants ; faites bouillir pendant douze heures jusqu'à ce que les petits chiens et les vers soient bien cuits ; elle est fort bonne pour fortifier les nerfs, pour la sciatique, la paralysie, etc. » ; l'huile de lézards : « Prenez des lézards verts vivants, une douzaine, jetez-les dans trois livres d'huile de noix chaude, faites-les cuire à petit feu ; on s'en sert pour faire croître les cheveux et pour les hernies » ; la poudre de lune * : « Prenez de l'ongle d'élan, du magistère * de crâne humain, de chacun une once et demie ; du précipité de lune, du sel de perles, de l'huile de corne de cerf, de la fiente de paon, de l'arrière-faix desséché d'une femme qui ait eu un mâle à son premier accouchement ; elle est bonne contre l'épilepsie ». Parmi les remèdes externes, l'emplâtre de sang humain : « On aura du sang d'un jeune homme sain, on le fera dessécher au soleil, puis on le mettra en poudre ; il est propre pour les vieux ulcères » ; le cataplasme de nids d'hirondelles : « On prendra un nid d'hirondelles qu'on coupera par petits morceaux, demi-once de cervelle de chat, une once et demie de crottes de chien, du hibou et des hirondelles brûlées ». Mais la variété de ces compositions et l'abondance des produits utilisés ne doit pas faire illusion : derrière ses bocaux, l'apothicaire est un homme presque désarmé, cherchant dans de nouveaux mélanges de produits identiques le remède qui serait vraiment efficace. Et Fontenelle se fait l'écho de ses contemporains lorsqu'il écrit dans l'éloge de Nicolas Lémery : « L'amas immense des remèdes, ou simples ou composés, contenus dans la *Pharmacopée* ou dans le *Traité des drogues*, semblerait promettre l'immortalité ou du moins une sûre guérison de chaque maladie ; mais il en est comme de la société où l'on reçoit quantité d'offres de services et peu de services. »

Cependant, dès la fin du 17e siècle, l'introduction dans la pharmacie galénique traditionnelle de deux nouvelles plantes importées d'Amérique du Sud, le quinquina et l'ipécacuana, constitue un notable progrès. En 1632, un jésuite guéri au Pérou d'une fièvre intermittente par un chef indigène qui lui a donné une décoction d'un arbre très utilisée par les Indiens en pareille circonstance, rapporte en Espagne et en Italie de l'écorce de cet arbre dit quina-quina (écorce des écorces), ce qui vaudra au remède d'être appelé « poudre des jésuites » par les Anglais. Dès 1643, le médecin hollandais Van der Heyden fait référence au quinquina dans un livre sur « le flux de ventre douloureux ». En 1658, l'excellence du nouveau remède est affirmée dans une thèse soutenue devant la faculté de médecine de Paris et intitulée *An febri quartanae peruvianis cortex*. Pourtant un tel produit inconnu d'Hippocrate ne peut guérir sans scandale aux yeux d'un Guy Patin et de tous les tenants de la tradition qui s'opposent violemment à sa diffusion. Mais en 1680, le Grand Dauphin est guéri d'une fièvre quarte par l'empirique anglais Talbot qui lui administre du quinquina. Comme pour l'émétique vingt ans plus tôt, l'effet est immédiat. Le remède anglais, comme on l'appelle un temps, est vulgarisé notamment par le médecin polygraphe et affairiste Nicolas de Blégny qui publie en 1681 *Le Remède anglais pour la guérison des fièvres*, cependant que l'année suivante La Fontaine consacre un long poème au quinquina. En 1686, d'Aquin en administre avec succès au roi qui souffre de poussées fébriles consécutives à la suppuration de sa fistule anale. Le quinquina qui se révèle un remède très efficace contre les fièvres intermittentes, entre désormais dans l'arsenal des médecins et des apothicaires.

Vingt ans plus tard, la rapide diffusion en France de l'ipécacuana résulte aussi d'une guérison quasi royale. En 1686, un marchand français Grenier, rapporte du Brésil quelques onces de racine d'ipécacuana. Le Hollandais Adrien Helvétius, installé à

Paris, l'essaie sur les dysentériques de l'hôtel-Dieu. Saint-Simon écrit de lui : « C'était un gros Hollandais qui pour n'avoir pas pris les degrés de médecine, était l'aversion des médecins [...]. Il excellait particulièrement aux dévoiements invétérés et aux dysenteries. C'est à lui qu'on est redevable de l'usage et de la préparation diverse de l'ipécacuana pour les divers genres de ces maladies. » En 1700, il guérit le Grand Dauphin d'une dysenterie. Louis XIV lui donne alors l'exclusivité de la vente de l'ipéca. Grenier qui s'estime frustré, lui intente un procès qu'il perd et pour se venger divulgue le secret du remède « hollandais ». Dès le début du 18e siècle, celui-ci est utilisé dans tout le royaume avec plus ou moins de succès contre certaines formes de dysenterie. En fait, quinquina et ipéca, mal codifiés dans leur préparation et leur posologie, n'affirmeront leur pleine efficacité qu'au 19e siècle, c'est-à-dire à partir du moment où on sut extraire leur principe actif, la quinine en 1820, l'émétine en 1817. Il n'en reste pas moins que leur emploi au 18e siècle sauve bien des vies humaines, en même temps qu'il détruit le dogme galénique selon lequel seules les médications évacuantes ont des vertus thérapeutiques et contribue à établir — mieux encore que le mercure face à la syphilis — la notion, encore vague pour beaucoup, de maladies et de traitements spécifiques : on sait comment les médecins du 19e et du début du 20e siècle mettront en évidence le rôle antiseptique général de la quinine et sa spécificité dans les affections paludéennes, ainsi que l'action spécifique de l'émétine de l'ipéca sur les bacilles dysentériques.

la chirurgie

Dans certains cas, le médecin trouve dans la main du chirurgien une aide souvent plus efficace que celle fournie par les bocaux de l'apothicaire. Il convient de distinguer ici la petite et la grande chirurgie. La première pratiquée par tous les chirurgiens, même ceux dits de petite expérience, consiste dans l'incision des abcès, la pose des cautères et des ventouses, le pansement des plaies, la réduction des fractures, l'extraction des dents[23], sans parler de la saignée et de l'assistance des femmes en couches. La grande chirurgie qui est, en principe, le fait des seuls chirurgiens internes, connaît au 18e siècle une mutation décisive. « Elle cesse d'être une technique incertaine de soins sanglants à l'usage d'opérateurs routiniers pour devenir une véritable discipline scientifique[24]. » Que ce soit au niveau du diagnostic basé sur une observation du malade beaucoup plus poussée que celle faite alors par le médecin ou au niveau du pronostic opératoire, des grands chirurgiens comme Jean-Louis Petit ou Antoine Louis font faire à leur art des progrès considérables qui, paradoxalement, tendent à limiter au maximum les interventions. Comme l'écrit très bien Louis : « L'opération est la première ressource du prétendu chirurgien qui n'est qu'un opérateur ; il trouve qu'il n'en fait jamais assez ; au contraire, un vrai chirurgien, un homme savant et expérimenté cherche à ne compter ses succès que par les opérations qu'il a su prévenir et par les membres qu'il a su conserver, car l'opération, indépendamment de la cause fâcheuse et souvent mortelle qui la prescrit, est souvent par elle-même une maladie très dangereuse. »

Une telle attitude s'explique par les conditions mêmes dans lesquelles se déroulent une opération et qui en font une aventure toujours redoutable et incertaine. Ces conditions resteront inchangées jusqu'aux grandes découvertes du milieu du 19ᵉ siècle, c'est-à-dire : la pratique de l'anesthésie générale par l'éther ou le chloroforme à partir de 1847 et celle de l'anesthésie locale grâce à la cocaïne isolée par Niemann en 1860 ; la mise au point de la pince hémostatique par Péan en 1868 ; les travaux de Lister, à partir de 1867, sur le principe de l'antisepsie dans la pratique chirurgicale. En effet, la douleur, l'hémorragie et l'infection sont les trois obstacles majeurs sur lesquels viennent buter les praticiens les plus habiles. L'absence d'anesthésie suppose d'abord un « patient » (le terme s'impose) particulièrement courageux et prêt à supporter des douleurs inévitables. « Il faut, écrit Dionis dans son *Cours d'opérations de chirurgie* (1707), que le malade souffre, sans murmurer, tout ce que le chirurgien lui veut faire, ne doutant nullement que ce qu'il en reçoit ne l'approche de plus en plus de sa guérison, et que, s'il lui fait de la douleur, c'est ou qu'elle est inévitable ou qu'elle donne occasion à quelques efforts utiles. » Eventuellement, un verre de vin le réconfortera. De son côté, le chirurgien doit s'appliquer à ne point effrayer le malade par l'exhibition des appareils et des instruments, mais il faut au contraire qu' « il l'encourage et le rassure, qu'il compatisse à sa peine, qu'il lui promette de ne lui causer que le moins de douleur qu'il sera possible [...] [et] s'il ne peut se dispenser de lui en faire qu'il lui laisse la liberté de crier et de gémir ». Surtout, il devra opérer le plus vite possible afin de diminuer d'autant les souffrances du patient.

Une autre raison contribue à faire de la rapidité d'exécution la qualité majeure du bon chirurgien. En effet, si celui-ci dispose d'un matériel déjà assez perfectionné et spécialisé, du type bistouri, trépan, scie, canule, ciseau, il lui manque cet instrument capital qu'est la pince hémostatique. De ce fait, l'hémostase provisoire au cours de l'opération ne peut se faire que par compression digitale, pratiquée généralement par un aide. Il va de soi que le chirurgien doit faire très vite pour éviter une trop grande perte de sang. Enfin, l'infection postopératoire constitue un danger d'autant plus redoutable que l'on en ignore la cause, et par conséquent, la façon rationnelle de s'en prémunir. Malgré tout, les chirurgiens font souvent de l'antisepsie sans le savoir, en utilisant des désinfectants relativement efficaces, comme certains vins aromatiques ou des poudres de myrrhe, et surtout en renouvelant le moins possible les pansements. Par contre, au début du 19e siècle, sous l'influence notamment des idées de Broussais et de Dupuytren selon lesquelles la nature seule n'a aucun pouvoir de guérison, on en viendra à la pratique du pansement quotidien qui, compte tenu de l'absence complète d'asepsie, ne pouvait qu'exalter les virulences microbiennes. C'est pourquoi, en dépit des progrès réalisés dans les domaines de l'anatomie et de la clinique, la chirurgie du 19e siècle connaîtra, avant les découvertes de Lister et de Pasteur, des échecs opératoires plus nombreux encore qu'au 18e siècle.

Compte tenu de conditions aussi défavorables, on reste confondu devant les audaces des chirurgiens du temps de Louis XIV et de Louis XV, et aussi devant leurs succès relatifs. Ils trépanent le crâne pour éponger des épanchements sanguins, retirer des esquilles ou remettre un os déplacé ; ils enlèvent la cataracte et Daviel réalise même à partir de 1745 l'extraction du cristallin, obtenant dans la seule année 1752 cent quatre-vingt-deux guérisons sur deux cent six extractions opérées ; ils extirpent le goître ; ils amputent bras et jambes, en réalisant l'hémostase par le tourniquet pendant l'opération et par la ligature après ; ils suturent l'estomac et les intestins perforés à la suite d'une plaie ouverte ou d'une blessure ; ils enlèvent les hernies ; ils ponctionnent les hydropiques et les pleurétiques ; ils « taillent », c'est-à-dire extraient les calculs formés dans la vessie soit en cueillant la pierre à travers l'urètre périnéal (c'est le « petit appareil »), soit en incisant l'urètre et en allant chercher la pierre dans la vessie (c'est le « grand appareil »), soit en intervenant par l'abdomen (c'est le « haut appareil ») ; ils pratiquent la césarienne sur la femme morte pour essayer de sauver l'enfant et commencent à la pratiquer sur la femme vivante. Nous manquons évidemment de statistiques précises pour apprécier le pourcentage de succès de telles interventions. Il devait être extrêmement faible, d'autant plus que l'appel au chirurgien intervient souvent au dernier moment, comme l'ultime recours, donc dans les plus mauvaises conditions. On sait l'énorme risque que l'on court, mais, mort pour mort, on joue sa dernière chance. Le chirurgien Guillaume Mauquest de La Motte résume bien la situation lorsqu'il écrit en 1715 à propos de la césarienne sur la femme vivante : « Si cette opération a réussi en quelques occasions, pourquoi ne la pas entreprendre, comme tant d'autres opérations dont l'événement est toujours incertain, mais qui ne laissent pas de sauver la vie à bien des sujets qui périraient sans leurs secours ? » Il est certain, en tout cas, que l'amputation d'un bras ou d'une jambe, la trépanation, la taille (ou lithotomie) sont des pratiques courantes, dont tous les opérés ne meurent point. Il suffit de lire Mme de Sévigné, Saint-Simon et maints auteurs du 18e siècle pour savoir que bon nombre de leurs contemporains ont survécu à de telles épreuves.

cures thermales et hôpitaux

Beaucoup moins redoutée et redoutable que la chirurgie, la cure thermale est très prisée dans certains milieux aisés. Son efficacité est mise en doute par beaucoup, notamment par Guy Patin qui, toujours sarcastique, écrit : « Les eaux minérales font plus de cocus qu'elles ne guérissent de malades. » Il est certain que pour beaucoup d'hommes et de femmes de l'aristocratie et de la bourgeoisie, aller aux eaux est surtout l'occasion d'un long voyage dépaysant et d'un séjour agréable rompant avec l'existence quotidienne. Certes, la cure elle-même est astreignante, voire même pénible, mais les distractions et les rencontres imprévues ne manquent pas, du moins dans les stations les plus fréquentées, comme Forges, Plombières, Bourbon, Vichy ou Barèges. Mme de Sévigné fait un séjour à Vichy en mai 1676 : « J'ai donc pris des eaux ce matin, ma très chère : ah ! qu'elles sont méchantes ! On va à six heures à la fontaine : tout le monde s'y trouve, on boit et l'on fait une fort vilaine mine ; car imaginez-vous qu'elles sont bouillantes, et d'un goût de salpêtre fort désagréable. On tourne, on va, on vient, on se promène, on entend la messe, on rend ses eaux, on parle confidemment de la manière dont on les rend : il n'est question que de cela jusqu'à midi. Enfin, on dîne, après dîner, on va chez quelqu'un : c'était aujourd'hui chez moi [...]. A cinq heures, on va se promener dans des pays délicieux ; à sept heures, on soupe légèrement, on se couche à dix. Vous en savez présentement autant que moi. Je me suis assez bien trouvée de mes eaux ; j'en ai bu douze verres ; elles m'ont un peu purgée, c'est tout ce qu'on désire. Je prendrai la douche dans quelques jours. »

Les quatre cent soixante-dix-huit sources recensées à la fin du 18e siècle par la Société royale de médecine n'ont pas toutes, tant s'en faut, le renom et les ressources mondaines de Vichy ou de Forges. La plupart d'entre elles, localisées surtout dans le Massif central et dans les Pyrénées, n'ont qu'un rayonnement limité. Mais toutes sont sous l'autorité du surintendant des eaux minérales du royaume. La charge est créée en 1605 et jointe à celle du premier médecin du roi qui, en tant que surintendant, nomme et révoque les intendants des différentes sources. Ceux-ci, qui sont toujours des médecins, doivent veiller à l'entretien des lieux, nommer le personnel des baigneurs et fontainiers, surveiller l'administration des traitements. La cure consiste en l'absorption de certaines quantités d'eau et en bains ou douches, selon les lieux, dans des installations généralement très rudimentaires. A Préchacq, près de Dax, en 1780, « les bains sont placés dans un corps de logis immense, mais plein d'inconvénients ; en effet, l'endroit où l'on se baigne est une grande baignoire commune à tous les malades indistinctement, où ils se trouvent pêle-mêle ». La situation n'est guère plus brillante à Ussat, près de Foix : « La construction de ces bains porte l'impossibilité de vider les eaux ; les derniers sont obligés de se baigner dans les eaux des premiers. Ces bains sont comme des mares qui rebuteraient par le défaut de propreté, si leur effet n'était bienfaisant. Les têtards et les grenouilles s'y plaisent et s'y multiplient. » En beaucoup d'endroits, la fontaine consiste en un simple réservoir naturel ; si le débit est insuffisant, on recourt à la rivière proche pour remplir les baignoires des curistes.

Le rédacteur de l'article « eaux minérales » de l'*Encyclopédie* écrit : « On appelle ainsi les eaux chargées ou imprégnées de principes minéraux en assez grande quantité pour produire sur le corps humain des effets sensibles et différents de ceux de l'eau commune. Relativement à leurs principes, elles se divisent en sulfureuses, en martiales et en salées. » La suite de l'article donne comme exemples d'eaux sulfureuses, Bagnoles en Normandie,

Bagnols en Gévaudan, Eaux-Bonnes, Eaux-Chaudes, Cauterets, Barèges, Ax, Moltig et Vernet dans les Pyrénées ; comme exemples d'eaux martiales, ou ferrugineuses, Forges près de Rouen, Passy aux portes de Paris, Vals en Vivarais et Camarès entre Lodève et Millau ; enfin comme exemples de sources salées, Bourbonne, Pougues près de Nevers, Bourbon, Néris près de Montluçon, Vichy, le Mont-Dore, Bagnères en Bigorre et Balaruc près de Montpellier. A la fin de l'Ancien Régime, la Société royale de médecine crée en son sein un Comité des eaux minérales qui entreprend une analyse systématique de toutes les sources du royaume, afin de déterminer les vertus thérapeutiques de chacune d'elles. Mais les moyens d'analyse chimique sont très rudimentaires et les résultats restent très qualitatifs. Il n'est pas surprenant, dans ces conditions, que les réponses adressées au Comité fassent apparaître que toutes les eaux sont spécialisées, si l'on peut dire, dans toutes les affections, et sont censées les guérir toutes. La Société royale a échoué dans son effort pour dégager la spécificité de chaque source et lui donner un fondement scientifique. Les « eaux », quelles qu'elles soient, continuent à faire figure de remède universel.

Du fait des frais liés au voyage, au séjour et aux soins, une cure sur place coûte cher : un seul bain à Bourbonne équivaut à une journée de travail d'un manouvrier. Par contre, boire de l'eau de Vichy ou de Forges à Paris ou dans une ville de province, est une possibilité beaucoup moins onéreuse. La commercialisation des eaux minérales en bouteille se développe considérablement dans la seconde moitié du 18ᵉ siècle. Elle est sous le contrôle du surintendant qui s'efforce de prévenir la fraude et la concurrence des charlatans. Ce contrôle s'exerce au départ par l'intermédiaire de l'intendant-médecin de chaque source et à l'arrivée grâce à un distributeur officiel. A Paris, vers 1780, les eaux les plus prisées, mais aussi les plus chères, sont celles de Sedlitz, en Bohême, qui valent plus de trois livres la pinte (un litre environ) ; les eaux les moins chères (six à vingt sous la pinte) proviennent du Massif central ou des environs de Paris, Forges ou Passy.

A côté des eaux minérales placées sous l'autorité officielle du surintendant, il existe un peu partout dans le royaume des sources et des fontaines réputées curatives depuis un temps immémorial. Très souvent la vertu de ces eaux est moins naturelle que magique : tantôt ce dernier caractère relève de la seule croyance populaire, tantôt il est plus ou moins couvert par le patronage d'un saint. Mᵍʳ Le Camus visitant les paroisses de son diocèse de Grenoble, note en 1678, à propos de la chapelle Saint-Alban-de-

Chasselay, près de Saint-Marcellin : « Il y a une fontaine où beaucoup de gens vont boire pour se guérir de la fièvre ; on ne sait si cette eau a cette vertu ou si c'est par la foi ou la confiance que l'on a au saint titulaire de la chapelle. » Prudence d'un évêque qui ne s'en laisse pas accroire, mais ne cherche pas non plus à lever l'ambiguïté de la situation.

Evoquer l'hôpital après la ville d'eaux, c'est passer d'une extrémité de l'échelle sociale à l'autre, d'une minorité de privilégiés au monde de la pauvreté et de la détresse. Mais avant de tenter de cerner la place de l'institution hospitalière dans la lutte contre la maladie, il convient d'abord de régler un problème de vocabulaire. L'hôpital est proprement, au 17ᵉ siècle, un « lieu pieux et charitable où l'on reçoit les pauvres pour les soulager en leurs nécessités ». Et Furetière ajoute, en empruntant son double exemple à Paris : « L'Hôpital général est celui où l'on reçoit tous les mendiants ; l'Hôtel-Dieu est l'hôpital de tous les malades. » Ainsi, on regroupe sous le même terme deux types d'établissements différents, les hôpitaux généraux et les hôtels-Dieu. Dans les premiers et dans les dépôts de mendicité créés au 18ᵉ siècle, on essaie de tenir enfermés, de gré ou de force, les mendiants valides ou invalides, les enfants abandonnés, les « femmes et filles perdues » (ainsi nous le verrons, que les vénériens et les malades mentaux), afin d'écarter le danger que représentent tous ces individus pour l'ordre social et de mettre au travail tous ceux qui en sont capables. La création en 1656 de l'Hôpital général de Paris, puis dans les années suivantes d'une vingtaine de maisons similaires en province, traduit cette volonté de « grand renfermement » des pauvres[25]. Dans les seconds, c'est-à-dire les hôtels-Dieu, qui seuls nous intéressent ici, sont admis uniquement les pauvres atteints d'une maladie curable : s'il ne meurt pas, le malade est congédié, une fois guéri[26].

Au début du 17ᵉ siècle, la plupart des hôtels-Dieu médiévaux connaissent une grave crise liée à des problèmes de direction et de gestion matérielle, aggravés, dans certains cas, par les ruines consécutives aux guerres de Religion. A partir de 1620, sous l'impulsion de la réforme catholique et grâce à de multiples donations émanant des milieux dévots, de nombreux hôtels-Dieu se réforment ou se créent. En même temps, l'assistance aux pauvres malades est l'objectif que Vincent de Paul assigne en 1634 à ses Filles de la charité qu'il envoie prendre en charge de très nombreux établissements dans tout le royaume, avec pour consignes d'« honorer Notre Seigneur, père des pauvres, et sa Sainte Mère, et assister les pauvres malades corporellement et spirituellement : corporellement en les servant et leur administrant la nourriture et les médicaments, et spirituellement en les instruisant des choses nécessaires à salut et procurant qu'ils fassent une confession générale de toute leur vie passée ». Les soucis du corps sont pour la première fois mis sur le même plan que l'assistance spirituelle. En 1789, les Filles de la charité — les sœurs grises, comme on les appelle — assurent, en France, la marche de quatre cent vingt-six hôpitaux, au sens actuel du terme. A cette date, le grand élan réformateur du 17e siècle est retombé depuis longtemps, et rares ont été au 18e les fondations nouvelles dues, comme toujours, à de généreux donateurs, notamment à Paris Mme Necker en 1778 à Saint-Sulpice (cent vingt-huit lits), le curé Cochin en 1780 à Saint-Jacques-du-Haut-Pas (cinquante-huit lits) et le fermier général Beaujon en 1784 dans le faubourg du Roule (vingt-quatre lits).

Ce qui caractérise alors la situation hospitalière de l'ensemble du royaume, c'est d'abord l'insuffisance globale du nombre des hôpitaux au sens actuel (un millier peut-être), compte tenu de leur faible capacité d'accueil (la majorité d'entre eux n'ont que quelques lits) et de leur répartition géographique anarchique liée au hasard des fondations charitables. De plus, les administrations, très diverses selon les établissements, mais toutes également jalouses de leur autonomie, sont hostiles à toute idée de réformes et se débattent généralement dans des difficultés financières inextricables, en dépit d'une fortune foncière souvent importante. Mais il y a plus grave. La majorité des médecins se désintéresse totalement de la pratique hospitalière, laissant ce soin à quelques confrères zélés ou aux chirurgiens qu'assistent des religieuses dévouées, mais sans formation technique. Dans les villes de faculté ou de collège, l'enseignement hospitalier reste, on l'a vu, exceptionnel. Enfin, dans beaucoup d'établissements, surtout les plus vieux dont les locaux sont inchangés depuis des siècles, les principes sanitaires les plus élémentaires sont méconnus : la saleté des lieux, l'entassement et la promiscuité des malades, l'absence de soins éclairés semblent être trop souvent la règle.

En 1786, à la demande de Louis XVI, l'Académie des sciences nomme une commission présidée par le chirurgien Tenon et chargée d'étudier une réforme des hôpitaux de la capitale. Le rapport de Tenon donne des détails qui révèlent à beaucoup de contemporains la situation dramatique de l'Hôtel-Dieu, toujours installé dans des locaux vétustes partiellement à cheval sur la Seine, à la hauteur de Notre-Dame : « Comment dormir dans ces lits à deux, que l'on surcharge de quatre et six malades ? Les convalescents sont mêlés dans toutes les salles avec les malades, par conséquent avec les morts et les mourants. Ils sont donc sans cesse exposés ou à des rechutes toujours fâcheuses, ou à reprendre une nouvelle maladie à la place de celle qui a été guérie [...]. Chaque salle contient un certain nombre de lits à la paille pour les agonisants. On appelle de ce nom à l'Hôtel-Dieu, non seulement ceux qui sont au moment de la mort, mais ceux qui gâtent leur lit. On les réunit sur cette paille quelquefois cinq ou six. Elle est simplement amoncelée sur la couchette et bridée par un drap. Nous avons peine à dire que c'est quelquefois là, au milieu de ces agonisants et de tout ce qui suit cet état de défaillance, au milieu de ces malades salis, que l'on met pour un temps ceux qui arrivent de bonne heure et qu'on ne sait encore où placer [...]. Il est difficile de maintenir la propreté, lorsqu'on accumule dans un échangeoir et dans un caveau de la salle tout le linge chargé de pus, de sang et d'autres matières fétides : c'est un foyer d'infection qu'on y conserve. » Plus loin, il décrit en ces termes la salle de chirurgie : « Un grand malheur pour ceux à qui on fait ou à qui on doit faire des opérations, pour ces infortunés qui ne devraient souffrir que de leurs propres maux et à qui toute émotion est dangereuse, c'est que ces opérations s'y font au milieu de la salle même. On y voit les préparatifs du supplice ; on y entend les cris du supplicié. Celui qui doit l'être le lendemain a devant lui le tableau de ses souffrances futures. »

A la même date, Louis-Sébastien Mercier confirme ces descriptions dans son *Tableau de Paris :* « J'irai à l'hôpital, s'écrie le pauvre Parisien ; mon père y est mort, j'y mourrai aussi. Et le voilà à moitié consolé. Quelle abnégation ! Quelle profonde insensibilité ! Cruelle charité que celle de nos hôpitaux ! Fatal secours, appât trompeur et funeste ! Mort cent fois plus triste et plus affreuse que celle que l'indigent recevrait sous son toit, abandonné à lui-même et à la nature ! La maison de Dieu ! Et on ose l'appeler ainsi ! » Et après avoir rappelé que l'Hôtel-Dieu « a mille deux cents lits et que le nombre des malades se monte à cinq ou six mille », Mercier poursuit : « L'Hôtel-Dieu de Paris a tout ce qu'il faut pour être pestilentiel, à cause de son atmosphère humide et peu aérée ; les plaies s'y gangrènent plus facilement, et le scorbut et la gale n'y font pas moins de ravages, pour peu que les malades y séjournent. Les maladies les plus simples dans leur principe acquièrent des complications graves par une suite inévitable de la contagion de l'air. » Certes, il s'agit là d'un cas limite, et Mercier vante en contrepoint l'ordre qui règne à l'hôpital de la Charité de Lyon et à l'hôpital de Versailles. De même, les hôpitaux parisiens de construction récente sont mieux tenus que l'Hôtel-Dieu, ainsi l'hôpital Saint-Louis qui a été construit en 1607 pour les pestiférés selon un plan carré qui servira de modèle jusqu'à la fin du 19e siècle et qui comporte des salles spécialisées. Pourtant que d'hôpitaux de province, petits ou grands, qui ressemblent davantage à l'Hôtel-Dieu de Paris qu'à celui de Versailles !

Il y a bien à la fin de l'Ancien Régime quelques tentatives de réformes d'ensemble, qui traduisent la prise de conscience de plus en plus aiguë que l'institution hospitalière est un service public. Ainsi l'édit de 1780 préconise la vente d'une partie des biens immobiliers des hôpitaux au profit d'une caisse nationale qui aiderait ensuite les établissements les plus défavorisés. Mais ces réformes restent inappliquées, du fait de l'opposition ou de l'inertie des bureaux hospitaliers. La situation est telle, à la veille de la Révolution, qu'une partie de plus en plus importante de l'opinion réclame une meilleure redistribution des biens du clergé, avec dévolution autoritaire aux hôpitaux d'une partie des biens de certains ordres mendiants par exemple. D'autres vont plus loin encore : ils mettent en cause la notion même d'hospitalisation et demandent que lui soit substituée celle des soins des malades pauvres à domicile.

les médecins, les chirurgiens et leur clientèle

A la fin de cette étude sur la médecine officielle, il faut s'interroger sur la place de celle-ci dans la société française d'Ancien Régime. Certes, il est à peu près impossible d'évaluer objectivement l'efficacité réelle des médecins, chirurgiens et apothicaires. Notons toutefois une tentative de pesée globale dans le cadre de ce microcosme surmédicalisé qu'est la cour de Louis XIV. Au terme d'une étude très fouillée sur l'intervention des médecins au chevet de beaucoup des sept mille huit cent cinquante personnages qui apparaissent dans les *Mémoires* de Saint-Simon, Dirk Van Der Cruysse écrit : « Inexorablement, la conclusion s'impose : malgré la bonne foi et les qualités personnelles de certains praticiens, le médecin ignare, le chirurgien massacreur, l'apothicaire charlatan, l'empirique bricoleur doivent être considérés comme des causes non négligeables de la mort. »

Mais au-delà des jugements de valeur, on peut étudier l'implantation géographique et le rayonnement social du corps médical, en d'autres termes, sa clientèle. En dépit de certaines lacunes, l'enquête réalisée en 1786 par le pouvoir royal afin de dresser « le tableau des médecins et chirurgiens qui exercent leur art dans les différentes parties du royaume », permet d'évaluer très grossièrement le nombre total des médecins à quelque deux mille cinq cents et celui des chirurgiens à quelque vingt-cinq mille, ce qui équivaut, à peu près, à un médecin et dix chirurgiens pour dix mille habitants, avec de grosses variations d'une région à l'autre. La moitié de ces médecins et chirurgiens soignent 15 % de la population, celle des villes. A l'autre moitié reviennent les 85 % restants, c'est-à-dire la population rurale. Encore ces praticiens exerçant à la campagne sont-ils presque tous des chirurgiens de petite expérience dont on a dit la très médiocre qualification. L'exemple de l'Anjou permet de préciser davantage. Il y a, en 1786, dans cette petite province de quatre cent cinquante mille habitants, quarante-cinq médecins et deux cent quatre-vingt-sept chirurgiens, soit à peu près un médecin et six chirurgiens pour dix mille habitants. Les quarante-cinq médecins sont tous installés dans les villes, petites ou grandes, dont treize à Angers et cinq à Saumur. Sur les deux cent quatre-vingt-sept chirurgiens, quarante et un résident dans les cinq villes pourvues d'une communauté de maîtres chirurgiens. Les deux cent quarante-six autres sont répartis dans les petites villes ou les bourgades de la campagne, parfois à raison de deux dans la même paroisse.

Cette situation est directement liée au coût des services médicaux. Les honoraires du médecin, le salaire du chirurgien, les comptes de l'apothicaire (devenus proverbiaux) ne sont pas à la portée de toutes les bourses, loin s'en faut, et limitent par là même la clientèle des hommes de l'art qui s'installent tout naturellement là où ils sont susceptibles de trouver des clients, c'est-à-dire dans les villes. Et lorsqu'ils exercent, à l'occasion, au-delà du périmètre de celles-ci, c'est presque toujours au seul profit des malades aisés. Comment pourrait-il en être autrement quand le coût d'une seule visite de médecin est de l'ordre d'une livre et triple, quadruple ou même décuple si la visite a lieu hors de la ville ? Comment un compagnon et, à plus forte raison, un paysan habitant un bourg éloigné, pourraient-ils envisager de telles dépenses — sans parler de celles des médicaments —, alors qu'au 18e siècle, le salaire quotidien d'un journalier se situe entre quinze et vingt sous et le prix d'une livre de pain, entre un et deux sous, en dehors des années de « cherté » ? Les praticiens de l'art officiel de guérir sont donc, en fait, au service presque exclusif d'une petite minorité, élite de la naissance et de la fortune.

Cela est vrai d'abord à la cour. Le premier médecin du roi, ou archiâtre *, est un personnage considérable, à la tête d'une équipe de deux ou trois dizaines de médecins, chirurgiens et apothicaires. Il est vrai qu'il a la lourde responsabilité de la santé du souverain, ce qui n'est pas rien en régime de monarchie absolue de droit divin. Pour mieux s'en acquitter, Jean Heroard, premier médecin de Louis XIII, tient dès la naissance du dauphin en 1601 et jusqu'en 1628, un extraordinaire journal de la santé de son maître, dont les historiens n'ont pas fini d'épuiser l'intérêt[27]. Ses successeurs, Vallot, d'Aquin et Fagon, tiennent chacun à leur tour un journal de la santé de Louis XIV, de 1647 à 1711, où sont soigneusement notés les remèdes appliqués au roi et leurs effets. De plus, l'archiâtre a une énorme clientèle, celle des courtisans qui veulent avoir le même médecin que le roi. Dans son éloge de Fagon, Fontenelle écrit : « On croyait faire sa cour de s'adresser à lui, on s'en faisait même une loi. » Mais le rôle du premier médecin peut dépasser la sphère étroitement professionnelle. Approchant la personne du roi de plus près que quiconque, il est susceptible, de ce seul fait, de jouer un rôle politique non négligeable. C'est le cas de Fagon, dont Saint-Simon écrit que « le crédit était extrême auprès du roi ». Il en sera de même de Chicoyneau, premier médecin de Louix XV, ou de Lassone, premier médecin de Louis XVI. Les membres de la famille royale ont chacun leurs médecins particuliers, sans compter chirurgiens et apothicaires. Ces diverses charges qui sont vénales, coûtent cher, mais valent à leurs titulaires non seulement de confortables appointements, mais de nombreux avantages annexes. Les grands seigneurs ne sont pas en reste et ceux qui en ont les moyens, ont leur propre médecin. Le grand Pecquet est médecin de Nicolas Fouquet et lui reste fidèle après sa chute.

La situation des médecins de la cour et des grands est enviable par le prestige et les avantages matériels que l'on en tire, mais elle présente un inconvénient majeur souligné sans fard par Diafoirus : « A vous en parler franchement, notre métier auprès des grands ne m'a jamais paru agréable, et j'ai toujours trouvé qu'il valait mieux, pour nous autres, demeurer au public. Le public est commode. Vous n'avez à répondre de vos actions à personne ; et pourvu que l'on suive le courant des règles de l'art, on ne se met point en peine de tout ce qui peut arriver. Mais ce qu'il y a de fâcheux auprès des grands, c'est que, quand ils viennent à être malades, ils veulent absolument que leurs médecins les guérissent. » Et Toinette, caustique, de renchérir : « Cela est plaisant, et ils sont bien impertinents de vouloir que vous autres, Messieurs, vous les guérissiez. Vous n'êtes point auprès d'eux pour cela ; vous n'y êtes que pour recevoir vos pensions, et leur ordonner des remèdes ; c'est à eux à guérir s'ils peuvent[28]. » Vouloir absolument être guéri est bien une exigence insensée et l'on conçoit que Diafoirus et ses confrères aient préféré « le public ».

Celui de la capitale diffère quelque peu de celui du reste du royaume. La présence ou la proximité de la cour, l'existence d'une clientèle potentielle exceptionnelle, en quantité et en qualité, expliquent le nombre élevé des médecins exerçant à Paris : une centaine au 17ᵉ et dans la première moitié du 18ᵉ siècle, cent quarante-sept en 1767, cent soixante-douze en 1789. Il y a donc à Paris à cette dernière date près de trois médecins pour dix mille habitants, ce qui est très supérieur à la moyenne nationale. C'est pourquoi certains d'entre eux se spécialisent dans telle ou telle partie de l'art de guérir, ce qui est tout à fait exceptionnel en province jusqu'à la fin du siècle.

Mais loin de la cour et de la capitale, quelle peut être l'activité d'un médecin de province ? Celle d'Hilaire Raison, médecin dans la petite ville de Fontenay-le-Comte, en Bas-Poitou, de 1696 à sa mort en 1732, fournit un exemple moyen et, de ce fait, particulièrement significatif[29]. Né en 1671, fils d'un exempt de la maréchaussée de Fontenay, le jeune Hilaire fait ses humanités et sa philosophie au collège des jésuites de la ville, puis, après deux ans d'études à la faculté de médecine de Paris, il acquiert tous ses grades à celle d'Angers au cours de l'année 1695 et s'installe l'année suivante dans sa ville natale qui compte quelque six mille habitants et où n'exerce qu'un seul autre confrère âgé. On a conservé — ce qui est très exceptionnel — le registre sur lequel il a consigné chacune des visites qu'il a effectuées de 1707 à 1723, et noté soigneusement, outre la date, le nom du client, sa profession, son adresse, le montant des honoraires, à l'exclusion toutefois de la nature de la maladie et des prescriptions auxquelles elle donnait lieu. On constate d'abord que son activité se partage également entre la ville (54 %) et la campagne (46 %) et qu'elle varie beaucoup d'une année sur l'autre en fonction de l'état sanitaire de la population. Ainsi, en 1709, il ne travaille que cent soixante-trois jours au total ; du 1ᵉʳ avril au 31 août, il ne fait même que trente-deux visites, une tous les cinq jours en moyenne (il ne s'est cependant pas absenté, ainsi qu'en fait foi son journal). Par contre, en 1710, il a deux cent quatre-vingt-deux jours d'activité ; entre le 1ᵉʳ mai et le 31 août notamment, aucune journée ne s'écoule sans qu'il ne visite un ou plusieurs clients. C'est que la ville et ses environs sont victimes, comme la plus grande partie de la France de l'Ouest, d'une redoutable épidémie de fièvre typhoïde. Du 16 au 19 juin, en quatre jours, il atteint le chiffre record de quarante-six visites !

Sa clientèle urbaine est constituée par les curés et les vicaires des trois paroisses, les religieux et religieuses des diverses communautés, les hôtes de passage dans les nombreuses auberges et hôtelleries, les familles et les serviteurs des maîtres artisans et des officiers de justice et de finance. Sa clientèle rurale se disperse dans un rayon d'une vingtaine de kilomètres. Elle comprend les curés de vingt-six paroisses, les familles et les serviteurs des nobles résidant sur leurs terres et des officiers et fermiers seigneuriaux, mais pas une seule famille paysanne. Les honoraires d'Hilaire Raison semblent calculés sur la base d'une livre pour une consultation au chevet d'un malade en ville. Si le malade réside à la campagne, l'importance du déplacement entre évidemment en ligne de compte et peut majorer considérablement le prix de la visite. Ainsi, le total des gains du 3 juin 1710, soit vingt et une livres dix sous, correspond à cinq visites, une chez une « demoiselle » de Fontenay (une livre), une chez un capitaine de dragons malade à l'hôtellerie du Cheval-Blanc (une livre dix sols), une chez le prieur de Charzay, à deux kilomètres de Fontenay (trois livres), une à Puy-Sec, à cinq kilomètres (six livres), la dernière à Veluire, à une quinzaine de kilomètres (dix livres). Si l'état du malade justifie une série de visites, un mémoire global est présenté au convalescent ou, en cas d'issue fatale, à sa famille. Mais pour bien apprécier les revenus qu'Hilaire Raison tire de sa profession, il faut tenir compte du fait qu'une partie seulement de ses honoraires est payée comptant. Certaines visites sont gratuites, au profit de membres de sa parenté, de religieux, voire de petites gens. Pour d'autres, il accorde des remises au moment du paiement. D'autres lui sont payées en nature (beurre, fagots) ou sous forme de compensation à l'égard d'un créancier, ainsi un solde d'impôt vis-à-vis d'un collecteur de taille. Enfin de nombreuses visites restent impayées de longues années ou même ne sont pas payées du tout. Au total, il n'a touché que les deux tiers des honoraires inscrits sur son registre, soit treize mille trois cent soixante et onze livres sur vingt et un mille cent quarante-neuf en dix-sept ans. Il est vrai qu'il tient de son père des biens fonciers qu'il accroîtra d'ailleurs par l'achat de deux métairies et dont les revenus s'ajoutent à ceux qu'il tire de l'exercice de sa profession. Notable travaillant pour une clientèle de notables, tel apparaît, à travers cet exemple, le médecin de province dans la France d'Ancien Régime. Tous les intendants auraient pu souscrire à ce jugement de leur collègue de Soissons en 1786 : « Il n'y a que les gens aisés qui appellent les médecins dans les cas de maladie. »

Les quelque vingt-cinq mille chirurgiens répartis dans le royaume, ont une implantation, une activité et une clientèle bien différentes de celles des médecins. Alors que les villes abritent la quasi-totalité de ceux-ci, seule une minorité de chirurgiens y résident, installés dans l'une ou l'autre des quelque quatre cents villes possédant une communauté ; ce sont les chirurgiens internes. Les chirurgiens externes sont installés soit dans une petite ville dépourvue de communauté, soit plus souvent dans un bourg de campagne. Il s'agit véritablement de deux cultures différentes au sein d'une même profession [30]. Par sa formation, sa pratique et sa clientèle, le chirurgien interne est beaucoup plus près du médecin que du chirurgien de village. Un exemple précis permet de s'en rendre compte.

Né à Reims en 1725, Pierre Robin fait ses études et son apprentissage à l'hôtel-Dieu de la ville, puis à Paris [31]. Reçu maître chirurgien, il exerce d'abord dans l'armée, comme beaucoup de ses confrères (les champs de bataille sont de vastes terrains d'expérience), puis il s'installe dans sa ville natale en 1760. Très vite, il assure sa notoriété : dès 1765, il devient « prévôt » de la communauté des maîtres chirurgiens rémois et, la même année, il est lauréat de l'Académie de chirurgie pour un mémoire sur les hernies de l'estomac. Sans négliger pour autant les autres activités relevant de son métier, il s'intéresse tout particulièrement à l'art des accouchements. Il assiste Mme Du Coudray en 1772 lors de son séjour à Châlons-sur-Marne et devient démonstrateur royal, formant de 1773 à 1790 une dizaine de sages-femmes brevetées par an. Ses activités d'accoucheur sont connues grâce aux carnets sur lesquels, à partir de 1770, il note au jour le jour ses interventions, au total plus de quatre mille en vingt-deux ans d'exercice, soit près de deux cents par an en moyenne. Il travaille surtout dans la ville et occasionnellement dans la campagne proche. Contrairement à celle d'un Hilaire Raison, sa clientèle se situe dans toutes les classes de la société, nobles, officiers, médecins et notaires, négociants du textile et du vin, artisans et commerçants, mais aussi journaliers et compagnons, laboureurs et vignerons. Cet apparent paradoxe s'explique par ce que l'on peut appeler la politique de Robin en matière d'honoraires. En effet, par charité et prosélytisme à la fois sans doute, il adapte systématiquement ceux-ci au milieu socioprofessionnel auquel il a affaire. Pour un accouchement et quelles que soient, en gros, les circonstances de celui-ci, il demande entre vingt-cinq et cinquante livres aux officiers et aux gros négociants (et même quatre-vingt-quatre livres à la comtesse de Mouy), douze livres aux marchands, six livres aux artisans et aux petits boutiquiers et jamais plus de trois livres aux manouvriers et jardiniers. Il opère ainsi une sorte de péréquation, faisant payer indirectement aux riches une partie des honoraires dus par les pauvres. Le cas est-il exceptionnel ? Il est difficile de le dire. Ce qui est sûr, en tout cas, c'est qu'il confirme la liaison étroite existant entre le montant des honoraires et le milieu social auquel appartiennent les clients du chirurgien interne comme du médecin. Sauf pratique particulière à la Robin, l'importance des sommes normalement perçues par les chirurgiens internes ne peut que limiter leur clientèle aux classes les plus aisées de la société.

La situation des chirurgiens externes est très différente. Certes, ceux d'entre eux travaillant dans les petites villes dépourvues de communauté ont reçu, on l'a vu, une formation sérieuse et seul le manque de fortune et de relations leur a interdit de devenir chirurgien interne. C'est dire que beaucoup d'entre eux sont des praticiens relativement qualifiés, mais condamnés à végéter au milieu d'une clientèle potentielle peu fortunée et, de ce fait, peu nombreuse. Par contre, les chirurgiens des bourgs et villages n'ont pas reçu de véritable formation. Beaucoup d'entre eux exercent même sans s'être soumis à la réception, théoriquement indispensable, par la communauté la plus proche. En 1791, les maîtres chirurgiens de Tartas, dans les Landes, notent à leur propos : « Il en est peu qui aient fait les études nécessaires, ni qui aient même paru dans aucun collège pour y faire des cours. La plupart deviennent chirurgiens par hasard. Ils ont appris à donner un coup de lancette. Ils tiennent quelques drogues pour la composition de quelque médecine. Ils se fixent dans les paroisses sans aucun exercice. » A la limite, rien ne les distingue du guérisseur de village. Comme lui, ils tiennent leur situation de leur dextérité, de leur expérience et de la confiance populaire.

C'est pourquoi les autorités connaissent mal leur qualification réelle et leur nombre exact. Lors de l'enquête de 1786, de nombreux subdélégués notent : « On ne connaît que très imparfaitement les chirurgiens répandus dans les campagnes ; plusieurs exercent sans avoir été reçus » ; et leurs commentaires dénoncent l'incapacité de beaucoup d'entre eux qui ne savent que saigner et purger. Leur clientèle est constituée par ces paysans au milieu desquels ils vivent. Il est difficile de savoir si ceux-ci font souvent appel à eux. Même si la rétribution demandée est faible et le plus souvent payée en nature, le paysan hésite à faire venir le chirurgien et celui-ci doit compter sur place avec la concurrence du guérisseur local. Pourtant, il est appelé dans les cas les plus graves et se trouve ainsi amené à faire de la médecine, en l'absence de tout médecin, trop éloigné et trop cher, et à pratiquer des opérations importantes sans pouvoir appeler un chirurgien interne, comme il le devrait, car son client s'y opposerait. Cette situation est à la fois absurde et désastreuse. Non seulement elle démontre que c'est la formation des praticiens de l'art de guérir et leur répartition dans le royaume qui est à revoir complètement, mais, bien plus, elle a des conséquences directes dont on trouve l'écho en 1789 dans les cahiers de doléances d'un certain nombre de paroisses rurales, ainsi ces lignes extraites du cahier de la petite paroisse angevine de La Roë : « Combien meurent entre les bras de nos chirurgiens qui, sachant à peine saigner, sans aucune connaissance des principes de la médecine, administrent des remèdes au hasard, dont ils prennent les formules dans des livres qu'ils ne sont pas en état d'entendre. C'est un fléau d'autant plus destructeur qu'il tombe particulièrement sur ceux qui n'ont pas la faculté d'appeler des médecins instruits. » Telle est définie en peu de mots l'inégalité fondamentale des Français devant la médecine officielle, à la veille de la Révolution.

4

la médecine parallèle : empiriques, conjureurs, saints guérisseurs

empiriques et guérisseurs

Du chirurgien de village à l'empirique, la différence réside moins dans la pratique journalière que dans l'appartenance du premier à la médecine officielle (à moins qu'il ne soit même pas « reçu ») et du second à l'empirisme. Cette distinction peut apparaître théorique. Pourtant, médecins, chirurgiens, apothicaires, prompts à défendre leur propre profession contre les professions voisines, se retrouvent solidaires contre les empiriques. Les occasions de conflits, fréquents, âpres, ne manquent pas à l'intérieur même des trois branches de l'art officiel de guérir. Il y a le médecin d'une faculté de province, même de Montpellier, qui prétend exercer dans la capitale (Théophraste Renaudot s'en rend compte à ses dépens en 1644). Il y a le chirurgien qui prescrit de lui-même cure et remèdes sans faire appel au médecin. Il y a le chirurgien externe qui pratique de grandes opérations en l'absence d'un chirurgien interne. Il y a le médecin ou le chirurgien qui vend directement des médicaments à l'encontre du privilège des apothicaires. Mais comment empêcher de telles pratiques notamment à la campagne où ne résident ni médecins, ni chirurgiens internes, ni pharmaciens ? Il y a aussi les conflits avec ces demi-frères que sont les barbiers pour les chirurgiens, les épiciers-droguistes pour les apothicaires, dont on est séparé ou dont on cherche à se séparer complètement.

Mais les querelles de famille cessent face à l'ennemi commun : l'empirique. Furetière donne du personnage une définiton nuancée, mais cependant claire : « L'empirique, c'est un médecin qui se vante d'avoir quelques secrets fondés sur l'expérience et qui ne s'attache pas à la méthode ordinaire de guérir. » Il existe donc bien deux manières d'exercer la médecine : l'une selon la « méthode ordinaire de guérir » que l'on apprend dans Hippocrate et Galien, sur les bancs de la faculté, avec la sanction d'un diplôme ; l'autre, en suivant les leçons de l'expérience. Se limiter à celles-ci, c'est se placer volontairement en marge de la médecine officielle. Nicolas de Blégny, lui-même chirurgien, sinon médecin comme il le prétend, en tout cas aventurier haut en couleur, consacre, dans son *Livre commode des adresses de Paris pour 1692,* un chapitre à la « médecine ordinaire », un autre, beaucoup plus court, à la « médecine empirique ». Il définit la première « celle qui est légitimement pratiquée par gens gradués », et la seconde « celle qui est pratiquée par des particuliers dont l'étude n'a pas été assez réglée pour parvenir aux degrés et qui se fondent principalement sur les épreuves de quelques recettes médicinales[32] ». Ainsi, l'empirisme, c'est proprement l'exercice illégal de la médecine, et tous les Esculapes diplômés veillent à la défense de leur droit exclusif de soigner, forts des défenses réitérées de l'édit de 1707, notamment dans son article 26 : « Nul ne pourra, sous quelque prétexte que ce soit, exercer la médecine, ni donner aucun remède, même gratuitement, dans les villes et bourgs de notre royaume, s'il n'a obtenu le degré de licencié dans quelqu'une des facultés de médecine qui y sont établies. »

Au regard de la médecine officielle, il n'y a pas de différence fondamentale entre l'empirique et le charlatan, même si le second terme comporte une nuance beaucoup plus péjorative que le premier. Pour Furetière, le charlatan est un « faux médecin qui monte sur le théâtre en place publique pour vendre de la thériaque et autres drogues et qui amasse (*sic*) le petit peuple par des tours de passe-passe et des bouffonneries pour en avoir plus facilement le débit[33] ». En fait, dans leur dénonciation de la médecine parallèle, les médecins et les chirurgiens du 18e siècle confondent dans une même réprobation les « charlatans et empiriques ». Mais le phénomène est tellement multiforme, la fonction des divers guérisseurs répond à un tel besoin, surtout dans les campagnes, leur clientèle est tellement étendue, de la cour à la plus modeste paroisse rurale, qu'il n'est pas question d'entreprendre, même avec l'appui, d'ailleurs intermittent, des autorités, une lutte systématique. Et si des procès opposent de temps à autre à un empirique une faculté de médecine ou une communauté de chirurgiens, c'est le plus souvent le résultat de circonstances particulières, par exemple le souci de se débarrasser d'un personnage exceptionnellement remuant ou dont la concurrence risque d'être par trop dangereuse.

Définir l'empirisme est simple, mais en saisir l'importance numérique et la réalité concrète l'est beaucoup moins, tant ses limites sont floues et les situations qu'il recouvre, diverses. Dans l'enquête entreprise en 1790 par le Comité de salubrité de l'Assemblée constituante sur la médecine dans le royaume, deux questions concernent les « charlatans, empiriques et gens à secrets », dont l'une vise leur « dénombrement ». En fait, sur la centaine de réponses envoyées de tout le royaume par les lieutenants du premier chirurgien *, une seule émanant de Saint-Sever, dans les Landes, tente une précision chiffrée en parlant d'une cinquantaine d'empiriques dans l'étendue du ressort, « sans compter les curés », ce qui équivaut à peu près, en moyenne, à un empirique par paroisse. Les autres réponses se contentent d'indications vagues. Toutefois, la majorité d'entre elles estiment les empiriques « répandus » ou « très répandus » ; le lieutenant de Luxeuil précise même qu' « il n'y a pas un seul village où il n'y ait trois ou quatre personnes qui ne fassent la médecine ».

Au premier rang de ceux-ci, il y a les personnes charitables, curés, religieux et religieuses, pieuses dames ou demoiselles, qui, en ville et à la campagne, s'efforcent de pallier, dans les classes populaires, l'absence de recours au médecin ou au chirurgien. A Paris, à la fin du 17e siècle, au témoignage du médecin Jean Bernier, grand adversaire des « charlatans prétendus médecins », ceux-ci sont presque tous des prêtres et des religieux, « moines ignorants et las de la robe, pieds déchaux qui ne savent où donner de la tête ». Le fait est confirmé par Blégny qui, en 1692, cite entre autres « un ecclésiastique qu'on nomme M. le Prieur et qui demeure rue de la Raquette, faubourg Saint-Antoine, fort recherché pour un apéritif qu'on dit propre à déboucher les plus fâcheuses opilations * dans les deux sexes », et « le frère Ange, capucin, faubourg Saint-Jacques, qui distribue un opiat et un sirop mésentérique et hépatique ». Mme de Sévigné, qui déteste les médecins, tient ce frère Ange en haute estime. Elle le consulte en février 1680 sur la santé de Mme de Grignan, alors en Provence, et écrit à sa fille, le 16 : « Les remèdes du frère Ange qui sont doux, et fortifiants, et rafraîchissants pourraient vous disposer au lait et peut-être vous guérir comme il a guéri le maréchal de Bellefonds, la reine de Pologne et mille autres personnes ; ils sont aisés, agréables à prendre, et si, par malheur, ils ne vous faisaient point de bien, ils ne peuvent jamais vous faire de mal. »

Au 18e siècle, le frère Côme s'acquiert une réputation qui dépasse les frontières du royaume. De son vrai nom Jean Baseilhac (1703-1781), il entre en 1729 au couvent des Feuillants de Paris, sous le nom de frère Saint-Côme. Son habileté à extraire la pierre et à soigner le rétrécissement de l'urètre l'amène à fonder, en 1753, un hospice où les pauvres sont opérés gratuitement, en même temps qu'il devient le lithotomiste attitré de la haute société parisienne. En juin 1761, le maréchal de Luxembourg, ami et protecteur de Jean-Jacques Rousseau, voyant celui-ci souffrir de plus en plus d'une maladie de vessie, fait venir le frère Côme. Jean-Jacques raconte lui-même la consultation : « Le frère Côme qui avait la main d'une adresse et d'une légèreté sans égale vint à bout enfin de m'introduire un très petit algali * après m'avoir beaucoup fait souffrir pendant plus de deux heures, durant lesquelles je m'efforçai de retenir les plaintes pour ne pas déchirer le cœur sensible du bon maréchal. Au premier examen, le frère Côme crut trouver une grosse pierre et me le dit ; au second, il ne la trouva plus. Après avoir recommencé une seconde et une troisième fois avec un soin et une exactitude qui me firent trouver le temps fort long, il me déclara qu'il n'y avait point de pierre, mais que la prostate était squirreuse * et d'une grosseur surnaturelle ; il trouva la vessie grande et en bon état, et finit par me déclarer que je souffrirais beaucoup et que je vivrais longtemps. Si la seconde prédiction s'accomplit aussi bien que la première, mes maux ne sont prêts à finir. » Jean-Jacques décide alors de se passer désormais de l'assistance de tout médecin et de s'en remettre à la nature : « Quand les médecins n'auraient contre moi d'autres griefs, qui pourrait s'étonner de leur haine ? Je suis la preuve vivante de la vanité de leur art et de l'inutilité de leurs soins. »

Dans les villes et surtout dans les campagnes, tout pousse les curés à se mêler peu ou prou de médecine. Un de leurs devoirs les plus sacrés est d'assister spirituellement les malades, en les aidant à tirer profit de leur maladie et éventuellement à faire une bonne mort. Comment, dans ces conditions, ne s'intéresseraient-ils pas à la santé corporelle des plus pauvres de leurs paroissiens, privés de tout secours et de toute assistance médicale ? De nombreux statuts synodaux leur en font même un devoir exprès, tels les statuts du diocèse de La Rochelle en 1710 : « Le soin qu'ils doivent avoir des pauvres et des personnes qui sont dans la misère [...] doit engager les curés à avoir un soin tout particulier des malades qui manquent des secours temporels les plus nécessaires ; ils les assisteront par eux-mêmes autant que leurs facultés pourront le permettre ; s'ils n'ont pas le moyen de fournir à leurs besoins les plus pressants, ils tâcheront d'y suppléer par d'autres personnes charitables. »

Au 18e siècle, lorsque s'organise, comme on le verra, une défense concertée contre les maladies épidémiques sous l'autorité de chaque intendant, les curés sont officiellement investis d'un rôle essentiel, celui d'avertir les subdélégués * dès qu'ils estiment leurs paroissiens menacés par une épidémie. Visitant régulièrement tous les malades de leur paroisse, tenant les registres de sépultures, ils sont plus à même que quiconque de remplir ce rôle. Enfin, la plupart des livres de médecine pratique, de si grande diffusion aux 17e et 18e siècles, leur sont plus ou moins directement destinés, tant ils apparaissent comme des intermédiaires naturels. Le *Recueil* de Mme Fouquet comporte deux préfaces s'adressant l'une « aux dames charitables », l'autre « à MM. les curés ». Tissot lui-même, dans son *Avis au peuple,* place MM. les pasteurs au premier rang de « ceux appelés à aider de leurs conseils tout le peuple qui les environne ». Mais une telle attitude pose un grave problème que ne manque pas de noter Tissot : s'appuyer sur les curés et les personnes charitables pour assurer la « santé du peuple », n'est-ce pas favoriser l'exercice de la médecine par des gens qui ne sont pas médecins ? Il répond à ce reproche qui lui a été fait par cette phrase désabusée qui en dit long sur l'importance de l'empirisme sous toutes ses formes : « Il serait à souhaiter sans doute que la médecine ne fût exercée que par les médecins, mais la chose est malheureusement autrement ; et aussi longtemps qu'on n'aura pas trouvé le moyen d'y remédier, l'on doit s'occuper, en attendant que la source du mal soit tarie, d'en diminuer les effets autant qu'il sera possible. » Un siècle plus tôt, La Bruyère écrivait déjà : « Un bon médecin est celui qui a des remèdes spécifiques, ou, s'il en manque, qui permet à ceux qui les ont, de guérir son malade. »

Des dames et demoiselles charitables sont souvent les auxiliaires du curé, notamment dans les paroisses où celui-ci ne se sent aucun goût particulier pour la médecine pratique. En dehors de l'aide que peut apporter telle femme de notable ou de seigneur local, il n'est guère de paroisse, urbaine ou rurale, qui ne compte une pieuse fille, religieuse ou non, qui se dévoue au chevet des malades, en s'appuyant sur son expérience et en s'aidant de quelque livret. Mais la charité n'est pas une excuse aux yeux des tenants de la médecine officielle. C'est ainsi que les chirurgiens d'Arras, moins pragmatiques que Tissot, dénoncent vertement en 1790 « les ecclésiastiques séculiers, et même réguliers des deux sexes, qui distribuent des remèdes et conduisent le traitement des maladies que l'on a l'imprudence de leur confier ».

Au-delà des personnes qui s'efforcent de soulager leurs semblables au nom de la charité chrétienne, il y a l'armée de ceux pour qui l'art de guérir est simplement un métier, comme il l'est pour le médecin, le chirurgien ou l'apothicaire. Armée aussi diverse, d'ailleurs, que celle de la médecine officielle : il y a autant de distance entre le frère Côme et un guérisseur de village qu'entre un docteur-régent de Paris ou de Montpellier et un chirurgien externe. Certains empiriques travaillent même dans la légalité, ou presque. Ce sont ceux qui, moyennant finance, ont obtenu, par l'entremise d'un grand seigneur ou d'un magistrat municipal, un brevet leur assurant pour un lieu déterminé le privilège de la commercialisation d'une drogue de leur invention, qui est toujours un « remède merveilleux et secret propre à toutes sortes de maladies » ; les médecins et les apothicaires du lieu protestent ; éventuellement, ils intentent un procès (qu'ils ne sont pas sûrs de gagner) ; le plus souvent, ils supportent le gêneur. A Paris, à la fin du 18e siècle, les empiriques jouissent d'une tolérance de fait au prix d'une simple précaution qui n'engage personne : « Tous ceux qui distribuent des remèdes, raconte Mercier, sont enregistrés à la police ; ils sont tolérés lorsqu'ils ont déposé le secret de leur composition entre les mains du premier médecin du roi. »

Par contre, les innombrables empiriques de campagne vivent dans l'infraction, mais n'en ont cure. Les noms dont on les désigne dans les écrits du temps semblent traduire une certaine spécialisation : il y a les bailleurs (ou bailleuls), renoueurs, remetteurs, rebouteurs, adoubeurs, toucheurs, rhabilleurs, aptes notamment à réduire luxations et fractures ; il y a les jugeurs d'eau, habiles à guérir au seul vu de l'urine du malade, comme n'importe quel médecin ; il y a les châtreurs qui prétendent guérir non seulement les hernies, mais toutes sortes d'affections, par l'ablation d'un testicule, voire même des deux (l'activité de ces châtreurs est telle qu'en 1776 la Société royale de médecine lance une enquête d'où il ressort que dans le seul diocèse méridional de Saint-Papoul, qui est minuscule, cinq cents jeunes gens ont été ainsi châtrés en quelques années). Mais la plupart des guérisseurs, appelés souvent panseurs ou pansoux[34], sont des généralistes, jouant même le triple rôle de médecin, de chirurgien et de pharmacien. Beaucoup sont venus à la médecine humaine par la médecine vétérinaire. On lit dans un mémoire de 1788 : « Les charlatans qui se sont établis dans presque tous les cantons de la province sont des paysans qui après avoir joué le rôle de médecins avec les bestiaux se persuadent que la différence n'étant pas infinie, ils peuvent aussi traiter les hommes ; les purgatifs, les topiques violents dont ils font usage nous enlèvent tous les jours grand nombre de bons laboureurs, de pères de famille, et ces pertes déplorables ne guérissent pas la crédulité de ceux qui leur survivent. »

Un réquisitoire de ce genre — et il y en a de multiples, surtout dans les trente dernières années de l'Ancien Régime — émane de notables et ne peut être que suspect de partialité. Même si les termes employés le plus souvent à leur endroit dans l'enquête de 1790 sont « fléau de l'humanité », « horde venimeuse », « secte d'anthropophages », tous les guérisseurs ne sont pas des assassins, et Mercier a sans doute raison d'écrire : « Les empiriques guérissent et ne tuent pas plus de monde que les médecins endossant robe fourrée. » Les meilleurs d'entre eux s'en tiennent sagement à une dextérité naturelle et aux leçons de l'expérience et n'usent des remèdes qu'avec modération. Ils réussissent ainsi non à guérir toutes les maladies, comme beaucoup le prétendent, mais à remettre des fractures dans de bonnes conditions et à soulager de nombreux malades. Au total, leur savoir, leur action et sans doute leurs succès sont très comparables à ceux du chirurgien de village dont ils sont, selon les cas, soit le concurrent, soit l'auxiliaire.

A la campagne, le guérisseur est le plus souvent un paysan, quelquefois le forgeron ou l'épicier. Partageant la vie des villageois, parlant leur langue (qui n'est ni le latin des médecins, ni, bien souvent, le français), il a su gagner leur confiance soit à la suite de quelque réussite où le hasard a joué son rôle, soit plus simplement parce que son père exerçait cette fonction avant lui. En effet, beaucoup de guérisseurs le sont de père en fils. Ainsi se transmet dans une même famille le don de guérir, qui est d'abord une extrême dextérité manuelle, et aussi un certain nombre de secrets, tours de main, remèdes. Transmettre, avant de mourir, à son fils aîné son don et ses secrets est pour un guérisseur un devoir aussi impérieux que celui de les mettre en pratique. En ville, certains métiers semblent disposer spécialement à cet empirisme héréditaire. C'est le cas notamment des menuisiers, des épiciers et surtout des bourreaux. La réputation faite au bourreau tient d'abord à sa fonction et met en jeu la loi des contraires : dispensateur de la mort, il a des pouvoirs de vie ; habitué à questionner les corps et à briser les membres, il sait mieux que personne remettre les fractures. De plus, les cadavres des condamnés fournissent la matière première de remèdes efficaces : la sueur de mort est bonne pour les hémorroïdes, la poudre de crâne pour l'épilepsie ; la friction de la main coupée sur un cadavre est un excellent topique. Le bourreau de Paris, Henri Samson (1740-1793), est un guérisseur réputé ; il remet sur pied en quinze jours le vitrier Jacques Ménétra victime d'une « maladie de nerfs » qui le rendait « impotent de tout le corps ». Dans toutes les villes de province, où il y a un exécuteur des hautes œuvres, celui-ci exerce en même temps cette profession accessoire.

Si la majorité des empiriques sont sédentaires, exerçant toute leur vie dans leur village ou leur quartier urbain, souvent de père en fils, certains sont itinérants. C'est le cas de certains colporteurs détenant, dans un coin de leur boîte, almanachs et livrets de santé, mais aussi plantes ou potions merveilleuses dont ils prétendent détenir le secret. Saisonniers, les colporteurs de l'Oisans proposent ainsi dans tout le royaume des herbes de montagne, mais aussi de l'aloès ou de l'antimoine. En 1758, Jacques Ménétra, qui fait son tour de France, rencontre entre Toulouse et Montauban un guérisseur ambulant : « En causant le long de la route, il me dit qu'il savait guérir la fièvre. Moi aussitôt de le vouloir savoir. Il fallut que je le fasse bien boire et il me dit son secret et même me donna de la poudre. Après l'avoir quitté, je passai à un endroit qui se nomme la Pointe de Moissac. Comme il faisait mauvais temps, je marchai dans une auberge où j'aperçus près du feu la fille de la maison qui se plaignait qu'elle avait les fièvres. Moi de lui offrir de la guérir. Le père et la mère en furent enchantés. Je lui en fis prendre dans du vin et lui en donnai une autre dose pour lorsque la fièvre viendrait à la reprendre. Mais les personnes ne voulurent point que je m'en aille. Le lendemain, ma poudre fit son effet, et les gens de l'endroit et des environs venaient et je les guérissais. Comme je ne vendais pas ma poudre, je restai dans ce charmant endroit quatre à cinq jours à m'amuser, sans qu'ils voulussent qu'il m'en coûte rien. Je quittai cet endroit avec force bénédictions de la part de ces bonnes gens[35]. » L'anecdote, bien troussée, est significative : l'empirisme stipule le secret, plus ou moins bien gardé, autour d'un remède-miracle, un minimum d'efficacité de celui-ci, une première réussite provoquant la confiance de l'entourage, puis des environs.

La plupart de ces guérisseurs ambulants sont de vrais charlatans, au sens où l'entend Furetière. Les uns sont glorieux, entrant dans les bourgs, musique en tête et paradant sur leurs tréteaux plusieurs jours de suite. Les autres sont plus modestes, tel celui qui traite le jeune René de Chateaubriand d'une fièvre tierce à Combourg en 1780 : « Un marchand d'orviétan passa dans le village ; mon père, qui ne croyait point aux médecins, croyait aux charlatans : il envoya quérir l'empirique, qui déclara me guérir en vingt-quatre heures. Il revint le lendemain, habit vert galonné d'or, large tignasse poudrée, grandes manchettes de mousseline sale, faux brillants aux doigts, culotte de satin noir usé, bas de soie d'un blanc bleuâtre, et souliers avec des boucles énormes. Il ouvre mes rideaux, me tâte le pouls, me fait tirer la langue, baragouine avec un accent italien quelques mots sur la nécessité de me purger, et me donne à manger un petit morceau de caramel. Mon père approuvait l'affaire, car il prétendait que toute maladie venait d'indigestion, et que pour toute espèce de maux, il fallait purger son homme jusqu'au sang. » Le caramel qui n'est qu'une forte dose d'émétique, provoque d'effroyables vomissements, mais après un moment d'inquiétude François-René est bientôt sur pied.

Dans son *Tableau de Paris,* Mercier commence son chapitre sur les empiriques par cette phrase lapidaire : « Ils sont les médecins du peuple. » Il serait pourtant erroné de prendre cette définition dans un sens restrictif. Il est de fait que le peuple de la capitale s'adresse massivement aux guérisseurs, non aux médecins parisiens ; ceux-ci leur sont doublement inaccessibles, par le montant de leurs honoraires et par le milieu social auquel ils appartiennent. Il est plus vrai encore que le peuple des campagnes ne connaît guère que les guérisseurs, et un peu les chirurgiens externes dont ceux-ci diffèrent peu. Cela ne signifie pas pour autant que la clientèle des empiriques est exclusivement populaire. On a recours à eux même dans les classes de la société qui use couramment de la médecine officielle. Cet appel à la médecine parallèle peut traduire diverses attitudes : une méfiance invétérée à l'égard des médecins (c'est le cas de Mme de Sévigné, de Jean-Jacques Rousseau, du père de Chateaubriand et de bien d'autres) ; l'espoir que l'on place dans un guérisseur qui se trouve être le spécialiste de la maladie dont on est atteint et auquel on s'adresse tout de suite de préférence au médecin ; l'ultime recours vers lequel se tourne le malade ou sa famille après que la faculté ait prouvé son inefficacité. Louis XIV lui-même, tout barricadé de médecins qu'il est, Fagon en tête, reçoit dans sa dernière maladie les soins d'un guérisseur de village. Saint-Simon rapporte la scène qui se situe le 28 août 1715, quatre jours avant la mort du roi : « Une espèce de manant provençal fort grossier apprit l'extrémité du roi en chemin de Marseille à Paris, et vint ce matin-ci à Versailles, avec un remède, qui, disait-il, guérissait la gangrène. Le roi était si mal et les médecins tellement à bout, qu'ils y consentirent sans difficulté, en présence de Mme de Maintenon et du duc du Maine. Fagon voulut dire quelque chose ; ce manant qui se nommait Le Brun, le malmena fort brutalement [...]. On donna donc au roi dix gouttes de cet élixir dans du vin d'Alicante, sur les onze heures du matin. » Le surlendemain, « la gangrène avait gagné le genou et toute la cuisse. On lui donna du remède du feu abbé Aignan, que la duchesse du Maine avait envoyé proposer, qui était un excellent remède pour la petite vérole. Les médecins consentaient à tout, parce qu'il n'y avait plus d'espérance ». L'exemple, venu de haut, se retrouve à tous les niveaux de la société.

Le fossé entre les deux médecines est donc moins profond qu'il n'y paraît. Leur clientèle interfère souvent, et surtout leurs thérapeutiques sont pratiquement les mêmes. En effet, rien ne serait plus faux que d'imaginer deux savoirs irréductiblement dressés l'un contre l'autre. En réalité, médecins et guérisseurs empruntent leurs moyens de lutte contre la maladie à un savoir commun. C'est vrai d'abord des méthodes chirurgicales. Lorsqu'ils remettent un membre cassé, les rebouteurs appliquent les techniques qui sont celles des chirurgiens diplômés. Leur réputation vient seulement de leur exceptionnelle habileté grâce à laquelle ils opèrent vite et bien. La castration pour guérir les hernies n'est pas une invention des châtreurs de village. Le grand chirurgien Pierre Dionis l'évoque et en discute l'opportunité dans son *Cours des opérations de chirurgie* (1707). Selon lui, si le malade est « un religieux qui préférerait la guérison d'une hernie à ses testicules qui lui doivent être inutiles », il n'y a pas à hésiter, puisque l'opéré en tirera un double avantage : « Le premier, c'est que ces organes ne le tourmenteront plus ; le second, c'est qu'il sera guéri d'une fâcheuse maladie. »

Quant à la pharmacopée, elle est la même. Le fameux secret qui est à la base de la réputation de tout guérisseur ne concerne pas telle plante ou telle drogue inconnues avant lui [36], mais simplement un mélange prétendument nouveau de produits toujours identiques. Il n'y a pas de différence fondamentale entre la pharmacopée officielle et la pharmacopée parallèle, même si la première use sans doute plus abondamment des « drogues et épiceries » que leur coût élevé interdit généralement aux pauvres. Pour se rendre compte de cette similitude, il suffit de rapprocher les recettes de la médecine officielle, telles qu'on les trouve dans les grands manuels de pharmacopée d'un Charas ou d'un Lémery, de celles pratiquées par l'empirisme et connues non seulement par les livrets de santé, les cahiers manuscrits, les papiers de famille, mais par les enquêtes des folkloristes de la fin du 19e et du début du 20e siècle : ce sont les mêmes. Ce n'est qu'au début du 19e siècle que s'amorce une rupture qui ira en s'amplifiant pour aboutir à un divorce total : les progrès de la médecine, de la chimie et de la pharmacologie permettent au corps médical d'abandonner les vieilles thérapeutiques auxquelles reste fidèle une médecine parallèle qui tend alors de plus en plus à devenir ce qu'elle n'était pas jusque-là, une médecine presque exclusivement populaire, face à une médecine savante.

sorciers et conjureurs

La croyance dans l'origine surnaturelle de la maladie explique que, dans certains cas, l'on fasse appel à des armes elles-mêmes surnaturelles. C'est ainsi que beaucoup de maux apparaissent comme le résultat direct d'un sort jeté par un sorcier. Au début du 17e siècle, cette croyance est encore générale dans toutes les classes de la société. On en trouve l'écho non seulement dans les écrits des grands démonologues, tels Jean Bodin, Pierre de Lancre ou Martin Del Rio, mais aussi dans les bûchers allumés par centaines. Dans ses statuts synodaux de 1619, l'évêque de Saint-Malo expose fort clairement ce qu'est alors l'attitude de l'Eglise en ce domaine. Il rappelle que « les sorciers et devins font paction expresse avec Satan » et usent du pouvoir qu'ils en reçoivent pour nuire et faire le mal, notamment en jetant des sorts « par actions magiques » qui provoquent des maladies mortelles aux hommes et aux bêtes. Pourtant, le chrétien ne doit pas craindre les sorciers et sorcières qui ne sont que « quelques vieilles masques puantes et insensées » qui ne peuvent rien sans la permission de Dieu. D'ailleurs, ceux à qui ils nuisent sont le plus souvent en état de péché mortel ou « ne mettent pas assez fermement leur espérance en Dieu ». Et « si quelquefois Dieu permet que les justes soient ensorcelés ou autrement affligés, c'est pour faire preuve de leur foi, patience et vertu ». De toute façon, il est toujours illicite de recourir aux sorciers même pour en obtenir un bien, comme la guérison du corps, car « jamais ils n'ôtent le mal d'un corps qu'ils ne le renvoient en un autre ». Satan ne fait jamais le bien que pour prendre occasion de faire le mal et, « s'il guérit le corps, il assassine l'âme ». Même si l'on est ensorcelé, il est interdit de recourir à un sorcier pour « délier et ôter son maléfice et incantation », mais on peut contraindre un sorcier, « même par bastonnade », à brûler ou rompre les ligatures ou les signes magiques par lesquels il opère, car ce faisant on l'empêche de nuire. Quoi qu'il en soit, pour les ensorcelés, « les plus assurés, vrais et licites moyens pour dissoudre le maléfice, sont les remèdes surnaturels et ecclésiastiques », c'est-à-dire se convertir à Dieu d'un cœur contrit et humilié, bien confesser ses péchés qui « le plus souvent sont cause des maléfices », jeûner et donner l'aumône, user d'eau bénite et de signes de croix, enfin recourir aux exorcismes proposés par l'Eglise en pareille circonstance.

Le discours de l'évêque de Saint-Malo, très cohérent, est aussi très classique à cette date. Il ne met en doute ni l'existence des sorciers et de leur pacte avec Satan, ni l'efficacité de leurs maléfices, ni celle des remèdes de l'Eglise, confession ou exorcisme. La sorcellerie n'est pas une aberration troublante, mais simplement la suprême manifestation du diable. Entre un pécheur ordinaire et un sorcier, il n'y a qu'une différence de degré : le premier cède aux sollicitations de Satan sans que celui-ci ait besoin de se manifester, le second entre en contact direct avec lui lors du sabbat, se lie à lui par un pacte et reçoit en échange une partie de la puissance démoniaque. Mais Dieu qui permet tout a partout le dernier mot. L'ensorcelé et le sorcier lui-même peuvent à tout moment rompre soit le maléfice, soit le pacte, en recourant aux bons offices de l'Eglise.

Mais, à partir de 1640, s'amorce une véritable révolution mentale naguère étudiée par Robert Mandrou[37] et qui amène peu à peu les magistrats français à modifier leur attitude à l'égard des sorciers. A l'issue de cette longue évolution, l'édit de juillet 1682 ne reconnaît plus qu'une « prétendue magie », niant ainsi implicitement le pacte diabolique et les pratiques sataniques dénoncées par les démonologues des années 1580-1620 ; « devins, magiciens et enchanteurs » sont traités en exploiteurs de la crédulité humaine, ne méritant ni la corde, ni le bûcher, tout au plus le bannissement. En même temps que les magistrats, c'est toute une partie de l'opinion éclairée qui est impliquée dans cette révolution mentale. Toutefois, celle-ci ne va pas sans ambiguïté. Dans son *Dictionnaire universel,* rédigé entre 1672 et 1688, Antoine Furetière écrit : « Sort, ou sortilège, est un prétendu maléfice qu'on jette sur quelque chose par le ministère du Diable ; quand le peuple ne connaît pas la cause d'une maladie, il dit que c'est un sort qu'on jette sur lui. » En employant l'adjectif « prétendu », Furetière ne semble pas prendre à son compte la croyance ainsi définie, mais quelques lignes plus loin, le même adjectif disparaît de la définition du mot « sortilège » : « Sort, maléfice, qui se fait par l'opération et le secours du Diable ». Bien plus, à l'article « charge », terme de magie noire qui désigne « le sort que les sorciers mettent en quelque lieu pour y faire leurs maléfices et empoisonnements », il évoque « le procès d'un nommé Bras-de-Fer, fameux sorcier qui est à présent, au mois de mai 1688, dans les prisons du parlement », et conclut : « Dans ce procès, il y a des choses si extraordinaires qu'elles poussent à bout l'incrédulité de ceux qui nient les sortilèges. »

Cette attitude apparemment contradictoire est celle de la plupart de ses contemporains éclairés. Face au problème de la sorcellerie, Furetière rejoint cette voie moyenne qui est celle du curé Thiers dans son *Traité des superstitions* (1679), de Colbert et des rédacteurs de l'édit de 1682, et qu'exprime parfaitement Malebranche en 1674 dans sa *Recherche de la vérité :* « Encore que je sois persuadé que les véritables sorciers soient très rares, que le sabbat ne soit qu'un songe, et que les parlements qui renvoient les accusations de sorcellerie soient les plus équitables, cependant je ne doute point qu'il ne puisse y avoir des sorciers, des charmes, des sortilèges. » Plusieurs articles du *Dictionnaire universel* traduisent une attitude similaire. Citons seulement : « Ensorcèlement, charme, maléfice qu'on a jeté sur quelqu'un par art magique, par sortilège ; les paysans appellent ensorcèlement les maladies de langueur que les médecins ne peuvent guérir » ; et « Désensorceler, ôter le sort et le charme qui était jeté sur quelqu'un ; le peuple croit que les bergers et les sorciers ensorcèlent et désensorcèlent les gens comme il leur plaît. » Pas plus que Thiers ou Malebranche, Furetière ne nie formellement la réalité de la puissance du diable, mais il contribue comme eux à réduire au maximum la part du surnaturel, en imputant la plupart des manifestations qui lui sont attribuées à l'astuce du charlatan et à la crédulité du peuple.

Les autorités ecclésiastiques elles-mêmes se montrent désormais beaucoup plus circonspectes qu'auparavant sur les manifestations diaboliques. Celles-ci sont considérées comme très exceptionnelles. Le cas échéant, il faut recourir non au désensorceleur dont les pouvoirs sont illusoires, mais aux armes dont dispose l'Eglise, c'est-à-dire la prière et, dans les cas les plus graves, l'exorcisme. Encore rituels diocésains et statuts synodaux définissent-ils de façon précise dans quelles conditions on peut recourir à l'exorcisme. Il faut au préalable que les médecins aient estimé, devant les manifestations extraordinaires de la maladie, que celle-ci ne peut relever que d'un maléfice du démon. De plus, le droit d'exorciser est réservé aux curés dans le ressort de leur paroisse. Enfin, il est interdit à ceux-ci d'utiliser d'autres rites ou formules que ceux contenus dans le rituel du diocèse.

Cette évolution des mentalités à l'égard de la sorcellerie ne signifie pas pour autant qu'une page est tournée et que la croyance en la magie n'est plus que le fait des classes populaires, considérées comme crédules par nature. En réalité, le 18e siècle se passionne pour ces problèmes et de nombreux ouvrages notamment leur sont consacrés. Les uns se donnent pour but de dresser un catalogue des croyances dites « superstitieuses » pour mieux en dénoncer le ridicule ou la malfaisance, tout en faisant sa place légitime au surnaturel. C'est le cas, dès 1679, de la première édition du *Traité des superstitions* de Jean-Baptiste Thiers. C'est le cas aussi de l'*Histoire critique des pratiques superstitieuses qui ont séduit les peuples et embarrassé les savants* (1702) de l'oratorien Pierre Lebrun, ou du *Recueil des dissertations anciennes sur les apparitions, les visions et les songes* (1702) de l'abbé Lenglet-Dufresnoy. Ce dernier présente, sans les discuter, tous les témoignages écrits, depuis le 16e siècle, même les plus rares, concernant son sujet, mais prend la précaution de préciser : « Je me flatte qu'on ne m'accusera pas de croire tout ce que j'ai fait imprimer ici. » Par contre, d'autres livres, dont le succès n'est pas moindre, soulignent le caractère irréfutable des faits présentés. Ainsi en 1732, le sieur Daugis publie un « ouvrage très utile aux ecclésiastiques, aux médecins et aux juges », dont le titre complet est significatif : *Traité sur la magie, le sortilège, les possessions, obsessions et maléfices, où l'on en démontre la vérité et la réalité, avec une méthode sûre et facile pour les discerner.* Même si un Daugis fait tout de même figure d'attardé, il n'en reste pas moins qu'il existe, au 18e siècle, dans la classe cultivée, non seulement des lecteurs pour des ouvrages comme le sien, mais surtout, nous le verrons, des hommes et des femmes persuadés de la réalité des sortilèges et prêts à tout pour s'en préserver. Il ne s'agit donc pas là de croyances et de pratiques exclusivement populaires, comme certains témoignages de l'époque sur la crédulité du peuple pourraient le laisser penser.

Ce qui fait du sorcier un personnage redoutable, c'est, outre le pouvoir d'ensorceler qu'il tient du diable, le fait que rien en principe ne le distingue des gens au milieu desquels il vit. Pourtant, tôt ou tard, il se démasque malgré lui. De même que toute maladie subite ou opiniâtre est vite imputée à quelque sort, de même toute réussite matérielle trop rapide ou toute attitude anormale, et par conséquent suspecte, ont vite fait de faire peser sur leur auteur le soupçon de sorcellerie. Valentin Jameray-Duval, revenu en 1717 dans son village natal d'Arthonnay, près d'Auxerre, raconte une histoire typique à cet égard : « Comme je m'en retournais, le principal habitant du lieu vint m'accoster, mais un de mes parents étant survenu me tira à l'écart et me dit à l'oreille de me défier de cet homme-là. Lui en ayant demandé la raison : " C'est un sorcier, me dit-il. Il n'y a pas plus de six ans qu'il était le plus pauvre du village, aujourd'hui il en est le Crésus, et on juge que ce changement ne s'est opéré que par la vertu d'un pacte qu'il a contracté avec le démon. " Quelque ridicule que me parut cette opinion, j'en inférai que ces malheureux étaient persuadés qu'aucun d'eux ne pouvait parvenir à une sorte d'aisance sans le concours du prince des ténèbres et qu'il suffisait d'avoir de quoi remédier aux plus pressants besoins de la vie pour être soupçonné d'intelligence avec lui[38]. » Dans les campagnes, l'appartenance à certains métiers marginaux peut aussi donner prise au soupçon. Les colporteurs, les meuniers, les bûcherons, les forgerons, les bergers surtout, ont souvent la réputation de connaître des secrets inconnus du simple paysan. Il en est de même des infirmes, boiteux ou bossus. De là à les croire liés au diable par pacte exprès, il n'y a qu'un pas, souvent franchi.

Les maléfices dont usent les sorciers pour nuire à leurs victimes sont fort nombreux. Thiers en énumère quelques-uns : « On ne peut pas douter que ce soit un maléfice [...] que d'empêcher les gens de manger en mettant à table sous leur assiette une aiguille qui a servi à ensevelir un mort ; que d'envoyer des maladies de langueur et de longue durée aux hommes et aux bêtes, en sorte que les uns ou les autres affaiblissent visiblement, sans qu'on puisse les secourir par les remèdes ordinaires [...] que de se servir de l'os d'un mort pour faire mourir quelqu'un, en faisant certaines actions et en récitant certaines paroles qu'il n'est pas nécessaire de rapporter ici[39] ; que de faire des figures de cire, de boue ou de quelqu'autre matière, de les piquer, de les approcher du feu ou de les déchirer, afin que les originaux vivants et animés ressentent les mêmes outrages et les mêmes blessures dans leurs corps et dans leurs personnes. » Cette dernière technique, dite de l'envoûtement, est l'une des plus connues, des plus anciennes et des plus universellement répandues.

Toutefois, il existe — toujours selon Thiers — un certain nombre de pratiques préventives pour déjouer les éventuelles manœuvres des sorciers : frapper trois fois sur la coque des œufs que l'on vient de manger, cracher sur le soulier de son pied droit avant de le chausser, planter sur la porte de sa maison des têtes de clous ou une peau de loup, se laver les mains le matin avec de l'urine, porter sur soi du sel non béni, un noyau de datte poli ou de la racine de chicorée arrachée le matin de la Saint-Jean, ou encore « une image représentant l'adoration des trois rois avec cette inscription : *Sancti tres reges, Gaspard, Melchior, Balthasar, orate pro nobis, nunc et in hora mortis nostrae* » ; Thiers précise qu'il a trouvé lui-même, en 1679, « une de ces images enfermée dans un phylactère * d'étain pendu au cou d'un petit enfant ». Il existe bien d'autres moyens pour tenter de se préserver des maléfices des sorciers. Par exemple, si l'on rencontre l'un d'eux ou quelqu'un soupçonné de l'être, il faut s'empresser de replier les pouces des mains en dedans, en répétant tout le temps qu'il est visible, une formule conjuratoire du genre de celle-ci : « Sorcier, sorcier, si tu m'ensorcelles, que le diable t'emporte » ; il faut surtout éviter son regard, car c'est par le « mauvais œil » qu'il jette son maléfice. Collectivement, une paroisse entière peut se mettre à l'abri des sorciers en sonnant les cloches de l'église durant certaines nuits, celle de la Saint-Jean, le 24 juin, celle du 1er mai, et celle de la Sainte-Agathe, le 5 février. Thiers note à ce propos en 1679 : « Pour chasser les sorcières, il faut sonner les cloches de la paroisse la nuit de sainte Agathe, à cause que c'est particulièrement cette nuit-là qu'elles courent », et de son côté, le curé de Sennely en 1700 : « J'ai fait cesser un autre abus qui régnait en cette paroisse, comme il fait encore dans quelques-unes, de sonner la nuit de la vigile de saint Jean ; on l'a défendu en plusieurs synodes au grand regret du peuple, lequel s'imagine que les sorciers tiennent, cette nuit-là, un chapitre général et qu'il faut les dissiper par le son des cloches. »

En dépit de ces précautions, on peut être, un jour ou l'autre, victime d'un sortilège, soit dans sa propre personne, soit dans celle de sa femme ou de l'un de ses enfants. Si le malade n'éprouve aucun soulagement des soins traditionnels de sa famille, de l'empirique ou du chirurgien, si son état se détériore lentement, mais sûrement, sans que l'on n'y puisse rien, si à ce malheur s'en ajoutent d'autres tout aussi imprévus, récolte compromise, bêtes malades, tout permet de supposer qu'il ne s'agit pas d'une maladie ordinaire, mais d'un « mal d'encontre », d'un « mal donné », sous-entendu par le sorcier. Un sort a été jeté, condamnant le malade à dépérir peu à peu de langueur, puis à mourir à une date déterminée. Le doute n'est bientôt plus permis. Inutile alors de s'obstiner avec les simples moyens naturels, il faut tenter de lever le sort par des pratiques du genre de celle-ci rapportée par Thiers, sous le titre « Pour guérir une personne maléficiée » : « Faire tenir le malade à l'opposite du soleil avant qu'il soit levé, lui faire prononcer son nom et celui de sa mère ; nommer, trois fois le jour pendant six jours, les anges de gloire qui sont dans le sixième degré ; le faire tenir tout nu le septième jour, puis écrire sur une plaque les noms de ces anges, dans la créance qu'il sera guéri le vingtième jour du mois. »

Si de tels procédés ne suffisent pas, il faut faire appel au leveur de sorts ou conjureur. La première besogne de celui-ci est de déterminer l'origine du maléfice et plus précisément la personnalité du jeteur de sorts. Diverses techniques sont utilisées, par exemple tremper dans un seau d'eau une baguette de coudrier pour faire apparaître la figure du sorcier. Celui-ci une fois découvert, commence alors entre les deux hommes — le conjureur et le sorcier — un véritable combat à distance, de l'issue duquel dépend la vie du malade. Enumérant les « préjugés » du peuple, le secrétaire de la Société patriotique de Saint-Calais, dans la Sarthe, écrit en novembre 1790 : « Un sort jeté peut faire périr ou maigrir l'animal ou l'homme qui en a été atteint ; il faut pour le lever être au moins aussi puissant que celui qui en est l'auteur. » Dans ce cas, le malade recouvrera la santé ; dans le cas contraire, il mourra à la date fixée.

Le pouvoir du conjureur réside dans des pratiques et des prières dont il garde jalousement le secret, transmis généralement de père en fils. La pratique la plus radicale consiste à renvoyer le sort à son point de départ, en maléficiant à son tour l'auteur du maléfice. Un cahier manuscrit de la fin du 18e siècle fournit un exemple de recette de désensorcellement : « Il faut premièrement faire ôter de dessus la personne tout ce qu'elle a, y compris bague et autres choses [...]. Ensuite, faites allumer du feu de charbon, vous prenez deux fortes pincées d'encens et d'aloès, vous posez dessus tous les habillements et autres choses que vous avez retirés de dessus la personne, en disant à chaque chose : que ce soit le parfum de Jésus-Christ qui serve à guérir (un tel), et vous prononcez le nom de baptême et de famille de la personne malade. Ensuite, vous dites : j'appelle le sorcier, magicien ou autre, qui ont fait du mal à (un tel). Après avoir fini, vous avez soin de mettre chaque effet en tas par terre et vous donnez dessus une forte rincée de coups de bâton. Vous faites ensuite trois cercles en papier, sur chacun desquels vous écrivez avec une épingle les deux premières lettres du nom de Jésus-Christ ; vous parfumez ces trois cercles l'un après l'autre, vous les trempez dans de la forte eau-de-vie ; ensuite, réunis, vous appliquez ces trois cercles sur l'estomac de la personne malade en faisant le signe de la croix. Vous prenez ensuite un petit pot dans lequel vous mettez de l'huile que vous faites bouillir de suite jusqu'à ce qu'elle bout. Vous avez un paquet d'aiguilles que vous prenez une à une, en les laissant tomber par la pointe dans l'huile en disant à chaque : ce n'est point l'aiguille que je jette bouillir dans l'huile, c'est le corps, l'âme et le cœur du magicien, sorcier et autres qui ont fait du mal à (un tel) ; vous mettez les aiguilles toujours en nombre impair. Ensuite, vous dites dessus l'oraison du petit grimoire qui se trouve dans ce livre page 56[40]. »

Certaines de ces prières conjuratoires s'efforcent de débarrasser le patient de son mal en levant le sort sans chercher pour autant à le retourner au sorcier responsable. En dépit du secret, on connaît beaucoup d'entre elles soit par Thiers, soit par les folkloristes du 19e siècle. Ces deux sources se recoupent d'ailleurs largement et témoignent de la continuité des croyances et des pratiques en ce domaine. C'est ainsi que les quelques prières suivantes, tirées du *Traité des superstitions* de Thiers, se retrouvent identiques, à quelques mots près, dans l'ouvrage de Marcelle Bouteiller, *Médecine populaire d'hier et d'aujourd'hui,* d'après des enquêtes ethnographiques s'échelonnant de la fin du 19e au milieu du 20e siècle. Pour guérir de la colique : « Mère Marie, Madame sainte Emerance, Madame sainte Agathe, je te prie de retourner en ta place, entre le nombril et la rate, au nom du Père, etc. » Contre les brûlures : « Feu, perds ta chaleur, comme Judas perdit sa couleur quand il trahit Notre Seigneur. » Pour arrêter le sang : « Jésus-Christ est né en Bethléem et a souffert en Jérusalem, son sang s'est troublé. Je te dis et te commande que tu t'arrêtes par la puissance de Dieu et par l'aide de tous les saints, tout ainsi que le Jourdain, dans lequel saint Jean-Baptiste a baptisé Notre Seigneur, s'arrêta, au nom du Père, etc. » Le même Thiers rapporte le fait suivant : « Je connais un sergent de village qui dit l'oraison suivante pour toutes les maladies et pour tous les blessés qui se présentent à lui : au nom du Père et du Fils et du Saint-Esprit, Madame sainte Anne qui enfanta la Vierge Marie, la Vierge Marie qui enfanta Jésus-Christ, Dieu te bénisse et guérisse, pauvre créature (N), de renoueure, blessure, rompure et d'énervure et de toute autre sorte de blessure quelle que soit, en l'honneur de Dieu et de la Vierge Marie et de MM. saint Côme et saint Damien, Amen ; trois pater et trois ave. Le même sergent se sert encore de cette autre oraison pour guérir les maladies des yeux : Monsieur saint Jean passant par ici trouva trois vierges en son chemin ; il leur dit, Vierges, que faites-vous ici ? Nous guérissons de la maille *. Ô guérissez, Vierges, guérissez l'œil de (N). Faisant le signe de la croix et soufflant dans l'œil, il continue : maille, feu grief, feu que ce soit, ongles, migraine et araignée, je te commande n'avoir non plus de puissance sur cet œil qu'eurent les Juifs le jour de Pâques sur le corps de Notre Seigneur. »

Trois remarques s'imposent ici. D'abord, ces formules sont à la fois mystérieuses et familières. Mystérieuses par leurs assonances qui leur donnent une sorte de puissance incantatoire, tout en les rendant plus faciles à retenir pour le conjureur. Familières, par leur côté anecdotique et surtout par leurs emprunts constants aux dogmes et aux prières de l'Eglise romaine : on invoque la Trinité, Jésus, la Vierge, les saints, on se réfère aux épisodes de la vie du Christ, on use constamment du signe de la croix considéré comme indispensable à l'efficacité de la conjuration ; de même, le conjureur répète souvent sa prière trois, sept ou neuf fois, attribuant à ces chiffres la même valeur sacrée que l'Eglise elle-même. Certes, évêques et curés du 17e et du 18e siècle multiplient les condamnations des pratiques superstitieuses, notamment en matière thérapeutique, et dénoncent à la fois les maléfices des sorciers et le recours aux conjureurs. Il n'en reste pas moins que ceux-ci sont l'objet d'une confiance du même ordre que celle qui pousse vers les saints et saintes du paradis et que le fait de faire appel à eux est ressenti peut-être comme une transgression mineure dont on s'accusera éventuellement à confesse, mais sûrement pas comme une rupture avec l'ensemble des valeurs magico-religieuses enseignées par le clergé et auxquelles on adhère. D'ailleurs l'Eglise reconnaît si bien la réalité des sortilèges qu'elle propose elle-même, on l'a vu, des moyens de s'en débarrasser. Sans même recourir à l'exorcisme, l'eau bénite est recommandée : « Quand on s'en sert avec foi, elle dissout les charmes, sortilèges et magies », précise le *Catéchisme* d'Agen.

La seconde remarque concerne la distinction entre le sorcier, aux pouvoirs maléfiques, et le conjureur, aux pouvoirs bénéfiques. Dans la réalité, la distinction est souvent beaucoup moins tranchée et le même personnage passe pour posséder des pouvoirs surnaturels bivalents dont il peut user aussi bien pour provoquer une maladie que pour la guérir. Le meilleur désensorceleur n'est-il pas le sorcier lui-même, plus apte que quiconque à lever le sort qu'il a jeté [41] ?

Enfin, dans certains cas, le conjureur n'est qu'un guérisseur qui recourt à des pratiques conjuratoires soit, à tout hasard, pour doubler l'efficacité de ses remèdes, soit parce que devant l'inefficacité de ceux-ci il s'est persuadé du caractère magique de la maladie et de la nécessité de recourir au désensorcellement. C'est le cas de ce maréchal-ferrant de Meung-sur-Loire, dont parlent les chirurgiens de Beaugency en réponse à l'enquête de 1790 : « L'année dernière, un meunier de Tavers va le consulter pour sa femme ; à l'inspection des urines, le maréchal déclare que la femme est ensorcelée, mais que moyennant cent écus il la guérira. Le meunier crédule lui apporte la somme. Un cœur de bœuf percé d'aiguilles, un crucifix renversé, des cierges bénits et quelques paroles qu'il prononce en présence du meunier sont les moyens dont il se sert pour faire son opération. » Le cœur de bœuf percé d'aiguilles ou d'épingles est un instrument courant en matière d'envoûtement : en perçant cet organe central de la vie, le maréchal-guérisseur-conjureur vise à tuer le sorcier responsable du mal dont souffre sa cliente et à délivrer ainsi celle-ci. A côté de cet exemple typique de désensorcellement, combien de rebouteux remettent des membres démis grâce à leur dextérité, mais jugent bon de faire précéder ou d'accompagner leur opération manuelle de signes de la croix et de prières marmonnées qui ne peuvent que renforcer la confiance du patient ? Ce qu'écrit Henri-François Buffet à propos des campagnes de Haute-Bretagne au 19e siècle, est valable pour l'ensemble de la France aux deux siècles précédents : « Il y avait trois sortes de " guérissoux " : les premiers tenaient leur science des hommes ; les seconds, de Dieu ; les troisièmes, du Diable, et ces derniers étaient des sorciers. Voilà qui paraît clair, mais, dans la pratique, les choses n'étaient pas aussi simples et l'on ne savait pas toujours exactement à quelle sorte de guérisseur on avait affaire. » On passe ainsi, sans transition bien tranchée, des simples empiriques qui se contentent d'appliquer des recettes médicales, aux jeteurs et leveurs de sorts.

Les uns et les autres ont en commun le don et le secret. Le don tient dans un tour de main, une recette ou une prière conjuratoire, inconnus du commun des mortels. Efficacité et secret sont inséparables. Le plus souvent, le « panseur de secret » — le nom est significatif — reçoit ses pouvoirs oralement de son père à la fin de sa vie ou à son lit de mort ; quelquefois, cette transmission s'accompagne d'un cahier manuscrit ou d'un livret imprimé tel le *Petit* ou le *Grand Albert* ou les œuvres magiques de Cornelius Agrippa *, voire même d'un grimoire, c'est-à-dire, selon la définition de Furetière, un « livre qu'on n'a jamais vu, où on prétend qu'il y a des conjurations propres pour faire évoquer les démons ». Mais certains reçoivent le don de guérir ou de lever les sorts à titre individuel, du fait de circonstances particulières liées à leur naissance. Le septième garçon d'une famille où n'est survenue aucune naissance de fille partage avec saint Marcoul et le roi de

France, le don de guérir les écrouelles*. Les enfants nés le 10 août, jour de la Saint-Laurent, ont le don de guérir les brûlures, les enfants posthumes, celui de guérir des maux divers selon les lieux.

saints guérisseurs

Aux yeux de l'Eglise, on l'a vu, la maladie se combat d'abord par la prière et la pénitence. Il faut tirer le meilleur parti de l'avertissement salutaire envoyé par Dieu, pour faire un retour sur soi-même et opérer une conversion toujours nécessaire. Ce n'est qu'ensuite qu'on pourra solliciter de la miséricorde divine la grâce de la guérison corporelle qui sera d'autant plus facilement obtenue qu'on aura pris soin au préalable de se purifier de ses péchés, cause première du mal dont on souffre, et qu'on adressera sa prière par l'intermédiaire de la Vierge et des saints. Face aux attaques des protestants, le concile de Trente a réaffirmé avec force la licéité du culte des saints : ceux-ci n'ont qu'une action purement médiatrice, mais les fidèles n'en sont pas moins invités à faire passer par leur intercession les prières qu'ils veulent adresser à Dieu. En fait, la piété des laïques attribue aux divers saints beaucoup plus qu'un simple pouvoir médiateur et voient en eux moins des intercesseurs que de véritables puissances surnaturelles capables d'intervenir directement dans la vie des hommes, et Bossuet a raison de redouter que certains fidèles « ne fassent l'invocation des saints trop semblable à celle de Dieu et leur intercession trop semblable à celle de Jésus-Christ ».

Cela est particulièrement vrai des saints dits guérisseurs et des pouvoirs particuliers qu'on leur attribue dans telle ou telle maladie. Cette spécialisation peut s'expliquer par une circonstance de leur vie. Saint Laurent, martyrisé sur un gril, guérit les brûlures ; sainte Apolline, à qui le bourreau a arraché les dents, guérit les maux de dents ; saint Vincent, éventré sans paraître en souffrir, les maux d'entrailles ; sainte Odile, née aveugle, les maux d'yeux ; saint Blaise, qui délivra un enfant d'une arête de poisson, les maux de gorge ; sainte Agathe, qui eut les seins coupés, le tarissement du lait. Saint Sébastien et saint Roch sont les grands saints invoqués en temps de peste, le premier parce que les blessures des flèches de son martyre rappellent les bubons pesteux, le second parce qu'il fut guéri miraculeusement du terrible mal. La spécialisation du saint peut s'expliquer aussi par un jeu de mots sur son nom. Saint Quentin ou Quintin est invoqué pour les quintes de coqueluche ; saint Méen ou Main, pour la gale des mains ; saint Cloud, pour les clous et anthrax ; saint Eutrope ou Ytrope, pour l'hydropisie ; saint Clair et sainte Claire, pour les maux d'yeux ; saint Aureil, en Quercy, et saint Aurélien, pour les maux d'oreilles. Christophe Sauvageon, prieur curé de Sennely vers 1700, dénonce les « superstitions » des Solognots (qu'il qualifie d'« idolâtres baptisés ») : « Lorsqu'ils souffrent quelques douleurs, ils implorent d'abord saint Sulpice qu'ils appellent saint Supplice, pour avoir du soulagement du supplice qu'ils endurent ; saint Maur, quand ils ont des malades en langueur ou en grande agonie, pour les faire vivre ou mourir plus tôt ; sainte Perpétue, pour avoir du lait aux nourrices qui sont taries ; saint Corneille, lorsqu'ils sont hâves, noirs et défigurés, par rapport à la corneille qui est un oiseau sec, maigre et tout noir. » En fait, la croyance dans la vertu particulière d'un saint en fonction de son nom est tout à fait générale et nullement propre aux Solognots.

Elle se double souvent de la conviction que le saint qui guérit d'une maladie est aussi celui qui l'a provoquée. Le rapprochement avec le sorcier-conjureur est ici évident : dans les deux cas, on s'adresse à celui que l'on considère comme l'auteur du mal et donc le plus apte à le guérir, même si l'on ne voit en lui qu'un intermédiaire de Dieu ou du diable. C'est ainsi qu'un certain nombre de maux sont communément désignés par le nom d'un saint. Le mal ou feu Saint-Antoine, c'est l'ergotisme provoqué par l'absorption de farine à base de seigle ergoté ; le mal Saint-Claude, la méningite ; le mal Saint-Eutrope, l'hydropisie ; le mal Saint-Fiacre, les hémorroïdes ou la gale ; le mal Saint-Gilles, les terreurs nocturnes des enfants ; la danse de Saint-Guy, la chorée, affection neurologique dont le principal symptôme consiste en mouvements brusques et involontaires ; le mal Saint-Hubert ou, en Bretagne, le mal Saint-Gildas, la rage ; le mal Saint-Jean, l'épilepsie ou haut mal ; le mal ou gril Saint-Laurent, le zona et toutes les affections dermatologiques avec sensation de brûlures et traînées sur la peau en forme de gril ; le mal Saint-Marcoul, les écrouelles, c'est-à-dire les ganglions tuberculeux fistulisés du cou ; le mal Saint-Mathurin ou Saint-Mathelin, la folie (les fous sont souvent appelés mathelins ou mathelineux) ; le mal Saint-Maur, la goutte ; le mal Saint Méen ou Main, la gale. Ces dénominations sont répandues dans toute la France, mais il en existe d'autres propres à certaines régions. En effet, la spécialité d'un même saint peut varier selon les lieux, et certains saints invoqués dans une province sont totalement inconnus dans une autre.

Il en est de même pour les plantes médicinales portant des noms de saints dans le langage populaire. Le plus souvent, la plante est ainsi dénommée parce que ses vertus thérapeutiques s'appliquent à la maladie dont le saint est le spécialiste. Ainsi, l'herbe de Saint-Antoine désigne des plantes diverses selon les régions (épilobe, ellébore, renoncule, tussilage, etc.), mais toutes utilisées contre l'ergotisme ; l'herbe de Sainte-Apolline, ou herbe aux dents, c'est la jusquiame noire très active contre les douleurs dentaires ; les herbes de Saint-Laurent sont des plantes utilisées contre les brûlures, notamment le bugle et la menthe pouliot. Parfois, la dénomination s'explique par le fait que la plante fleurit ou doit être cueillie à l'époque de la fête du saint. C'est le cas de l'herbe de Saint-Christophe, ou actée, qui est employée contre les névralgies faciales et qui fleurit vers le 24 juillet. C'est le cas surtout des multiples herbes de Saint-Jean qui ont en commun de tenir leurs vertus curatives du fait d'être cueillies la nuit du 24 juin. « On ne peut, écrit Thiers, sans violer les lois de l'Eglise et tomber dans la superstition [...] cueillir certains simples, certaines feuilles, certains fruits ou certaines branches d'arbres le jour de la nativité de saint Jean-Baptiste, avant le soleil levé, dans la créance qu'elles ont plus de vertu que si elles étaient cueillies dans un autre temps. » Quoi qu'il en soit, les plantes les plus communément appelées herbes de Saint-Jean sont l'armoise, le millepertuis, la verveine. Enfin, de même que la Vierge est la plus puissante des médiatrices, invoquée dans toutes sortes de maladies, de même de nombreuses plantes portent son nom, ainsi les gants de la Vierge qui désignent, selon les lieux, la digitale, l'ancolée, l'aconit ou la campanule ; le manteau de Notre-Dame, l'alchémille ; le sceau de Notre-Dame, le tamier, dit aussi herbe aux femmes battues, car elle est souveraine contre les ecchymoses.

Cette multiplicité de saints guérisseurs dont chacun a sa spécialité, la Vierge faisant office de généraliste, pose au malade ou à sa famille la question préalable de savoir à quel saint se vouer. Si l'on est dans le doute sur la nature du mal qui est en cause et par conséquent sur l'identité du médiateur à implorer, il reste la ressource de se faire « tirer les saints », c'est-à-dire indiquer le saint correspondant à la maladie. Les folkloristes du siècle dernier ont relevé un peu partout l'existence de cette pratique et les diverses techniques utilisées. L'une des plus courantes consiste pour la tireuse de saints — car c'est le plus souvent une femme — à déposer successivement à la surface d'un baquet d'eau des morceaux d'étoffe en nommant chaque fois un saint thérapeute : le morceau qui coule le plus vite désigne le bon saint. Au 18e siècle, en Limousin, selon le témoignage d'un conseiller au présidial de Limoges, « quand la maladie se prolonge, on a recours à un saint ; et pour savoir celui qu'il faut invoquer, on met un brin de paille dans un verre plein d'eau, que l'on tourne ; la paille étant arrêtée, on regarde la direction de son petit bout ; cette direction indique la paroisse d'où bouge le mal », en d'autres termes le lieu de pèlerinage adéquat. De telles pratiques relevant de la magie, blanche, sinon noire, ne peuvent que paraître suspectes aux yeux du clergé réformateur du 17e siècle. C'est ainsi qu'en mai 1669, une femme d'Oberhaslach, près de Molsheim, en Alsace, est traînée devant l'official de Strasbourg par son curé qui l'accuse de « pratique démoniaque ». Appelée au chevet d'un malade, elle tire les saints en mettant dans un verre une pièce de monnaie d'un demi-batzen ; elle prononce en même temps « certaines prières » (que le procès-verbal ne précise pas), puis nomme un à un tous les saints susceptibles d'être invoqués ; lorsque le nom de celui qui convient au malade est prononcé, la pièce sort d'elle-même du verre sans aucune intervention matérielle. A la redoutable accusation de sorcellerie, la tireuse de saints répond tranquillement qu' « aucun mortel ne la persuadera que cette action est illicite, car elle sait de Dieu ce secret ». L'official, sans doute embarrassé, la renvoie dans son village. En Dauphiné, Le Camus visitant la paroisse d'Allemont en 1683, exige l'abolition « des superstitions qui règnent dans la paroisse, notamment celle du vœu au saint dont la chandelle est plus tôt brûlée », allusion à une technique observée en Limousin à la fin du 19e siècle et qui consiste à mettre aux quatre coins du lit du malade quatre cierges auxquels on attribue le nom d'un saint, le premier cierge à s'éteindre fournissant la réponse[42].

pèlerinages thérapeutiques

Le saint étant ainsi désigné, d'une façon ou d'une autre, il reste à s'adresser à lui. On peut le faire du fond de son lit, en le priant et en faisant le vœu de se rendre, en cas de guérison, en pèlerinage d'actions de grâces au lieu le plus proche où il est vénéré. Mieux encore, on se rend soi-même, si on le peut, en pèlerinage à ce sanctuaire. Chaque petite région naturelle, chaque « pays » de l'ancienne France a ainsi ses pèlerinages locaux, susceptibles de répondre à peu près à tous les besoins. En Basse-Marche, par exemple, au 17e siècle, il y a près de 90 sanctuaires « recommandés pour les remèdes à beaucoup d'infirmités et de tribulations », dont 7 dans la seule petite ville du Dorat, aux dires du lieutenant criminel du lieu, Pierre Robert. Mais il existe aussi de grands pèlerinages thérapiques dont le rayonnement dépasse de beaucoup les limites du diocèse où ils sont situés et qui attirent les fidèles de toute la province et des provinces voisines, voire, pour les plus importants d'entre eux, de tout le royaume. C'est le cas notamment des grands sanctuaires mariaux de Chartres, de Saumur, du Puy, de Rocamadour, mais aussi de ceux du Mont-Saint-Michel, de Saint-Méen, de Sainte-Anne-d'Auray, de Saint-Fiacre-en-Brie, de la Sainte-Baume, etc.

Ces pèlerinages, locaux, régionaux ou nationaux, sont souvent très anciens et ont retrouvé une vigueur nouvelle au 17e siècle après la crise religieuse du siècle précédent. D'autres sont de création toute récente. Il en est ainsi d'Auray, en Bretagne, depuis la découverte, en 1625, d'une statue de sainte Anne par le laboureur Nicolazic. Le schéma de ces « inventions », au sens latin, est toujours le même : découverte d'une statue dans un tronc d'arbre, sous terre ou auprès d'une fontaine, par une bergère ou un paysan, afflux des premiers fidèles et premières manifestations miraculeuses, réticences des autorités ecclésiastiques qui cèdent bientôt, après enquête, à l'enthousiasme populaire. Qu'il soit fait par le malade lui-même, s'il en est capable, ou par l'un de ses proches, ou même par une personne que l'on paie à cet effet, le pèlerinage est toujours une démarche qui implique effort et confiance. Le « voyage » — ainsi l'appelle-t-on dans la plupart des provinces — signifie d'abord une longue marche d'une ou plusieurs journées, parfois davantage, faite quelquefois à jeun, voire pieds nus. Il peut être dangereux, notamment si l'insécurité règne dans la région, comme c'est souvent le cas dans la première moitié du 17e siècle. Il est toujours coûteux, en particulier si l'on recourt à un intermédiaire. S'il s'agit d'un petit pèlerinage rural, le lieu même est le plus souvent un endroit isolé, soit une fontaine ou une source que le saint a fait jaillir de son vivant, soit une grotte, au sommet d'une colline, dans laquelle il a vécu et est mort, soit un arbre dans lequel sa statue a été miraculeusement « inventée ». Une chapelle construite à proximité concrétise la sacralisation du lieu et la prise en charge du pèlerinage par les autorités ecclésiastiques, souvent un ordre religieux. Mais l'eau, la grotte, l'arbre, ces éléments des vieux cultes cosmiques, constituent les supports matériels des pouvoirs thaumaturgiques du saint. Dans le cas de la plupart des pèlerinages urbains, ces pouvoirs sont liés directement à sa statue ou à une relique conservée sur place.

Une fois arrivé, le malade ou son représentant doit s'astreindre exactement aux diverses pratiques ritualisées, si pénibles soient-elles. Au-delà des variations de détail, l'élément essentiel est partout le même : immersion ou ablution partielle dans la fontaine, ou vénération et toucher de la statue ou de la relique. Si le voyage est fait par un autre que le malade, le pèlerin trempe dans l'eau ou pose sur la statue une étoffe qui sera, au retour, placée sur le corps du patient. A cet élément central s'ajoutent diverses prières et pratiques : processionner trois ou neuf fois autour du sanctuaire, réciter une neuvaine, c'est-à-dire une prière particulière au saint neuf jours de suite, se faire dire des évangiles moyennant finances. Dans cette dernière pratique, un prêtre ayant au cou une étole dont l'une des extrémités est placée sur la tête du fidèle, récite le début de l'évangile de saint Jean ou l'évangile de la fête du saint dont on implore l'intercession. Sur ce sujet, le très pointilleux curé Thiers déclare qu' « il faut s'en tenir à l'autorité de l'Eglise qui approuve cet usage ». Mais il dénonce, aussitôt après, les abus qui l'accompagnent trop souvent. Certains prêtres « les disent sans attention, à la hâte et comme en courant [...], afin d'en dire un plus grand nombre et de gagner davantage, ce qui ne se pratique que trop souvent dans les églises et les chapelles où il y a grand concours de peuple ». Il dénonce surtout les « superstitions » dont beaucoup de pèlerins entourent cette pratique, par exemple « ceux qui pour guérir de la gale se font dire un évangile de saint Fiacre en tenant à leur main une chandelle éteinte, dans la pensée que si elle était allumée, la gale s'allumerait et s'échaufferait davantage ». De même, certains s'imaginent que seuls trois ou neuf évangiles successifs sont susceptibles d'avoir un effet : « Si on leur en disait plus ou moins, ils ne guériraient jamais. » Bien plus, « en certaines églises de Bretagne, les paysans se font dire des messes pour être guéris ou préservés de certaines maladies, et à ces messes ils offrent des épingles croches qu'ils mettent sur les autels, et à la fin ils se font dire des évangiles ; après quoi ils vont hocher la tête trois fois dans une armoire ou dans un trou qui est proche de ces autels. » Et Thiers de commenter : « Ces messes ne peuvent passer pour superstitueuses, mais cette offrandes d'épingles croches et ce hochement de tête dans une armoire ou dans un trou, en fait perdre tout le mérite aux personnes qui les font dire. » L'Eglise, on le voit, a les plus grandes peines à contenir le culte des saints dans des bornes licites. Trop souvent, le saint thérapeute est invoqué moins comme un médiateur que comme l'artisan même de la guérison éventuelle et la façon de s'adresser à lui relève autant de la magie que de la religion. Le risque est grand, en tout cas, que l'observance scrupuleuse des rites — immersion, toucher, neuvaine — n'apparaisse aux yeux de beaucoup comme plus importante que la prière elle-même.

Le voyage peut être fait individuellement, à n'importe quel moment de l'année, pour répondre à une nécessité pressante, mais il va de soi que le meilleur moment pour le faire est le jour de la fête du saint. Le pèlerinage devient alors une extraordinaire manifestation de piété collective à laquelle participent des foules considérables, souvent des paroisses entières regroupées derrière leur curé. Il y a trois mille pèlerins au sanctuaire alsacien de Marienthal la semaine de la Pentecôte 1652, mille cinq cents le 15 août 1658, jour de l'Assomption. De tels rassemblements ne vont évidemment pas sans de nombreux « désordres et indécences ». Ainsi en est-il, au 17e siècle, à Saint-Maur-des-Fossés, près de Paris, où sont conservées les reliques du saint, providence des goutteux, des estropiés et des épileptiques. La veille de la Saint-Jean, le 23 juin, une messe de minuit est célébrée au milieu d'un immense concours de peuple. Le fait que le pèlerinage ait lieu ce jour-là et non le 15 janvier, jour de la Saint-Maur, s'explique par une confusion entre deux saints aux domaines voisins : saint Jean est le grand thérapeute de l'épilepsie. L'abbé Lebeuf donne, en 1754, dans son *Histoire de la ville et du diocèse de Paris,* une description haute en couleur de cette cérémonie : « Pendant quatre heures que duraient les matines et la grand-messe de minuit, on n'entendait que des cris et hurlements continuels de malades, ou prétendus tels, des deux sexes, que six ou huit hommes promenaient étendus sur les bras tout autour de la chapelle de saint Maur. Les malades criaient de toutes leurs forces : saint Maur, grand ami de Dieu, envoyez-moi santé et guérison, s'il vous plaît ! Les porteurs faisaient encore plus de bruit en criant : du vent, du vent, et des personnes charitables éventaient les malades avec leurs chapeaux. D'autres criaient : place au malade, gare le rouge, parce qu'on prétend que cette couleur est contraire aux épileptiques. Quand un malade avait répété trois fois de suite sa prière, on le comptait guéri, et l'on criait à haute voix : miracle, miracle. Enfin, c'était un vacarme si grand que l'on n'entendait point le clergé chanter et qu'il se formait trois ou quatre différents chants dans les différentes parties de l'église. Pendant cette nuit, il y avait dans la même église de petits marchands de bougies et d'images, des mendiants de toute espèce, des vendeurs de tisane qui criaient : A la fraîche, à la fraîche ! Tout cela augmentait le désordre. Et après la grand-messe, qui finissait vers les deux heures, les pèlerins et les pèlerines les plus sages couchaient dans l'église sans se gêner sur leurs petits besoins. Les autres allaient passer la nuit dans les cabarets, ou aux marionnettes, ou bien à la danse. C'est ainsi que se passait cette prétendue dévotion. » Lorsque écrit Lebeuf, la fête du 23 juin a beaucoup perdu de son éclat. En effet pour remédier partiellement à de tels abus, l'archevêque de Paris interdit, en 1735, que la messe soit célébrée de nuit.

Même lorsqu'ils ne donnent pas lieu à des scènes aussi débridées qu'à Saint-Maur, les grands pèlerinages, le jour de la fête du saint, sont toujours pour les fidèles des occasions de défoulement collectif, mêlant piété et fête profane. On comprend dans ces conditions l'attachement des populations à une telle dévotion qui, à côté de la religion de la pratique et du quotidien dans le cadre institutionnel de la paroisse, constitue une évasion vers un autre type de religion, celle de l'extraordinaire et de l'irrationnel, dans une communion populaire et panique confondant citadins et ruraux, riches et pauvres, hommes et femmes, où tout est possible et où le miracle n'étonne pas. Mais on comprend aussi la profonde méfiance des hommes d'Eglise qui s'efforcent par tous les moyens de discipliner les pèlerinages. L'histoire du voyage que les paroissiens de Boissy-sans-Avoir, près de Montfort-l'Amaury, font le 8 décembre à la chapelle de Sainte-Julienne au Val-Saint-Germain, à une trentaine de kilomètres de là, est significative. Le curé la raconte ainsi en 1760 : « Une maladie contagieuse arrivée en cette paroisse en 1724, qui enleva en peu de temps plusieurs personnes par une mort prompte et violente, donna occasion à cette procession ou dévotion, et nous porta à invoquer singulièrement le secours de Dieu, par les mérites et intercessions de saint Sébastien, de saint Roch et nommément de sainte Julienne, invoquée dans pareilles circonstances. En effet, on n'eut pas plus tôt recours à cette sainte que nous en ressentîmes de puissants secours et une protection singulière, que cette maladie contagieuse se dissipa et que plusieurs qui en étaient attaqués n'en moururent pas et conservèrent la santé, et quelques-uns subsistent encore aujourd'hui parmi nous. » Hélas ! depuis 1748, cette pieuse coutume n'existe plus, victime d'une certaine désaffection des paroissiens, mais surtout d'une « défense de Mgr notre évêque de faire des processions où l'on est obligé de coucher ». Réaction caractéristique d'un évêque du 18e siècle, inquiet devant certains excès auxquels donnaient lieu ou risquaient de donner lieu de tels voyages.

Même s'il est parfois acte d'actions de grâces, le pèlerinage est d'abord demande de guérison, et la notoriété de chaque sanctuaire est fonction des miracles qu'on lui attribue. Les ex-voto qui ornent les murs sont là pour témoigner des grâces obtenues. En 1657, un père carme d'Angers évoque à propos d'une chapelle mariale de la ville, « la multitude des vœux (c'est-à-dire des ex-voto) et représentations de personnes de toutes conditions, âges, sexes, qui s'y voient à genoux, et des parties du corps humain suspendues devant son autel, comme autant de témoins des grâces que cette grande trésorière de Dieu y fait pleuvoir pour toutes sortes de maladies ». Le témoignage de reconnaissance peut consister aussi en l'offrande d'un cierge plus ou moins gros. A Saint-Omer, les malades, avant de faire leurs dévotions à Notre-Dame-des-Miracles, se font peser pour offrir à la Vierge leurs poids en cire en cas de guérison. A l'inverse, les malades dont les prières ne sont pas exaucées se retournent parfois vers le saint récalcitrant. En Basse-Bretagne, on fouette la statue du saint ou on la plonge dans l'eau pour punir celui-ci de se montrer sourd aux prières. La confiance totale qui est à la base de la démarche pérégrine justifie une telle attitude : si le pèlerin a strictement accompli les rites exigés, le saint doit l'exaucer, sinon il y a l'équivalent d'une rupture de contrat.

Que les miracles aient été nombreux, les procès-verbaux d'enquêtes épiscopales, les livrets de pèlerinages, les ex-voto encore conservés le prouvent abondamment. Certes, il ne peut être question d'apprécier aujourd'hui la valeur de ces miracles, si tant est que parler d'appréciation ait un sens en un tel domaine. L'historien peut tout au plus présenter deux ordres de réflexions. Il convient d'abord de replacer la notion de guérison miraculeuse dans la mentalité de la plupart des hommes et des femmes du 17e ou du 18e siècle. Etre soulagé de façon soudaine ou débarrassé d'une infirmité à la suite d'une neuvaine ou du toucher de la statue d'un saint n'apparaît guère plus étrange que si cela était survenu après la prière conjuratoire d'un leveur de sorts, voire même après l'absorption du remède prescrit par le guérisseur ou par le médecin. L'apparition et le déroulement de la maladie sont presque toujours mystérieux ; son issue l'est plus encore, quel que soit le moyen employé. La limite entre guérison naturelle et guérison surnaturelle est extrêmement floue. Ainsi le chirurgien lillois qui a soigné durant plus d'un an une petite fille qui était atteinte d'ulcères sur tout le corps et qui s'est trouvée guérie après avoir invoqué sainte Félicité, constate le 22 septembre 1649, à la demande de l'évêque de Tournai : « Puisque ce sont maladies de difficile et presque impossible curation par les remèdes, à moins qu'ils ne soient ordonnés en quantité et continués longtemps, cette fillette ayant été guérie en peu de jours sans avoir fait les remèdes, je juge que sa guérison ne procède d'une cause naturelle, mais bien par miracle. »

Le processus qui amène un malade à se tourner vers le saint guérisseur ne constitue nullement une rupture avec les soins antérieurs, mais la dernière étape après que les précédentes se soient révélées vaines. Voici par exemple, selon le témoignage de son père, l'itinéraire du jeune Jean Dache, fils d'un forgeron d'Armentières. A l'âge de treize ans, en 1661, il est devenu complètement paralysé. « En cet état pitoyable est demeuré ledit enfant depuis lesdites fêtes de Pâques de l'an 1661 jusques à la Saint-Jean dernière de cet an 1663. Pendant lequel temps, il [le père] a cherché tous les remèdes naturels à lui possibles, tant par les docteurs et médecins de cette ville qu'aucuns de Lille, Cambrai et Ypres, mais tout inutilement, la plupart et presque tous lui ayant assuré qu'ils ne pouvaient apporter aucun remède à tel mal et qu'il devait désister d'en chercher s'il ne voulait se ruiner [...]. Et comme il se vit hors de tout espoir de recouvrir guérison par des remèdes naturels, maître Jean Follet, demeurant en la paroisse de Capinghem, faisant profession de guérir plusieurs sortes de maladies, lui conseilla de faire exorciser son dit enfant, sous prétexte que ç'aurait été par maléfice. Ce que le déposant a fait, en faisant porter son dit enfant à Lille aux pères minimes, mais aussi sans aucun effet. » L'enfant décide alors de se faire porter devant l'image miraculeuse de Jésus flagellé, dite de Gembloux, qui se trouve chez les sœurs grises d'Armentières. Il y commence une neuvaine, « et au neuvième jour, il est retourné chez lui sans bâton, ni aucune assistance ».

L'autre remarque que peut faire l'historien concerne l'évolution du nombre des guérisons miraculeuses dûment authentifiées par les autorités ecclésiastiques. Très nombreuses dans la première moitié du 17e siècle, elles le sont de moins en moins dans le siècle et demi qui suit. Cela signifie que la plupart des évêques sont de plus en plus réticents devant la propension des fidèles à crier au miracle et établissent des critères de plus en plus sévères pour la reconnaissance de telles guérisons. Cette attitude est à replacer dans le courant de méfiance généralisée à l'égard du mysticisme qui caractérise l'épiscopat à partir de la fin du 17e siècle et à propos duquel Henri Bremond a pu parler de « réaction triomphante du moralisme et du rationalisme chrétien contre le mysticisme de la période précédente ». Une affaire comme celle des convulsionnaires de Saint-Médard ne peut que renforcer l'épiscopat dans cette attitude. Au début de 1729, le bruit se répand dans la capitale que des miracles sont obtenus par l'intercession d'un simple diacre, janséniste, mort en 1727, et nommé François de Pâris. Sa tombe, au cimetière Saint-Médard, est le théâtre de faits étranges : non seulement des malades se trouvent subitement guéris, mais les assistants sont agités de violentes convulsions, d'où le nom de convulsionnaires qui leur est donné. En septembre 1731, l'avocat Barbier note dans son *Journal :* « Les prétendus miracles de M. de Pâris continuent toujours, du moins le concours de monde y est plus fort que jamais. » Et, en janvier 1732 : « On comptait que cette dévotion se ralentirait d'elle-même dans les mauvais temps : nous en avons actuellement de très mauvais et cela ne fait rien [...]. Il y a du monde depuis cinq heures du matin jusqu'à cinq heures du soir. On y psalmodie toujours avec grande dévotion ; la tombe y est constamment remplie de malades, et les convulsions y sont encore plus fréquentes. » Finalement après une longue enquête du parlement et de l'archevêque de Paris, le cimetière est fermé en février 1732. Au-delà de leur antijansénisme, de nombreux évêques voient dans cette affaire la confirmation de leur nécessaire vigilance vis-à-vis des turbulences pérégrines et des manifestations soi-disant miraculeuses qui les accompagnent ; à cela, s'ajoute le souci de recentrer toujours davantage la vie religieuse sur la paroisse et son curé. En 1741, au curé de Phalsbourg qui lui demande l'autorisation de relever un sanctuaire marial, jadis prospère, l'évêque de Strasbourg répond qu'il y a « péril de voir un concours de peuple à cette chapelle et un concours fondé sur des idées assez chimériques ». Et il ajoute : « Vous n'avez pas oublié que nous avons toujours pris des précautions pour prévenir cet inconvénient. » Mais de même que la fin des poursuites judiciaires contre les sorciers en tant que tels, dans la seconde moitié du 17e siècle, ne signifie nullement la disparition de la sorcellerie, de même la diminution des miracles officiellement enregistrés par les autorités épiscopales au 18e siècle, ne veut pas dire que le nombre des malades qui se sont estimés guéris grâce à l'intervention de la Vierge ou d'un saint, ait été moins important qu'au siècle précédent.

Deux exemples précis, l'un alsacien, l'autre breton, permettront d'approcher de plus près la réalité des sanctuaires thaumaturgiques[43]. A Marienthal, près d'Haguenau, cent dix-huit miracles sont authentifiés entre 1651 et 1681, par les jésuites qui gèrent le lieu de culte, avec un maximum dans la décennie 1661-1670. Dix-huit enfants mis à part, les miraculés se répartissent entre quarante-quatre hommes et cinquante-six femmes. Cent miracles, soit 85 %, sont des guérisons. La Vierge n'étant pas thérapeute spécialisée, il n'est pas surprenant que les maux ainsi guéris soient très variés. Si dans vingt-trois cas, il n'est question que de « maladie grave » ou « douloureuse », dans les autres, la nature du mal est clairement spécifiée : vingt-quatre correspondent à des maux affectant les membres, bras ou jambes ; autant, à des maladies du système nerveux ; les autres cas se dispersent en coqueluches, dysenteries, coliques, hernies, maux de tête.

A Sainte-Anne d'Auray, près de Vannes, les registres tenus par les carmes qui occupent le sanctuaire depuis 1628, permettent d'étudier d'abord l'évolution générale du nombre des miracles depuis 1625, date de l'invention de la statue de la sainte, jusqu'en 1684. Voici les chiffres par décennie, avec moyenne annuelle :

1625-1630 : 136 (23) ;
1631-1640 : 279 (28) ;
1641-1650 : 440 (44) ;
1651-1660 : 140 (16) ;
1661-1670 : 192 (19) ;
1671-1680 : 62 (6) ;
1681-1684 : 43 (11).

On note le fléchissement, net après 1650 (même si les chiffres de la décennie 1651-1660 sont légèrement minorés par une lacune de la documentation), plus net encore après 1670. Par ailleurs, sur les mille deux cent soixante-sept déclarations de miracles, quatre-vingt-dix-huit seulement concernent des non-Bretons ; encore la plupart appartiennent-ils aux diocèses limitrophes, Luçon (vingt), Coutances (dix-sept), Avranches (quinze), Le Mans (dix), Angers (sept). Quant aux Bretons, ils sont originaires des neuf diocèses, dont un peu plus du quart, du diocèse de Vannes où est situé Auray. Il s'agit donc plus que d'un pèlerinage local, moins que d'un pèlerinage national, d'un grand pèlerinage régional dont le rayonnement ne dépasse que de peu les limites de la province. Les miraculés se répartissent ainsi : les deux tiers sont des ruraux, un tiers des urbains ; 59 % sont des hommes et garçons, 38 % des femmes et filles (il y a 3 % d'indéterminés) ; 3 % appartiennent au clergé, 9 % à la noblesse, 30 % à la bourgeoisie, 58 % aux classes populaires. Ces derniers chiffres montrent que si toutes les classes sociales sont représentées, les membres du clergé, de la noblesse et de la bourgeoisie sont proportionnellement plus nombreux que les gens du peuple qui constituaient au moins 90 % de la population. « Le miracle semble donc favoriser ceux qui sont déjà des favorisés de la société du temps[44]. » La démarche pèlerine n'est donc pas, tant s'en faut, exclusivement populaire et dédaignée par l'élite. Il en est de même des pratiques qui l'accompagnent. Quoiqu'en pense Furetière qui écrit que « c'est une pratique fort générale à la campagne », on se fait dire des évangiles dans tous les milieux. Saint-Simon dit de la vieille marquise de Saint-Hérem, morte en 1701 : « Il n'est pas croyable ce qu'elle dépensait à se faire dire des évangiles sur la tête. »

Quant à la typologie des miracles, elle prouve la variété des faveurs obtenues par l'intercession de sainte Anne. Cependant, l'étude précise des cinq cent cinquante-sept miracles survenus de 1634 à 1646 permet de constater que près des trois quarts sont des miracles thérapeutiques. En effet, aux trois cent vingt-trois concernant des maladies, il convient d'ajouter les vingt-cinq concernant des accouchements difficiles et aussi une partie des vingt-quatre concernant le feu (incendies, brûlures) et des quatre-vingt-onze concernant l'eau (naufrages et noyades)[45]. Sur les trois cent vingt-trois malades miraculeusement guéris, cinquante-quatre sont des paralytiques, vingt-quatre des aveugles, vingt-trois des épileptiques et névropathes, dix-neuf des muets, quinze des dysentériques, quatorze des varioleux, neuf des pestiférés ; quarante sont atteints de « fièvres », trente de « maladies ». Ainsi sainte Anne se révèle une thérapeute aussi polyvalente que sa fille Marie.

Revenons, pour conclure, sur la profonde unité de la double démarche qui conduit le malade ou l'un de ses proches vers le conjureur et vers le saint, et sur l'embarras des hommes d'Eglise. Etudiant sur le terrain, en 1969-1970, la sorcellerie dans le bocage mayennais, Jeanne Favret-Saada a retrouvé les traces de cette attitude mentale des paysans et de cet embarras du clergé, un embarras qui n'était pas encore devenu négation ou dénigrement : « Il y a peu de chances, écrit-elle, pour que les prêtres aient jamais été très enthousiastes pour la sorcellerie paysanne. Mais il y eut un temps, que tous les fidèles d'âge moyen ont vécu dans le Bocage, où la médiation des saints, entre Dieu et les croyants, était reconnue comme un moyen normal de vivre sa foi ; où il était d'ailleurs licite de faire des demandes pour soi aux instances surnaturelles ; où le prêtre croyant aux saints et au diable, les paysans pouvaient se permettre de croire aux sorciers sans être taxés de dérangement mental, mais seulement de superstition[46]. » De fait, avant le milieu du 20e siècle, aux yeux du clergé, qui enseigne l'origine surnaturelle de la maladie, il est normal de recourir contre celle-ci à des armes surnaturelles : mais les unes sont licites, les autres condamnables, la seule différence entre elles résidant non dans leur essence, mais dans le pouvoir des autorités ecclésiastiques de définir ce qui est juste et ce qui ne l'est pas. Pour condamner « les vaines pratiques que l'on observe en quantité de lieux pour guérir les hommes et les bêtes[47] de diverses maladies », le curé Thiers ne peut se contenter de l'argument purement rationnel qui l'amènerait à condamner en même temps le miracle et toute forme de surnaturel. Il doit faire appel en dernier recours à l'argument d'autorité : « Comme l'on n'en peut rendre aucune raison naturelle et que d'ailleurs elles n'ont été établies ni de Dieu, ni de l'Eglise, pour produire les effets que l'on en attend, il faut de nécessité que [ces pratiques] soient illicites et superstitieuses puisqu'elles ne peuvent avoir d'autre vertu que celle qu'il plaît au Diable de leur donner. » En définitive, il y a deux types de manifestations surnaturelles : les bonnes, définies comme telles par l'Eglise, et les autres, qui ne peuvent être que diaboliques.

Mais comment la plupart des fidèles auraient-ils accepté un tel partage ? Dans la réalité quotidienne, pour le malade pareillement à genoux devant le prêtre qui lui lit un évangile en latin et devant le leveur de sorts qui murmure à son intention une prière conjuratoire, où est la différence ? Pourquoi le fait d'utiliser une clé de Saint-Pierre, c'est-à-dire une clé d'église dédiée à saint Pierre, que l'on se met dans le dos pour se prémunir contre la rage, est-il condamné comme superstitieux, alors que le port des agnus-Dei * des habits * de la Vierge ou des scapulaires est encouragé comme préservatif contre toutes sortes de maladies ? Et que dire du rôle bivalent non seulement du signe de la croix ou du chiffre neuf, mais des épingles qui, bénies sur le lieu du pèlerinage et souvent, de surcroît, piquées dans la statue du saint à la partie du corps dont on a demandé la guérison, sont rapportées dévotieusement en souvenir, et qui, en même temps, sont les instruments privilégiés de certaines pratiques magiques, notamment l'envoûtement et le désenvoûtement ? Le fait que l'Eglise enseigne l'existence de Satan et admette les interventions directes de celui-ci dans la vie des hommes ne peut que favoriser la confusion qui se fait dans l'esprit des fidèles. Certes, au 18e siècle, beaucoup d'évêques et de curés sont de plus en plus réservés sur les interventions sataniques et sur beaucoup de guérisons miraculeuses, mais sans aller, bien sûr, jusqu'à nier l'existence et les pouvoirs du diable, pas plus que la réalité des miracles dus à l'intercession des saints. Les hommes et les femmes qu'ils prêchent et catéchisent ne s'embarrassent pas de ces scrupules. Devant l'impuissance, trop souvent éprouvée, de la médecine naturelle, ils se tournent vers les pouvoirs thaumaturgiques *. Comment reprocher à des malades de tout faire pour se débarrasser de leur maladie ? Comme l'écrit Thiers, lucide : « Il n'y a rien qu'ils ne fassent pour en être guéris ; que ce soit Dieu ou le Diable qui les en délivre, c'est de quoi ils se mettent peu en peine, pourvu qu'ils en soient délivrés [48]. »

5

les maux quotidiens, du berceau à la tombe

L'étude précise des diverses maladies qui affectent les Français des 17e et 18e siècles, se révèle une tâche fort ardue [49]. En effet, les ouvrages médicaux, les recueils de recettes ou les rapports des médecins et chirurgiens du temps constituent un matériau difficile à déchiffrer. Il y a à cela plusieurs raisons. D'une part, la nosologie, c'est-à-dire l'identification et la classification des maladies, est encore très embryonnaire et se fonde sur de tout autres critères que ceux d'aujourd'hui. C'est exceptionnellement que le mal est défini comme une entité nosologique précise que l'on sait reconnaître et distinguer des affections voisines : c'est le cas, par exemple, de la peste, de la dysenterie, de la variole, de la rage, ce qui ne signifie pas pour autant que ces termes soient toujours exempts d'ambiguïtés. Mais le plus souvent, le mal est défini en fonction de l'organe atteint — on parlera de maux de poitrine, ou de reins, ou d'yeux — ou en fonction des symptômes observés, fluxion, tumeur, vomissement, crachement de sang, fièvre surtout. Ce dernier terme, le plus fréquemment utilisé, est toujours agrémenté de qualificatifs qui se prêtent à de multiples combinaisons, mais qui cachent mal l'ignorance et le désarroi de ceux qui les utilisent. Si la fièvre intermittente correspond presque toujours au paludisme, que peut recouvrir réellement la fièvre aiguë, ou automnale, ou bilieuse, ou continue, ou éphémère, ou inflammatoire, ou maligne, ou putride, ou, tout autant, la fièvre bilieuse inflammatoire, ou la fièvre continue putride ? Sur les quatre cent vingt termes médicaux désignant des maladies que Jean-Pierre Peter a tirés des résumés annuels publiés par la Société royale de médecine à partir des lettres ou rapports de ses correspondants, cent vingt-huit commencent par le mot « fièvre » : dans la plupart des cas, il s'agit d'expressions intraduisibles en langage médical moderne.

Par ailleurs, un même terme apparemment clair peut désigner deux réalités différentes, celle d'hier et celle d'aujourd'hui, soit parce que ce terme a été employé hier de façon imprécise ou erronée par rapport à ce qu'il désigne aujourd'hui — ainsi en est-il de l'angine ou de la jaunisse —, soit parce que la maladie elle-même a évolué. Enfin le relatif silence des textes sur des maladies aussi fréquentes naguère ou aujourd'hui que la tuberculose, le cancer, les affections cardio-vasculaires, voire même les différents troubles mentaux, ne signifie pas forcément qu'ils ne sévissaient pas, mais peut-être seulement qu'on ne savait pas les identifier clairement. En dépit de ces difficultés, on peut tenter d'esquisser un tableau des principales maladies sévissant aux 17e et 18e siècles, en distinguant, de façon d'ailleurs un peu arbitraire, les maladies individuelles et les grands fléaux épidémiques.

naissance, enfance et adolescence

Les maladies individuelles scandent la vie de chacun, du berceau à la tombe. La naissance, en elle-même, est déjà une épreuve redoutable. Certes, dans la majorité des cas, tout se déroule à peu près bien, la matrone ou les voisines se bornant à assister la mère en travail. Malheureusement, lorsque les choses se compliquent, tout devient vite dramatique, du fait de l'incompétence des personnes présentes. En effet, nous avons vu que le nombre des sages-femmes qualifiées est extrêmement réduit, même après 1760, et que les chirurgiens accoucheurs qui s'imposent peu à peu au 18e siècle, en dépit des préjugés, ont une clientèle le plus souvent limitée aux classes supérieures de la société urbaine. C'est dire que l'immense majorité des femmes en couches ne peuvent compter que sur des matrones sans instruction. Les autres, plus favorisées, ne sont pas pour autant à l'abri du danger. En effet, beaucoup trop peu nombreux, chirurgiens accoucheurs et sages-femmes sont de surcroît très désarmés devant les situations difficiles. Les meilleurs chirurgiens du 18e siècle, tel Guillaume Mauquest de La Motte dès la fin du règne de Louis XIV, se rendent compte que les préceptes des Anciens et des grands maîtres des 16e et 17e siècles, Ambroise Paré, François Mauriceau, manquent de réalisme et sont presque toujours inapplicables et parfois dangereux. Pragmatiques, ils dénoncent « l'abus des règles générales » et insistent sur la nécessité de considérer chaque accouchement comme un cas particulier. S'ils sont d'avis de laisser faire la nature lorsque l'accouchement est précisément « naturel », par contre ils estiment que leur rôle commence lorsqu'il est « contre nature », de par la mauvaise présentation de l'enfant, ou « laborieux », s'il exige le recours à quelque instrument comme le crochet ou surtout le forceps après sa mise au point en 1747 par André Levret. Dans de tels cas, tout dépend de l'habileté et du sang-froid de l'homme de l'art livré à lui-même. « Je dirai, avoue Mauquest de La Motte, que, quelque quantité d'accouchements laborieux et contre nature que j'aie faits, je ne me suis jamais disposé à en faire aucun de cette espèce, que je ne me sois senti saisi d'un frisson et d'un bouleversement si terribles que je ne puis l'exprimer. »

Ce frisson et ce bouleversement s'expliquent d'autant mieux que, dans de telles situations, se pose bientôt le dilemme : faut-il sauver la vie de la mère ou celle de l'enfant ? Dans son *Traité des maladies des femmes grosses et celles qui sont nouvellement accouchées*, publié en 1668 et qui fera longtemps autorité, François Mauriceau écrit : « Il est certain que, ne pouvant pas sauver la vie à tous les deux, on doit toujours préférer celle de la mère à celle de l'enfant pour plusieurs raisons que tous les bons théologiens savent. C'est pourquoi on ne doit jamais entreprendre l'opération césarienne, parce qu'elle serait très assurément cause de la mort de la mère, au lieu de quoi on la fera secourir par des gens experts qui *après avoir baptisé l'enfant*[50], au cas qu'il fût vivant, trouveront bien des moyens de le tirer tout entier par les voies ordinaires et naturelles, s'ils sont bien entendus dans leur art ; ou bien par morceaux, s'ils y sont indispensablement obligés pour sauver la vie de la mère. » Ainsi, Mauriceau estime qu'à la condition que l'enfant soit baptisé, c'est la mère qu'il faut s'efforcer de sauver. L'importance que l'Eglise attache au salut spirituel de l'enfant par le baptême, explique qu'elle s'oppose à l'usage du crochet tant que l'enfant est encore en vie, mais aussi à la césarienne sur une femme vivante dans la mesure où elle équivaut, presque à coup sûr, à tuer celle-ci. Il est vrai qu'au 18e siècle, certaines césariennes réussissent, ce qui amène peu à peu à ne plus juger l'opération comme forcément homicide. Par contre, l'Eglise a toujours préconisé la césarienne sur la femme morte en couches, afin de baptiser l'enfant ; il est même recommandé aux curés de pratiquer eux-mêmes l'opération s'il n'y a pas de chirurgien sur place.

A peine sorti du ventre de sa mère, l'enfant est entièrement lavé devant le feu, avec un peu de beurre frais et de l'eau chaude additionnée d'eau-de-vie. Très souvent la matrone lui façonne alors la tête afin de la rendre plus ronde. Cette pratique, qui peut être dangereuse, est vivement condamnée par la plupart des chirurgiens et des sages-femmes de la seconde moitié du 18e siècle, alors qu'elle était universellement approuvée jusque-là. Puis l'enfant est conduit à l'église, quel que soit le temps, pour être baptisé, le jour même ou au plus tard le lendemain de la naissance. Pour le nouveau baptisé commence alors la première enfance jusqu'au sevrage. Pendant cette période capitale et difficile, sa survie dépend de sa constitution naturelle et des soins que lui assure sa mère ou, à défaut de celle-ci, sa nourrice. La mise en nourrice du nouveau-né dans une paroisse rurale est une pratique exclusivement urbaine et par conséquent très minoritaire. Encore limitée au 17e siècle aux familles de la bourgeoisie, elle se généralise au siècle suivant à presque toutes les classes de la société urbaine.

C'est la mère, ou la nourrice, qui veille à l'hygiène du petit et surtout l'allaite. Si les soins corporels dont est entouré le nourrisson sont très éloignés des règles de l'hygiène moderne, ils ne répondent pas moins à des impératifs précis. C'est ainsi que la saleté étant considérée généralement comme bénéfique, on lave très peu la tête des nouveau-nés : la crasse est considérée comme un engrais fertilisant et embellissant les cheveux et surtout comme une croûte protégeant la fontanelle. Il en est de même des poux : on en évite, certes, la prolifération grâce à l'épouillage, mais on en laisse un ou deux, car « les poux mangent le mauvais sang ». De même, on se garde d'enlever les « croûtes de lait » que l'enfant peut avoir sur la tête et surtout de lui couper les ongles jusqu'à ce qu'il est un an ou deux. Par ailleurs, l'emmaillotement serré étant une opération longue et difficile, l'enfant n'est changé le plus souvent qu'une ou deux fois par jour : l'urine, loin d'être nocive, n'est-elle pas un remède entrant dans la composition de nombreuses recettes ? C'est pourquoi, aussi, la plupart des mères et des nourrices réutilisent les couches mouillées d'urine, après les avoir laissé sécher, sans les laver. La campagne des années 1760 en faveur de l'allaitement maternel, de l'emmaillotement lâche et d'une meilleure hygiène des tout-petits ne rencontre qu'un écho limité et provisoire et ne modifie donc pas profondément les comportements.

Le sevrage marque la fin de la première enfance. Il intervient généralement vers deux ans, souvent plus tôt (dix-huit mois, voire un an), parfois plus tard. Théoriquement, il correspond au début de la première dentition. Après une période plus ou moins longue d'alimentation mixte où la bouillie complète le lait, vient le moment décisif où le nourrisson est définitivement sevré, c'est-à-dire proprement séparé du sein maternel ou mercenaire. Le sevrage est durement ressenti par l'enfant au double plan psychologique et physiologique, d'autant plus que s'y ajoutent les troubles propres à la poussée des dents. Beaucoup plus que le premier anniversaire (qui n'a guère d'autre importance que celle que lui assignent aujourd'hui les démographes par leur définition de la mortalité infantile), il marque un tournant capital dans la vie de l'enfant et une première victoire sur la mort.

En effet, le tiers des nouveau-nés environ ne franchit pas ce cap de la première enfance. La date du sevrage étant variable, cette terrible mortalité s'exprime soit en nombre de survivants à un an et deux ans, soit en taux de mortalité infantile (proportion des décès d'enfants de moins d'un an par rapport au total des naissances). C'est ainsi qu'à Meulan, entre 1668 et 1739, sur mille enfants, sept cent cinquante-six survivent à un an, six cent trente-huit à deux ans. Pour l'ensemble de la France, entre 1740 et 1789, le taux de mortalité infantile est de deux cent quatre-vingts pour mille, ce qui signifie que plus d'un enfant sur quatre n'atteint pas son premier anniversaire. Ce chiffre moyen recouvre de grandes disparités régionales. A Sennely, en pleine Sologne des étangs, il atteint trois cent soixante-quatorze pour mille entre 1680 et 1779, mais dans l'île de Groix il n'est que de cent cinquante-trois entre 1750 et 1792. Parfois, deux paroisses voisines présentent des taux très différents. De telles disparités s'expliquent sans doute par des différences sensibles dans les conditions générales d'existence qui ne pouvaient pas ne pas retentir sur la santé des habitants, notamment des mères et par conséquent de leurs nourrissons. Très élevés, même dans les meilleurs cas, ces taux de mortalité infantile ne varient pratiquement pas au 18e siècle, du moins dans le long terme. Les contemporains eux-mêmes ont une conscience précise de l'hécatombe. Buffon écrit en 1777 : « Le quart du genre humain périt pour ainsi dire avant d'avoir vu la lumière, puisqu'il en meurt près d'un quart dans les onze premiers mois de la vie. » Et Moheau, en 1778 : « Les premiers moments de la vie sont le temps de la plus grande perte de la population, puisqu'une seule année fait éprouver une perte de plus d'un quart sur la totalité. »

Si l'on analyse de plus près le taux moyen de deux cent quatre-vingts pour mille, on constate qu'il recouvre deux grandes causes de décès : ou bien l'enfant est victime soit de malformations congénitales lui ôtant toute chance de vivre plus de quelques heures ou de quelques jours, soit de lésions subies au cours de l'accouchement, et on parlera alors de mortalité endogène ; ou bien il est victime de maladies ou d'accidents survenus après la naissance et sans rapport avec celle-ci, et on parlera de mortalité exogène. A défaut de statistiques des causes de décès, on peut tenter d'approcher la mortalité endogène en isolant les décès du premier mois (bien que certains d'entre eux puissent être, à l'évidence, des décès exogènes). Or cette mortalité du premier mois, dite néo-natale, représente généralement la moitié, parfois les deux tiers de la mortalité totale de la première année. Cette hécatombe est évidemment à mettre en liaison avec les conditions de l'accouchement. Mais le nouveau-né qui a surmonté cette épreuve, reste guetté par de multiples dangers. Les troubles digestifs, notamment la diarrhée du nourrisson, bien connue au 18e siècle pour sa fréquence estivale, et d'une façon générale les différentes formes de toxicose, semblent être les grands responsables de la mortalité exogène de la première année. C'est ainsi que la répartition mensuelle des décès d'enfants de moins d'un an traduit un maximum très marqué en juillet-août, alors que pour les décès d'adultes et d'enfants de plus d'un an, ce maximum est soit en hiver, soit en automne. Le nourrisson, calfeutré dans ses langes, est mal garanti contre les fortes chaleurs et la déshydratation. A la campagne, les mois d'été sont ceux des gros travaux qui requièrent tous les bras disponibles et auxquels ne peut se soustraire la mère ou la nourrice, au grand détriment non seulement de la surveillance du bébé, mais surtout de la qualité du lait dont il est nourri.

Elever un enfant au-delà de deux ans et lui faire atteindre l'adolescence est encore une aventure, tant sa vie reste fragile et menacée. Le danger est certes moindre que lors de la naissance et des premiers mois, mais si les chances de survie s'accroissent avec l'âge, elles sont encore faibles. En moyenne, au 18e siècle, un peu plus de cinquante enfants sur cent, seulement, atteignent l'âge de dix ans. Il est vrai que les dangers sont partout. Il y a d'abord les multiples possibilités d'accidents pour l'enfant laissé trop souvent sans surveillance : le puits ou le ruisseau voisin, le feu dans la cheminée, le taureau furieux ou le cheval emballé. Mais la grande pourvoyeuse de la mort, c'est la maladie. La médecine française ne découvre que très tardivement, à la fin du 18e siècle, sinon la pédiatrie (le mot ne date que de 1872), du moins la spécificité médicale de l'enfance. Alors que plusieurs traités sur les maladies des enfants (*De morbis infantum*) sont publiés, notamment entre 1680 et 1740, par des médecins italiens, allemands, anglais ou hollandais, les premiers ouvrages en français sont très tardifs et ne sont que la traduction de quelques-uns de ces traités étrangers, ainsi en 1764 celui du Suédois Nils Rosen von Rosenstein et en 1769 celui du Hollandais Gérard van Swieten.

D'ailleurs, la description des maladies infantiles et plus encore l'art de les guérir ne font que très peu de progrès. La coqueluche *, aux complications souvent graves, les oreillons populairement appelés *oripeaux* *, la varicelle, assimilée à tort à une variole atténuée, la rougeole * confondue avec la scarlatine, la rubéole et la variole, même après les travaux de Sydenham en 1670-1674, sont considérés comme des maux inévitables, indispensables à une croissance normale. On les traite le plus souvent par enveloppements du corps, compresses et cataplasmes, infusions de bourrache, de persil ou de coquelicot selon les cas. Ils sont pourtant responsables, directement ou indirectement par leurs complications, de bien des décès d'enfants. La diphtérie (le mot ne date que de 1821), bien décrite dès le 16e siècle, est désignée sous les noms variés de *morbus strangulatorius*, angine pestilentielle ou putride, mal de gorge gangréneux, croup enfin emprunté à l'anglais en 1777. C'est un mal d'autant plus redoutable et redouté que le traitement par la trachéotomie, préconisé depuis longtemps, reste très délicat à cause de l'imperfection des techniques opératoires et n'est que rarement pratiqué. En dehors de leurs méfaits individuels, toutes ces maladies éclatent de temps à autre en meurtrières épidémies. C'est plus vrai encore de la variole et de la dysenterie qui, sans être spécifiquement des maladies infantiles, frappent tout particulièrement les enfants et les adolescents : aussi en parlerons-nous à propos des grands fléaux épidémiques.

maux d'adultes

Au total, atteindre l'âge adulte n'est réservé qu'à un enfant sur deux. Certes, la sélection naturelle ayant ainsi joué, on peut estimer que ces garçons et ces filles encore vivants à vingt ans, après avoir surmonté tant de dangers, sont particulièrement résistants. Mais pour beaucoup d'entre eux, les conditions de l'existence journalière, les risques constants de maladies graves sont tels que l'espérance d'atteindre un âge avancé reste faible. Parmi ces risques, il y a pour la grande majorité des femmes ceux inhérents à la maternité. « Femme grosse a un pied dans la fosse » : dans sa brutalité, le proverbe gascon exprime bien à quel point la grossesse et surtout son terme sont redoutés. Il est vrai qu'à l'inverse, la stérilité est considérée comme un opprobre. Elle peut résulter du nouement de l'aiguillette, expression qui désigne le mauvais sort jeté à de nouveaux époux lors de la cérémonie à l'église et qui les rend incapables de consommer le mariage. Pour se défaire de ce maléfice, on peut soit se faire exorciser par le curé de la paroisse, soit recourir à diverses pratiques magiques, au symbolisme clair, comme celles indiquées par Thiers, consistant à uriner dans le trou de la serrure de l'église où a eu lieu le mariage ou à faire passer un jet de vin blanc d'un tonneau nouvellement percé dans l'anneau de la mariée. Si la stérilité survient, même une fois le mariage consommé, elle ne peut, selon les idées de l'époque, venir que de la femme et celle-ci doit donc s'adresser à un saint guérisseur spécialisé. Le pèlerinage s'accompagne de rites de fécondité, comme se frotter le ventre contre la statue du saint ou se plonger dans une fontaine d'eau glacée. C'est dans le même esprit et le même espoir qu'en Bretagne ou en Massif central, les femmes stériles se frottent contre certains menhirs.

La grossesse une fois survenue, il faut multiplier les précautions pour mener l'enfant à terme dans de bonnes conditions. Il convient tout d'abord d'éviter toutes les occasions pour la future mère de « se blesser », c'est-à-dire de faire une fausse couche. En 1762, l'abbé Dinouart publie un *Abrégé d'embryologie sacrée,* traduction d'un ouvrage italien et dont le sous-titre est explicite : « Traité des devoirs des prêtres, des médecins, des chirurgiens et des sages-femmes envers les enfants qui sont dans le sein de leurs mères. » Dans un long chapitre, l'auteur énumère les multiples causes des avortements spontanés, notamment « la colère et la brutalité d'un époux » et « l'imprudence et la témérité des femmes qui entreprennent des voyages ou portent des fardeaux au-dessus de leurs forces », et il conclut en ces termes : « Un curé doit donc dire dans ses instructions qu'un époux et une femme se rendent respectivement coupables de péché s'ils n'évitent avec soin toutes les causes précédentes d'avortement, s'ils ne saisissent scrupuleusement tous les moyens propres à éviter ce funeste accident. Ils se rendent parricides aux yeux de Dieu, en faisant périr l'âme et le corps de leurs enfants. » En tous cas, les ouvrages de médecine à l'usage du « peuple », les recettes et traditions populaires, les proverbes, si prolixes en d'autres domaines, sont presque muets sur les moyens possibles pour éviter fausses couches ou naissances prématurées.

Par contre, les précautions à prendre par la mère pendant la grossesse pour préserver l'intégrité et la santé future de l'enfant à naître sont longuement détaillées et donnent lieu à de multiples prescriptions. Il lui faut notamment éviter les spectacles effrayants ou seulement insolites qui risqueraient de provoquer la naissance d'un monstre. Il ne faut pas la contrarier dans ses envies de nourriture, sous peine de voir le corps de l'enfant marqué de ces « envies » rentrées, taches de vin, de café ou de fruit. En 1745, un médecin parisien tente de lutter contre ces « préjugés » en publiant des *Lettres sur le pouvoir de l'imagination des femmes enceintes*. Pour s'assurer des couches heureuses et faciles, la femme peut pendant sa grossesse aller en pèlerinage à un sanctuaire dédié à sainte Marguerite, patronne des femmes « en mal d'enfant », ou à la Vierge sous le nom de Notre-Dame-de-Délivrance. Plusieurs de ces sanctuaires, comme Notre-Dame-de-la-Daurade à Toulouse, conservent une « sainte ceinture » dont le port assure des couches faciles. Anne d'Autriche se fait envoyer à deux reprises, en 1638, alors qu'elle attend le futur Louis XIV, la sainte ceinture de la Vierge conservée au Puy-Notre-Dame en Anjou. A défaut de la relique elle-même, une ceinture ayant touché celle-ci rend les mêmes services.

L'accouchement lui-même est une épreuve à juste titre redoutée. Les traumatismes et l'épuisement consécutifs à une parturition difficile, l'infection et les fièvres puerpérales qu'elle entraîne coûtent la vie à un certain nombre de mères lors de l'accouchement ou dans le mois qui suit, le plus souvent à l'occasion d'une première naissance. Il semble toutefois que ce nombre ait été surestimé tant par les administrateurs, chirurgiens et curés des années 1760, que par certains historiens démographes du 20ᵉ siècle. Selon le plus récent historien de « l'accouchement avant l'âge de la clinique[51] », Mireille Laget, qui s'appuie sur des exemples précis, 1 à 7 % des femmes mariées perdent la vie en mettant au monde un enfant. Cette proportion est importante et traduit une grande disparité selon les paroisses, mais elle ne reflète pas une hécatombe comparable à celle des enfants eux-mêmes. D'ailleurs, toujours selon Mireille Laget, il n'y aurait pas de surmortalité féminine significative entre quinze et quarante ans, dans la mesure où les décès féminins en couches équilibreraient, dans les classses populaires, les décès masculins liés aux conditions du travail manuel, avec ses servitudes et ses risques[52].

A partir des problèmes liés à la maternité, les médecins du 18e siècle commencent à s'intéresser aux maladies spécifiques des femmes. En 1761, Jean Astruc publie son *Traité des maladies des femmes* et, en 1771, Pierre Roussel, *Le Système philosophique et moral de la femme.* Dans son *Avis au peuple sur sa santé,* Tissot consacre aux femmes un chapitre qui débute ainsi : « Les femmes sont sujettes à toutes les maladies que je viens de décrire, et leur sexe les expose à quelques autres qui dépendent de quatre causes principales : les règles, les grossesses, les couches et les suites des couches. »

Hommes et femmes se retrouvent, en tous cas, égaux devant les diverses maladies, infectieuses ou non. La rage est d'autant plus redoutée que ses manifestations sont terrifiantes et son issue toujours fatale. La peur du loup tient en grande partie au fait qu'il est souvent enragé et qu'il transmet son mal en s'attaquant soit aux animaux domestiques, soit aux hommes. En 1714, un loup enragé pénètre dans les faubourgs d'Angers et mord, avant d'être abattu, de nombreux chiens et bestiaux et une centaine de personnes. Une trentaine d'entre elles, mordues profondément, notamment au visage, meurent dans des conditions épouvantables : elles sont parquées dans une tour désaffectée et là, selon un témoin, « on les voyait se déchirer et crier pitoyablement et enfin expirer ». De fait, on ne peut rien contre un tel mal. Médecins, chirurgiens, empiriques, proposent en vain des remèdes prétendument souverains : dans tous les cas où il s'agit bien de la rage et où la blessure est profonde, la cautérisation de la morsure au fer rouge ou les bains de mer sont aussi inefficaces que le port d'une clé de Saint-Pierre. Le tétanos, mal identifié et souvent confondu avec la rage, entraîne certainement de nombreux décès dans les classes populaires, tant à la ville qu'à la campagne. L'appendicite est méconnue et non décrite, de même que la péritonite ; l'une et l'autre sont sûrement responsables de bien des morts dont certaines, notamment à la cour, sont parfois imputées faussement au poison. Si la gale, la gratelle et la dartre sont beaucoup moins graves que la rage ou la péritonite, elles sont en revanche très fréquentes. Les malades n'y prêtent généralement pas attention et se contentent de se gratter furieusement, faisant ainsi « rentrer l'humeur », provoquant des infections secondaires et aggravant le pronostic initial.

La plupart des affections pulmonaires sont confondues sous le nom de phtisie *. Faute de moyens d'investigation clinique, on ne fait pas encore la distinction qu'introduira Laennec entre pneumologie non tuberculeuse et phtisiologie proprement dite. Mais bien que la tuberculose n'apparaisse jamais dans les textes de l'époque (le terme, au sens de tumeur du poumon, n'apparaît qu'au début du 19e siècle), il n'est pas douteux qu'elle fait des ravages dans tous les milieux, surtout dans les campagnes. Jean-Pierre Peter a raison de souligner cette importance de la tuberculose paysanne au 18e siècle : « C'est l'effet d'une longue erreur qui fait croire au surgissement soudain de cette maladie au 19e siècle, au moment où l'essor industriel concentrait dans les villes tant d'ouvriers. Que le fléau soit alors devenu tangible parce que plus resserré et ponctuel, c'est un fait. Il ne doit pas oblitérer le fond ancien de tuberculose qui brûle les campagnes et ronge chez tant d'enfants, de femmes, de travailleurs non seulement le tissu des poumons, mais les os, les glandes, les viscères, l'épiderme. » Dans les milieux aisés, on lutte déjà contre la « consomption » par le changement d'air dans les pays du soleil. Saint-Simon évoque en 1698 la duchesse de Berwick qui « à la première fleur de son âge, belle, touchante, faite à peindre, une nymphe, mourut de consomption à Montpellier où son mari l'avait menée pour la guérir par ce changement d'air ».

Le cancer est défini par Furetière comme « une maladie qui vient dans les chairs et qui les mange petit à petit comme une espèce de cangreine (*sic*) ; c'est une tumeur dure, inégale, raboteuse, ronde et immobile, de couleur cendrée, livide ou plombine, environnée de plusieurs veines apparentes et tortues, pleines d'un sang mélancolique et limoneux, qui ressemblent au poisson appelé cancer ou écrevisse ; elle commence sans douleur et paraît d'abord comme un pois chiche ou une petite noisette, mais elle croît assez vite et devient fort douloureuse ». En fait, il est certain que sous ce terme sont confondues toutes sortes de tumeurs. L'une des formes les plus répandues semble avoir été le cancer du sein. Selon les préjugés du temps, beaucoup de femmes hésitent par pudeur à se confier à un chirurgien. Saint-Simon signale plusieurs exemples de ces pudeurs excessives et fatales, ainsi Mme de La Vieuville qui meurt en 1715, « dans un âge peu avancé, d'un cancer au sein, dont jusqu'à deux jours avant sa mort, elle avait gardé le secret avec un courage égal à la folie de s'en cacher et de se priver par là des secours ; une seule femme de chambre le savait et la pansait ». Mais il signale aussi un cas d'ablation du sein réussie : « [Mme Bouchu] cachait un cancer depuis longtemps, dont une seule femme de chambre avait la confidence. Avec le même secret, elle mit ordre à ses affaires, soupa en compagnie, se fit abattre le sein le lendemain de grand matin, et ne le laissa apprendre à sa famille ni à personne que quelques heures après l'opération : elle guérit parfaitement. » Dirk Van Der Cruysse fait remarquer que si le cancer semble, au total, avoir été relativement peu fréquent, c'est peut-être parce que les hommes et les femmes qui, peu nombreux, dépassent le cap des quarante ou quarante-cinq ans, ont « plus de chances de succomber à quelque maladie contagieuse que d'être rongé par les insidieuses lenteurs du cancer ».

Par contre, les maladies vénériennes *, longtemps confondues entre elles sous le nom de vérole *, sont fréquentes. Il suffit de lire le *Journal* du compagnon parisien Jacques Ménétra pour se rendre compte qu'elles sont vécues, du moins sous leur forme la moins virulente, comme des aventures banales, rançon du libertinage. Ménétra avoue pour sa part une dizaine d'accidents — des blennoragies, à l'évidence — contractées à « frayer » ici ou là à Paris ou lors de son tour de France, et transmises ensuite sans aucun scrupule. Il se guérit chaque fois à l'aide de divers remèdes dont il ne donne pas la composition, mais qui sont sûrement à base de mercure. Dans son remarquable *Traité des maladies vénériennes* (1756), Jean Astruc confirme la valeur du traitement mercuriel préconisé par Paracelse et Van Helmont : « Le mercure et les préparations mercurielles sont l'unique remède capable de détruire radicalement la vérole, pourvu qu'on les emploie avec précaution. » Le mercure est administré soit par la bouche, sous forme de calomel ou sublimé doux (protochlorure de mercure), soit par la peau. L'onguent « napolitain », comme on l'appelle, est appliqué par larges frictions sur le corps du patient, puis celui-ci est roulé dans une couverture et salive jusqu'à plusieurs litres. Vingt-quatre heures plus tard, nouvelles frictions et nouvelle salivation entraînant diarrhée et polyurie. Le traitement, fort désagréable et peu apprécié des malades, se fait dans une chambre spéciale, sans fenêtres, et dont les murs sont imprégnés de mercure. A Paris, on soigne la vérole à Bicêtre, l'une des maisons de l'hôpital général. Les malades sont soit des pensionnaires, hommes de Bicêtre même et surtout femmes provisoirement transférées de la Salpêtrière, soit des Parisiens ou des Parisiennes admis par le bureau de l'hôpital sur recommandation du lieutenant de police. Le nombre des prostituées dans la capitale — quarante mille vers 1780, selon Mercier — explique la fréquence de ces maladies, en dépit de la visite obligatoire des filles publiques instituée en 1778. Dans les campagnes, les vénériens sont soignés d'office à l'hôpital général le plus proche aux frais de l'intendant et du seigneur du lieu, mais c'est là une mesure plus théorique que réellement appliquée.

L'enfermement dans les hôpitaux généraux constitue également l'une des réponses aux problèmes posés par les malades mentaux, imbéciles, hystériques, mélancoliques, déments, auxquels on assimile les épileptiques. Dès la création de l'hôpital général de Paris en 1656, il est prévu que les « fous et insensés » devront y être enfermés, en même temps que les mendiants valides et invalides, les vénériens, les vieillards indigents, les enfants abandonnés. Mais, tant à Paris que dans les hôpitaux généraux de province, ils ne sont qu'une toute petite minorité de l'ensemble de la population hospitalière : soixante-cinq sur mille trois cent quarante-six hommes enfermés à Bicêtre en 1701, cent quatre-vingt-sept sur trois mille six cent cinquante, en 1789 ; vingt-deux sur six cent vingt-huit femmes enfermées à la Salpêtrière en 1657, cinq cents sur près de sept mille, en 1789. Pour relayer les hôpitaux généraux dont le nombre est très insuffisant, il est créé, en 1764, dans chaque intendance, un ou plusieurs dépôts de mendicité appelés à recevoir non seulement les « vagabonds et gens sans aveu », mais aussi « les insensés, les furieux, les hommes trop défigurés et ceux que l'on voit tous les jours tomber dans les rues d'épilepsie, parce que rien ne trouble plus l'ordre que la rencontre de ces tristes victimes des misères humaines ». Mais, à la veille de la Révolution, ils ne représentent que 20 %, souvent moins, de la population, d'ailleurs clairsemée, de ces divers dépôts et hôpitaux. On est donc loin d'un véritable renfermement de tous les aliénés.

enfermement des aliénés

La situation de ces malheureux que l'on laisse croupir dans leurs chaînes et leurs ordures, est lamentable et de plus en plus vivement dénoncée à la fin de l'Ancien Régime. En 1788, Mirabeau parlant de Bicêtre, se scandalise : « [C'est] plutôt un spectacle de têtes dérangées qu'un hôpital où l'on songe véritablement à guérir [...]. On ne leur donne pas même un médecin, et jamais on ne fait la moindre tentative pour leur rendre la raison. » En 1785, le gouvernement, qui a pris conscience de la situation, publie et diffuse largement une longue et explicite « Instruction sur la manière de gouverner les insensés et de travailler à leur guérison dans les asiles qui leur sont destinés ». Dans l'introduction, l'auteur de ce texte esquisse une comparaison entre les enfants et les fous et écrit à propos de ces derniers : « Cette classe de malheureux, quoiqu'on la plaigne et qu'on ait un désir bien vif de lui tendre une main secourable, est néanmoins soignée avec beaucoup moins de zèle que l'autre [...] ; c'est pour cette raison qu'elle exige spécialement l'attention du gouvernement. » Puis, il dénonce la situation des dépôts de mendicité, véritables maisons de force, et leur oppose les asiles où seront conciliées la sûreté indispensable et la volonté de soigner, sinon de guérir : « Des milliers d'insensés sont renfermés dans les maisons de force sans qu'on songe seulement à leur administrer le moindre remède [...]. Le demi-insensé est confondu avec celui qui l'est tout à fait ; le furibond avec le fou tranquille. A moins que la nature ne vienne à leur secours en les guérissant, le terme de leurs maux est celui de leurs jours [...] Quelqu'avantageux que paraissent ces établissements, ils ne soulagent que la crainte publique et ils ne peuvent satisfaire la pitié [...] [celle-ci] réclame non seulement la sûreté, mais encore des soins et des traitements, au défaut desquels la démence des uns est perpétuée, tandis qu'on pourrait la guérir, et celle des autres augmentée, tandis qu'on pourrait la diminuer. » Si les événements de la Révolution empêchent la mise en place de ces asiles modèles, il n'en reste pas moins que le geste spectaculaire et symbolique attribué à Pinel faisant tomber les chaînes des aliénés de Bicêtre en 1792, doit être replacé dans le droit fil de cette prise de conscience et de ce programme novateur.

De toute façon, les hôpitaux généraux et les dépôts ne sont ni assez nombreux ni assez vastes, pour enfermer tous les malades mentaux. La plupart de ceux-ci échappent à l'enfermement et vivent dans leur famille. C'est le cas d'abord des familles aisées : comme le note l'instruction de 1785, « les gens riches et aisés se font une loi de traiter avec soin, dans leur domicile, leurs parents attaqués de folie, avant de prendre le parti de les faire enfermer ». Mais c'est le cas aussi dans tous les milieux, tant que le malade n'est pas réellement dangereux. Celui-ci vit alors dans sa famille, entouré d'une certaine crainte révérencielle liée au caractère sacré que beaucoup continuent à attribuer à la folie. Toutefois, dès le 16e siècle, avec Juan Vives, les médecins y voient une maladie comme les autres et, à ce titre, justiciable de remèdes appropriés. Ceux-ci sont d'une étonnante variété : drogues calmantes comme l'opium, purgatifs et émétiques* comme l'ellébore* (de moins en moins employé, il est vrai), multiples préparations compliquées, hydrothérapie sous forme de bains prolongés ou de douches brutales, sans parler de remèdes extraordinaires comme le trémoussoir ou le piano à chats. Le premier est un fauteuil à ressorts reproduisant en chambre les vibrations qui sont celles d'une chaise de poste et dont on avait constaté les effets bénéfiques sur les malades ; dans le second, les cordes du piano sont remplacées par des chats bien vivants dont les miaulements et les mimiques provoquent une salutaire réaction d'hilarité chez les malades. En 1792, le médecin Joseph Daquin, auteur d'une *Philosophie de la folie,* peut écrire de ses confrères : « Lorsqu'ils ont épuisé toute leur science sur eux, qu'ils les ont également rebutés par la quantité de leurs remèdes, comme par ceux qu'ils ont donné à contresens, lassés à la fin autant que les malades, ils les abandonnent à leur triste sort, jusqu'à ce qu'il plaise à la Providence d'en décharger le globe. »

les facteurs de la morbidité : hygiène et alimentation

Les troubles mentaux mis à part, les maladies infectieuses et les maladies épidémiques, dont il sera parlé plus loin, doivent leur pouvoir meurtrier non seulement à l'impuissance des thérapeutes, mais aussi — et peut-être surtout — au niveau de vie trop souvent déplorable de la plus grande partie de la population des villes et des campagnes. Tous les témoignages du temps, notamment ceux des correspondants de la Société royale de médecine entre 1776 et 1790, soulignent à l'envi le caractère sélectif de la morbidité et de la mortalité et incriminent les conditions de vie et de sous-alimentation, en un mot la misère. Ce sont les pauvres qui, par excellence, sont frappés par la maladie et paient le plus lourd tribut à la mort. Une étude précise portant sur le Thimerais, petit « pays » entre Chartres et Dreux, fait apparaître cette profonde inégalité : entre 1765 et 1791, les probabilités de survie à quinze ans pour mille enfants nés vivants y sont de cinq cent quatre-vingt-sept chez les laboureurs, qui constituent l' « aristocratie » paysanne, mais de cinq cent quinze seulement chez les journaliers. S'ils est vrai qu'au 19e siècle les progrès de l'hygiène et de l'alimentation sont, beaucoup plus que les progrès de la médecine, responsables de l'augmentation de la population de l'Europe occidentale, du fait d'une meilleure résistance des individus à l'agression des maladies infectieuses, on conçoit qu'au 18e siècle l'hygiène déplorable et la malnutrition du plus grand nombre aient pu constituer des facteurs à la fois déterminants et discriminants de la morbidité. Des travaux récents portant sur les populations de pays en voie de développement ont démontré les interactions existant entre la malnutrition d'un individu et sa moindre résistance aux agents infectieux : « D'une part, les infections risquent d'avoir des conséquences plus graves chez les personnes présentant une malnutrition clinique ou subclinique ; d'autre part, les maladies infectieuses peuvent transformer des carences nutritionnelles marginales en malnutrition sévère. Ainsi, la malnutrition et l'infection peuvent se potentialiser mutuellement et avoir ensemble des conséquences plus sérieuses pour le malade que ce qu'on aurait pu attendre de l'addition de leurs effets séparés[53]. »

L'hygiène privée et surtout publique explique déjà pour une part cette pathologie meurtrière. L'hygiène corporelle est très rudimentaire et, à cet égard, le 17e siècle et la plus grande partie du 18e siècle marquent certainement un recul par rapport aux habitudes du Moyen Age et de la Renaissance. L'exemple vient-il de haut ? On pourrait le penser en lisant la description fort détaillée que donne Saint-Simon du lever de Louis XIV. L'eau semble n'intervenir que sous la forme de l'eau bénite qu'on présente au roi alors qu'il est encore dans son lit. Ensuite, il se lève, se fait donner sa robe de chambre, se chausse lui-même, puis « on lui voyait faire la barbe de deux jours l'un [...] ; point de toilette[54] à portée de lui ; on lui tenait seulement un miroir ». Quant aux rites du coucher, non moins minutieusement décrits, ils ne laissent place apparemment à aucune ablution quelle qu'elle soit. Certains historiens mettent en doute une absence aussi complète de soins élémentaires et font état de baignoires dans l'appartement royal de Versailles après 1680 et d'une dépense de soixante livres de savon pour l'usage du roi en 1684. Il est sûr, en tout cas, que le soin de sa royale personne n'est pas un souci essentiel pour Louis XIV. Et la majorité de ses courtisans se conduisent de même. Il existe bien à Paris, en 1692, d'après le *Livre des adresses* de Nicolas de Blégny, quelques bains public et étuves, mais en fort petit nombre. Encore s'agit-il le plus souvent d'établissements balnéaires au sens médical du terme, tels les étuves de la rue de Marivaux « où les gens de médiocre condition vont chercher quelque secours pour les rhumatismes ». Pour des raisons diverses, parmi lesquelles comptent pour beaucoup les progrès de la pudeur liés aux efforts de la réforme catholique, se dénuder pour se laver devient exceptionnel, voire répréhensible, même s'il s'agit d'ablutions privées loin de tout regard. Les consignes de Jean-Baptiste de La Salle dans *Les Règles de la*

hygiène corporelle de Louis XIV = absence d'eau

bienséance et de la civilité chrétienne (1704), sont à cet égard éclairantes : « Il n'est jamais séant de parler des parties du corps qui doivent toujours être cachées. » La nudité devient un tabou. A cela s'ajoute le fait que, dans les villes, à Paris notamment, l'eau est rare et constitue un véritable luxe, au moins dans les intérieurs les plus modestes.

Il est vrai qu'en même temps la saleté apparaît, dans la mentalité populaire, comme une fatalité qu'il faut supporter tant que certaines limites ne sont pas dépassées. Bien plus, elle est souvent considérée comme bénéfique, non seulement, on l'a vu, pour les jeunes enfants, mais à tous les âges de la vie. Cette croyance dans les vertus de la crasse est très enracinée et s'exprime dans de nombreux proverbes : « Si tu veux devenir vieux, n'enlève pas l'huile de ta peau », « La crasse nourrit les cheveux », « Gens de bains, gens de peu d'années », « Le médecin ordonne bain quand il est au bout de son latin » (il est vrai que ce dernier proverbe fait peut-être allusion à une cure thermale plutôt qu'à une simple prescription d'hygiène corporelle). D'ailleurs, l'odeur forte que dégage un corps malpropre est signe de virilité : « Plus le bouc pue, plus la chèvre l'aime. » Enfin, il est significatif que, dans son énumération de « quelques causes des maladies du peuple », Tissot évoque l'excès de travail, l'inconstance du temps, les mares croupissantes, l'absence d'aération des maisons, la mauvaise qualité des aliments, mais à aucun moment la malpropreté corporelle. C'est là une préoccupation qui semble étrangère à la plupart des médecins. Ce n'est qu'à la fin du 18e siècle que certains d'entre eux commencent à souligner les dangers d'un corps malpropre : la crasse, disent-ils, loin d'être un vernis protecteur, obstrue les pores, retient les mauvaises humeurs, gêne les échanges bénéfiques avec l'air extérieur ; il faut donc se laver fréquemment le visage, les mains, les pieds, voire même le corps tout entier. Comme l'écrit un nommé Perreau en 1786 à propos des habitants des villes : « Il conviendrait qu'ils se lavent fréquemment dans tous les temps ; cela importe autant à la santé qu'à la propreté. » Langage nouveau, mais auquel ne commencent à répondre que très timidement des pratiques nouvelles. Le bain, comme habitude d'hygiène et non comme thérapeutique, devient moins exceptionnel et les établissements publics se font plus nombreux dans les villes à la veille de la Révolution, mais leur fréquentation reste le fait d'une petite minorité.

Mais plus que l'absence d'hygiène corporelle, les carences de l'hygiène publique pèsent lourd dans la forte morbidité et la moindre résistance des plus pauvres. La situation dans les villes est bien connue soit par les nombreuses descriptions des voyageurs ou des habitants eux-mêmes, soit par les ordonnances et règlements municipaux dont les prescriptions répétitives témoignent, jusqu'à la veille de la Révolution, de la permanence d'abus apparemment indéracinables. Qu'on en juge sur ces quelques articles de l' « ordonnance de police pour la ville, faubourgs et banlieue de Saumur », du 1er juillet 1784 : « Enjoignons à tous les propriétaires de maisons de cette ville et faubourgs, qui n'ont point en icelles de retraits ou privés, d'y en faire construire incessamment [...], de faire curer lesdits retraits ou privés lorsqu'il en sera nécessaire, avec défense aux vidangeurs de répandre les vidanges dans les rues et de les jeter dans la rivière, fossés et égouts de la ville, à peine de dix livres d'amende [...]. Faisons défenses à tous habitants de faire des places à fumier et d'en entasser dans l'intérieur de la ville et faubourgs sur la voie publique [...] Faisons défense à tous particuliers de quelqu'état et condition qu'ils soient de jeter par leurs fenêtres, portes ou boutiques, tant de jour que de nuit, aucunes eaux ni ordures de quelque nature qu'elles puissent être, comme aussi de déposer et faire leurs ordures dans les rues, sur les quais, ponts, places, promenades publiques, portes et contours des églises. »

Résumons ce qu'est la situation courante. L'absence de véritables égouts et de nettoiement régulier provoque, dans les rues mal pavées, l'accumulation des ordures et l'écoulement des eaux usées vers la rivière proche. La présence de nombreux cimetières *intra-muros* et la pratique de certains métiers, boucheries et tanneries notamment, aggravent encore les choses. En l'absence, le plus souvent, de « tuerie générale », c'est-à-dire d'abattoir municipal, les bouchers tuent leurs bêtes devant chez eux et abandonnent dans la rue « tripailles, boyaux, sang et autres vidanges ». Quant aux tanneurs, ils laissent s'écouler à la rivière les eaux nauséabondes qui ont servi au nettoyage des peaux. C'est pour répondre à un souci d'assainissement que la déclaration royale de 1776 décide que les inhumations dans les églises seront désormais interdites et que « les cimetières qui, placés dans l'enceinte des habitations, pourraient nuire à la salubrité de l'air, seront portés, autant que les circonstances le permettront, hors de ladite enceinte ». Mais le transfert des cimetières est une opération onéreuse pour les corps de ville et n'est que très partiellement réalisé en 1789.

Au-delà des descriptions d'ensemble qui donnent de la ville l'image d'un lieu uniformément sale et insalubre, la discrimination entre riches et pauvres est évidente. Pour beaucoup d'habitants des quartiers populaires, l'entassement dans des maisons de bois ou de torchis, mal entretenues et mal aérées, l'absence d'espaces verts, aggravent encore les conditions de la vie en ville, alors que les hôtels aristocratiques, les maisons bourgeoises, les communautés religieuses se doublent, à l'abri de leurs murs, de vastes jardins. A Angers, en 1769, dans la petite rue Putiballe, quatre cent trois personnes s'entassent dans trente-neuf maisons, soit plus de dix personnes par maison ; neuf de ces maisons abritent à elles seules deux cent six personnes, soit une moyenne de vingt-trois par maison, alors que la moyenne pour la ville est de l'ordre de six. Le contraste est saisissant avec les paisibles rues du quartier de la cathédrale où une population peu nombreuse d'ecclésiastiques et de magistrats vit à l'aise dans de petites maisons entourées de jardins ou dans de beaux hôtels de pierre, et où la densité est de quatre à cinq personnes par maison.

La situation n'est pas beaucoup plus brillante dans les campagnes. Si l'on excepte dans chaque paroisse une petite minorité de notables et de paysans aisés, la majeure partie de la population vit dans des conditions trop souvent déplorables. L'habitation se ramène souvent à une pièce unique, quelquefois sans fenêtre, où toute la famille vit, mange et dort, parfois dans un seul lit où l'on continue à coucher même s'il y a un malade. Dans les campagnes des environs de Bressuire, en Poitou, « les maisons sont basses, humides et si mal aérées que dans les trois quarts de nos métairies, on n'y pourrait lire en plein midi sans chandelle ». Tissot souligne les graves conséquences d'une telle situation : « L'on sait qu'un air trop renfermé occasionne les fièvres malignes les plus fâcheuses ; et le paysan ne respire jamais chez lui qu'un air de cette espèce. Il y a de très petites chambres qui renferment jour et nuit le père, la mère, sept ou huit enfants et quelques animaux, qui ne s'ouvrent jamais pendant six mois de l'année, et très rarement pendant les six autres. J'ai trouvé l'air si mauvais dans plusieurs de ces chambres que je suis persuadé que si ceux qui les habitent n'allaient pas souvent au grand air, ils périraient tous en peu de temps. » De plus, dans la cour, trône le tas de fumier, à proximité du ruisseau ou du puits. Comment dans ces conditions, la promiscuité et la saleté n'auraient-elles pas favorisé les situations morbides et les contagions ?

Dans un tel contexte, en ville comme à la campagne, le problème de l'eau revêt une particulière importance. C'est la boisson de la majeure partie de la population, même en pays de vignoble où le vin, trop précieux pour être bu, du moins par les plus pauvres, est vendu afin d'assurer une rentrée d'argent. Or cette eau est presque constamment polluée. Celle de Paris a la réputation de donner la « foire » à tout provincial ou étranger dans les quelques jours qui suivent son arrivée. Encore peut-il s'estimer heureux si les choses ne sont pas plus graves, car, selon Mercier, « les vidangeurs, pour s'épargner la peine de transporter les matières fécales hors de la ville, les versent au point du jour dans les égouts et dans les ruisseaux ; cette épouvantable lie s'achemine lentement le long des rues vers la rivière de Seine et en infecte les bords où les porteurs d'eau puisent le matin dans leurs seaux l'eau que les insensibles Parisiens sont obligés de boire ». Sauf l'exception des puits profonds et bien abrités, les campagnes ne sont guère mieux loties. De ce fait, l'eau est un agent privilégié de toutes sortes de maladies, notamment de maladies digestives. Sans doute est-elle aussi responsable de l'extrême fréquence, à tous les âges, des parasites intestinaux, notamment du type *ascaris lumbricoïdes,* notée par tous les correspondants de la Société royale de médecine. Enfin, elle contribue à l'existence du fossé entre pauvres et moins pauvres : ces derniers qui peuvent faire du vin leur boisson ordinaire, n'échappent-ils pas ainsi aux dangers de l'*aqua simplex ?*

EAU

Mais, plus encore que l'eau, c'est l'alimentation qui est responsable, plus ou moins directement, de l'inégalité sociale devant la vie et la mort. En effet, l'alimentation des pauvres — c'est-à-dire, en gros, les trois quarts au moins de la population — apparaît insuffisante en quantité, en qualité, en diversité. Pour eux, 70 à 80 % des calories sont procurés par les céréales (seigle, orge, blé noir, plus rarement froment), sous forme de pain ou de bouillie. Il s'y ajoute un peu de graisse (beurre ou huile selon les régions), quelques légumes pour la soupe dans laquelle on trempe le pain, des fruits surtout cuits, très peu de poisson et de viande. Le recul global, à partir du milieu du 16ᵉ siècle, de la consommation de viande de boucherie par habitant en Europe Occidentale, est un fait aujourd'hui bien établi, lié à un repli relatif de l'élevage par rapport à la culture des céréales : on mange moins de viande aux 17ᵉ et 18ᵉ siècles qu'on en mangeait au 15ᵉ et qu'on en mangera au 19ᵉ siècle (pour ne pas parler du 20ᵉ). Toutefois, la table des riches ne semble pas avoir souffert de ce recul : le nombre élevé des boucheries dans les villes est la preuve qu'il y existe une clientèle, sans doute peu nombreuse, mais grosse consommatrice. Les grands perdants sont les classes populaires, urbaines et rurales. Pour elles, l'essentiel est donc bien le pain, à raison d'une ou deux livres par jour, soit l'équivalent probable de deux mille à deux mille cinq cents calories. Un tel régime est non seulement fort monotone et quantitativement à peine suffisant, il entraîne de

ALIMENTATION

plus un déséquilibre calorique, avec déficit en protéines animales et en lipides, et surtout de graves carences au niveau des vitamines C et D. L'avitaminose C notamment provoque une particulière vulnérabilité aux différents assauts microbiens. En outre, certains produits alimentaires de mauvaise qualité sont directement responsables de maladies comme le scorbut*, la pellagre, l'ergotisme gangreneux. Celui-ci, appelé mal Saint-Antoine ou mal des ardents, est provoqué par l'absorption de farines contenant du seigle ergoté ; il se caractérise par l'apparition de gangrène aux pieds et aux mains, entraînant la mort ou, au mieux, des déformations définitives des membres. Dans un rapport adressé en 1776 à la Société royale de médecine, Tessier donne une remarquable description de l'ergotisme sévissant en Sologne : « Les hommes malades, surtout les mieux constitués, éprouvaient les deux ou trois premiers jours des douleurs de tête et d'estomac. La fièvre survenait, ils sentaient tous des lassitudes douloureuses dans les extrémités inférieures. Ces parties se gonflaient sans inflammation apparente ; elles devenaient engourdies, froides et livides et se gangrenaient [...]. Les doigts tombaient les premiers et successivement toutes les articulations se détachaient. Les extrémités supérieures, quoique plus rarement, éprouvaient le même sort. On a vu des malheureux auxquels il ne restait que le tronc et qui ont vécu dans cet état encore quelques jours. »

Quant aux rares bombances, lors des mariages notamment, où l'on se gave de viandes et de vins, elles ne compensent évidemment pas la malnutrition quotidienne et contribuent plutôt à délabrer davantage certains organismes. Or ce sont ces hommes et ces femmes mal nourris qui doivent accomplir un travail souvent excessif. En cette époque prémachiniste, le travail est essentiellement manuel et mobilise toutes les forces physiques des individus. A la campagne, par exemple, couper des arbres et essarter une lande, retourner à la bêche des heures durant une terre rebelle, pousser sur les mancherons de la charrue, soulever de lourdes charges sont autant de besognes qu'il faut accomplir par tous les temps, que l'on soit fatigué ou non. Vie harassante où seules les fêtes religieuses, heureusement nombreuses, constituent autant de haltes. Pour Tissot, la première des « causes les plus fréquentes des maladies » parmi les gens de la campagne est « l'excès de travail pendant longtemps » ; mais à côté de cet épuisement exceptionnel lié à certains travaux saisonniers, « il y a, dit-il, une autre espèce d'épuisement qu'on peut appeler épuisement vrai, qui est produit par la grande pauvreté, le manque de nourriture suffisante, les mauvais aliments, la mauvaise boisson, l'excès du travail ». Et il ajoute, évoquant la Suisse, son pays natal : « Ce cas est très rare dans ce pays ; je le crois fréquent dans quelques autres et surtout dans plusieurs provinces de France. » Cette usure constante des corps se double des multiples risques d'accidents corporels générateurs de complications souvent fatales ou d'infirmités plus ou moins graves. Ainsi, souffrir dans sa chair, non seulement du froid et parfois de la faim, mais aussi d'une maladie ou d'une blessure fait partie du sort commun. En l'absence de calmant ou d'analgésique efficace, la douleur physique est une dure leçon apprise dès l'enfance. Mal nourris, travaillant durement, hommes et femmes des classes populaires sont souvent de petite taille, du fait d'une croissance difficile : une liste de cent soixante-douze miliciens bretons en 1729, avec indication de la taille de chacun, donne une moyenne de 1,64 m. De plus, ils sont prématurément usés et leur activité sexuelle est relativement courte, commençant certainement plus tard qu'aujourd'hui et se terminant plus tôt.

A ce sombre tableau clinique, s'oppose celui d'une minorité de privilégiés. Ceux-ci sont bien logés et accomplissent un travail physiquement supportable ; leur alimentation est abondante et variée, avec une importante consommation de viande et de poisson. Ils ne sont pas à l'abri de la souffrance physique, de la maladie et des maux contagieux propagés depuis les foyers populaires. Mais leur organisme est susceptible de leur opposer une bien meilleure résistance. Il est vrai que, revanche du sort, certains d'entre eux, trop sédentaires et trop nourris, souffrent de maladies de pléthore, telles que la goutte, ou même sont victimes d'indigestion ou d'apoplexie.

Cette différence entre riches et pauvres est plus criante encore lorsque surviennent des crises de subsistance. Celles-ci sont provoquées par une mauvaise récolte résultant d'un printemps et d'un été anormalement frais et pluvieux et entraînant la disette et la hausse rapide du prix des grains disponibles sur les marchés, donc du pain dans les boulangeries. Si la récolte suivante, attendue par tous, est elle-même mauvaise, les prix accentuent leur mouvement de hausse au moment de la soudure. Ainsi se trouve introduite, dès le départ de la crise, une discrimination entre riches et pauvres, qui ne fait que s'aggraver par la suite. Les premiers possèdent des stocks plus ou moins importants de grains ou d'autres aliments et peuvent toujours, lorsque ces stocks sont épuisés, acheter les grains ou le pain nécessaires à la consommation familiale, même au prix fort. Les seconds, qui n'ont pratiquement aucune réserve, sont presque immédiatement victimes de la cherté. En effet, dans le budget des familles populaires, l'achat du pain représente entre la moitié et les trois quarts des dépenses totales. Dans de telles conditions, le doublement du prix du pain est un drame qui oblige à réduire la ration journalière et à liquider les petites économies ; s'il se maintient pendant de longues semaines, il signifie l'endettement et la misère, et très vite la faim qui tenaille les ventres, du fait de l'impossibilité d'acheter le minimum de pain nécessaire, à cause de son prix prohibitif. Lors des crises les plus graves, le doublement est largement dépassé et les prix peuvent être multipliés par trois, quatre, voire davantage.

Dans les villes, les autorités municipales et, après 1660-1689, les intendants s'efforcent d'organiser des secours, mais trop souvent les affamés ne peuvent compter que sur les charités individuelles, vite débordées si la famine se prolonge. Le sort des ruraux est plus tragique encore. La plupart des paysans n'ont, en temps normal, qu'un faible excédent de céréales commercialisable ; l'essentiel de leur production sert à nourrir leur famille. Si la récolte n'est que le quart ou le cinquième de la normale, ils ne disposent donc plus, une fois mis de côté les prélèvements inévitables et la semence, que de deux ou trois mois de nourriture au lieu de douze. Chez eux aussi la faim s'installe vite, d'autant plus grave qu'il n'y a guère de secours à attendre sur place. On se jette alors sur les routes, en longs cortèges pitoyables, vers la ville voisine qui voit arriver avec terreur ces bouches supplémentaires.

Les conséquences de ces famines sont redoutables au 17e siècle, notamment en 1630-1631, 1661-1663, 1693-1694 : non seulement un certain nombre de malheureux meurent littéralement de faim, mais d'autres, beaucoup plus nombreux, succombent à des troubles digestifs et à toutes sortes d'épidémies qui se développent de façon foudroyante parmi ces populations aux limites de l'inanition ou sustentées de nourritures immondes. Au 18e siècle, les conséquences de ces crises de subsistance se font peu à peu moins graves. Ce n'est pas que les conditions climatiques s'améliorent et que les mauvaises récoltes ne se produisent plus. Mais toute une série de progrès tend à en limiter les effets catastrophiques : meilleure organisation des secours sous la direction du pouvoir central et, sur place, des intendants, meilleure circulation des « blés » d'une province à l'autre grâce à une législation imposant leur libre circulation et à une constante amélioration du réseau routier, meilleures techniques de conservation des grains. Le temps des grandes famines fait place à celui des disettes larvées qui ne tuent plus directement, mais qui, en affaiblissant les organismes, préparent le terrain pour les épidémies meurtrières.

la vieillesse

Dans de telles conditions, il n'est pas étonnant que la vieillesse soit un état auquel on parvient beaucoup plus précocement et beaucoup plus rarement qu'aujourd'hui. Encore convient-il de distinguer, ici plus encore qu'à n'importe quel autre âge de la vie, entre les privilégiés et les autres. Pour les premiers, la vieillesse commence vers cinquante ou soixante ans et s'accompagne souvent d'une retraite ou d'une semi-retraite. « On dit figurément, écrit Furetière, qu'un homme se bat en retraite quand il est vieux, quand il se retire de ses emplois, des affaires ou du commerce du monde. » Les *Mémoires* de Saint-Simon sont pleins de courtisans décidant de « mettre un intervalle entre la vie et la mort » : bravant le courroux de Louis XIV pour qui est insupportable l'idée même que l'on puisse vivre heureux loin de lui et lui préférer Dieu, ils se retirent soit sur leur terre, soit dans une maison religieuse, pour ne songer qu'à leur salut, tel Gérard de Fieubet, mort en 1694 retiré chez les camaldules de Grosbois : « Le dépit, la mort de sa femme sans enfants, des affaires peu accommodées, de l'âge et de la dévotion sur le tout, le jetèrent dans cette retraite. » A côté de ces retraites de courtisans devenus dévots, il y a celles des officiers et des artisans laissant à leur fils leur office ou leur échoppe et vivant de leurs rentes le reste de leur âge.

Dans les classes populaires, il en va rarement de même. Hommes et femmes sont des vieillards dès la cinquantaine, voire plus tôt. Les femmes mariées notamment sont prématurément usées par des naissances répétées, entrecoupées de périodes d'allaitement, et sont déjà presque vieilles à quarante ans, âge moyen de la dernière maternité. Usé et cassé, souvent partiellement infirme, privé de la plupart de ses dents, ce qui le contraint à se nourrir de bouillie, le vieillard ne jouit pas pour autant d'un repos qui serait pourtant bien gagné. La notion de retraite liée à l'âge n'a pas cours dans les classes laborieuses : le manouvrier ou le paysan travaille comme il l'a toujours fait, tant qu'il en a la force. Lorsque l'âge ou les infirmités le forcent à réduire définitivement ses activités, le vieillard, souvent veuf ou veuve, demande l'hospitalité à l'un de ses enfants, non sans passer devant le notaire afin qu'un contrat précise les droits et les devoirs de chacun, telle cette veuve d'un journalier d'Avenières, près de Laval, qui, en 1730, « attendu son grand âge et son infirmité, prie Jean Heaume, laboureur, son fils, de bien vouloir la faire conduire dans sa maison et de l'y recevoir avec le peu de meubles qu'elle a, pour pouvoir être logée, nourrie, couchée et reblanchie, attendu qu'elle est hors d'état de gagner sa vie ». Jusqu'à la fin de ses jours, le vieillard continue à rendre quelques services à la mesure de ses forces déclinantes. Il participe notamment à la garde et à la première éducation de ses petits-enfants. S'il est totalement invalide ou si aucun de ses fils ou filles ne peut ou ne veut l'héberger, il peut espérer être admis, avec l'appui de son curé, à l'hôpital général le plus proche, où il finira sa vie dans des conditions assez voisines de celles de la prison.

Mais si la vieillesse commence tôt, elle est aussi un état exceptionnel. Lors du mariage de deux jeunes gens — mariage, il est vrai, relativement tardif[55] —, le cas le plus fréquent est celui où l'un seulement des quatre parents est encore vivant. C'est dire que les enfants à naître ne connaîtront qu'un de leurs grands-parents, et encore si celui-ci ne disparaît pas trop vite. Dans la mesure même où les vieillards sont relativement peu nombreux, ceux d'entre eux qui atteignent un âge avancé — soixante-dix, quatre-vingts ans, voire davantage — font figure de personnages vénérables, crédités d'une sagesse qu'on ne leur reconnaissait sans doute pas vingt ou trente ans plus tôt, et dépositaires de la mémoire collective du village ou du quartier.

6

les grands fléaux épidémiques et l'intervention des autorités

En dehors des divers maux qui accompagnent l'existence quotidienne de chaque individu, des fléaux collectifs viennent, à intervalles plus ou moins réguliers, perturber la vie d'une ville, d'un groupe de paroisses rurales, d'une province entière, ou même, dans les cas les plus graves, de toute une partie du royaume. Ce sont d'abord les famines et les disettes, parfois meurtrières en elles-mêmes, mais surtout génératrices de ces « grandes maladies que la mauvaise nourriture mène après elle », selon l'expression de Louis XIV à propos de la famine de 1661-1662. Ce sont surtout les épidémies, ainsi définies par Furetière : « Maux contagieux qui se communiquent de l'un à l'autre, comme la peste, le scorbut, la vérole [...], ces maladies sont communes à toutes sortes de personnes, de quelque sexe, âge et qualité qu'elles soient, provenant d'une cause générale. » La notion même de maladie contagieuse avait été remarquablement mise en lumière au 16e siècle par le grand médecin italien Girolamo Fracastoro à propos notamment de la syphilis et de la peste. Fracastoro avait émis l'hypothèse que « la contagion se fait par des particules qui ne tombent pas sous nos sens » et distingué trois grands types de contagion : la transmission directe d'homme à homme par simple contact ; la transmission indirecte par l'intermédiaire d'agents vecteurs, comme la literie ou les vêtements ; la transmission à distance, les germes étant inhalés par inspiration. « Si nous en venons à raisonner par induction sur le mécanisme de toutes les contagions, écrivait-il, nous en conclurons que la contagion d'une putréfaction se propage d'un corps à un autre, que ce soit de près ou de loin. » Malheureusement, les idées de Fracastoro ont peu d'échos auprès de ses contemporains et n'ont aucun prolongement au point de vue scientifique.

la peste

En ce qui concerne la peste qui, jusqu'en 1670, reste ce qu'elle est en Europe occidentale depuis le milieu du 14e siècle, « le mal qui répand la terreur », la doctrine officielle flotte entre la conception aériste et la notion de contagion. Selon la conception aériste, la corruption de l'air est à l'origine de la maladic, sans que l'on explique les causes de cette corruption, ni comment l'air corrompu agit sur le corps humain. Un médecin de Rouen écrit ainsi en 1620 : « La peste est une vapeur contagieuse et délétère conçue en l'air par la configuration du ciel qui cause la fièvre et infeste le cœur. » Toutefois, l'idée que la peste est contagieuse est à ce point admise dans le public que le terme même de contagion « se dit par excellence et absolument de la peste ». Les vêtements, tissus, fourrures, sont considérés comme jouant un rôle important dans la transmission de la maladie. On pense en effet que l'air pestilentiel est retenu par les mailles de l'étoffe. Dans la mesure où le mal est contagieux, il convient d'isoler les malades, non seulement le temps de leur maladie, mais, lorsqu'ils survivent, le temps de leur convalescence. De même, en cas de doute, il faut isoler les suspects. La durée de cet isolement préventif imposé aux convalescents et aux suspects est porté à quarante jours dès la fin du 14e siècle. En effet, dans la doctrine hippocratique des jours critiques, le quarantième jour est considéré comme le dernier possible pour les maladies aiguës comme la peste ; à partir du quarante et unième, il ne peut s'agir que de maladies chroniques.

Ainsi, bien qu'ignorant tout du bacille de Yersin * et de sa virulence et n'ayant sur la transmission du mal que des idées floues ou fausses, les médecins et chirurgiens du 17ᵉ siècle sont suffisamment convaincus de son caractère contagieux pour préconiser des mesures dont certaines sont efficaces. Or ce qui caractérise d'abord la peste, c'est précisément son extrême contagiosité, l'agent vecteur étant la puce par l'intermédiaire moins du rat que de l'homme sale ou des tissus. Cela explique — outre l'efficacité de certaines mesures comme l'isolement des malades et la quarantaine — la rapide dissémination du fléau, lors des déplacements de troupes notamment, et sa propagation dans les villes à partir des quartiers pauvres, sales et surpeuplés.

L'autre caractéristique de la peste est son pronostic très grave. Sous sa forme bubonique, consécutive à une pénétration cutanée par piqûre de puce, elle entraîne la mort dans 60 à 80 % des cas, le plus souvent dans la première semaine, presque toujours avant la quatrième ; sous sa forme pulmonaire, dans 100 % des cas, dans les deux ou trois jours après le début des troubles. Il est vrai que la peste pulmonaire semble avoir été exceptionnelle, du moins sous sa forme *primitive*, car beaucoup de pestes buboniques s'accompagnent de l'apparition *secondaire* d'un abcès pesteux pulmonaire. S'ils sont totalement impuissants à guérir le mal, médecins et chirurgiens savent du moins le reconnaître et le distinguer notamment de la syphilis. Tous les « traités » de l'époque, fort nombreux, présentent de façon concordante le tableau clinique de la peste bubonique : les premiers symptômes généraux, frissons, fièvres, céphalées ; puis l'apparition des charbons, plaques gangreneuses noirâtres, et surtout des bubons, à l'aine, à l'aisselle ou au cou ; enfin, les hémorragies sous-cutanées et, parfois, la localisation pulmonaire secondaire. Face à un tel mal, médecins et chirurgiens sont désarmés. Certes, ils préconisent la purification de la chambre des malades à l'aide de divers parfums, le ramollissement des bubons par emplâtres de feuilles d'oseille et d'oignons de lis, et leur incision par le chirurgien dès le début de la suppuration. Mais ils savent, par expérience, l'inefficacité de ces armes dérisoires. Aussi placent-ils leurs espoirs dans les mesures préventives que sont susceptibles de prendre les municipalités.

Jusqu'aux années 1660, le pouvoir central intervient très peu en matière de santé publique, s'en remettant aux autorités locales : états provinciaux là où il en existe, parlements, évêques dans le cadre de leur diocèse, surtout municipalités des villes grandes et moyennes. L'inégalité entre villes et campagnes est flagrante : en période de peste, comme en période de famine, les populations rurales sont laissées à elles-mêmes. Seules les autorités urbaines ont quelque capacité à réagir. La menace de la peste notamment les mobilise, par un réflexe largement égoïste dans la mesure où elles se savent des victimes en puissance tout autant que les plus humbles de leurs concitoyens.

Leurs premières interventions relèvent de l'information. Il est capital en effet que les édiles soient prévenus le plus tôt qu'il est possible, soit de l'apparition de l'épidémie dans une ville ou une région proche, soit de la présence de cas suspects à l'intérieur même du périmètre urbain. Dès que l'information est parvenue, commence entre eux et la mort une véritable course contre la montre. Dans le premier cas, on publie aussitôt une liste des lieux infectés à proximité, avec interdiction absolue d'entretenir la moindre relation avec leurs habitants. Une garde renforcée aux portes vérifie la provenance de tous les voyageurs et marchands voulant entrer en ville et refoule les indésirables. Exemple parmi d'autres, le 22 septembre 1625, une assemblée générale se tient à la mairie d'Angers, sous la présidence du maire et en présence des échevins et de nombreux habitants, « pour aviser et délibérer des moyens et remèdes qu'il faut tenir pour empêcher que la maladie de contagion soit apportée et prenne en cette ville par ceux qui vont et viennent des villes de Rennes, Nantes, Saumur, Baugé, La Flèche et autres endroits qui en sont grandement affligés » : défense est faite aux Angevins de se rendre dans les lieux en question et aux habitants de ceux-ci de pénétrer à Angers.

L'usage du billet de santé commence à se répandre en France au début du 17e siècle. C'est un passeport sanitaire individuel que tous ceux qui se déplacent fréquemment, pour quelque raison que ce soit, ont intérêt à posséder : ils le font viser par un responsable de la ville qu'ils quittent, attestant que celle-ci est indemne de peste, ce qui facilite leur entrée dans leur ville-étape suivante. C'est dans les ports que la surveillance est la plus étroite et que se développe d'abord la pratique de la quarantaine. Tout bateau suspect ou *a fortiori* dont la patente est *brute,* c'est-à-dire témoignant qu'il vient d'un pays infecté, doit s'amarrer dans le lieu réservé à cet effet, appelé généralement lazaret*, et y rester quarante jours avant d'être autorisé à entrer dans le port et à y débarquer hommes et cargaison. Ainsi, le Bureau de santé de Marseille décide en 1654 qu' « à l'avenir, toutes les voiles qui viendront avec patente brute iront faire quarantaine aux Iles (de Jarre et de Pomègues), marchandises et vaisseaux ; et avec patente nette, n'étant que par précaution, iront les marchandises aux Infirmeries » (lazaret proche de la ville).

Dans l'autre hypothèse, celle de malades suspects signalés en ville, un médecin ou un chirurgien est immédiatement envoyé sur place. S'il conclut dans le sens de la « contagion », les officiers municipaux, aussitôt avertis, mettent en application les mesures réglementaires en pareille circonstance, de même que si en dépit des précautions prises, le mal venu de l'extérieur a pénétré en ville. Toutefois, cette vigilance a des limites. En effet, directement intéressés, pour la plupart d'entre eux, à la prospérité de leur cité, les édiles hésitent à prendre des mesures qui ne peuvent que perturber la vie économique fondée sur les échanges avec l'extérieur et même, dans le pire des cas, entraîner l'isolement complet de la ville pour un temps indéterminé. Pris entre la crainte et l'intérêt, ils répugnent à voir la réalité en face, se décident souvent trop tard et font ainsi le jeu de la mort.

Ces mesures visent d'abord à l'isolement des malades et de tous ceux qui les approchent pour les soigner ou les assister. Ainsi l'ordonnance de police prise, le 9 novembre 1629, par le corps de ville de Chartres fait « défenses à tous malades, à ceux qui les pansent et assistent et sont infectés dudit mal, en quelque manière que ce soit, d'aller et venir par les rues, marchés, places publiques, églises, portes d'icelles et autres lieux publics, pour quelque cause que ce soit ; pourront néanmoins ceux qui pansent et assistent les malades aller pour leur nécessité, un de chaque maison seulement, avec une verge blanche, acheter leurs commodités depuis huit heures jusqu'à neuf du matin et depuis quatre jusqu'à cinq de relevée ». Les municipalités les plus importantes ne se contentent pas de cet isolement des malades dans leur maison (ce qui équivaut souvent à fermer tout un quartier), elles prennent une décision plus radicale consistant à regrouper ceux-ci dans un sanitat ou maison de santé, c'est-à-dire un endroit situé hors de la ville, où ils sont parqués avec l'assistance d'un chirurgien, d'un religieux et de quelques aides. Dans certains cas, la maison prévue à cet effet, désinfectée après l'épidémie, puis rouverte à chaque nouvelle alerte, se révèle trop petite et les malades transportés sur place par des « corbeaux », doivent être installés dans des loges provisoires, cabanes de bois ou tentes de toile, proches du bâtiment. Une police très sévère est assurée autour du sanitat pour empêcher tout contact avec l'extérieur. Enfin, dès que la mortalité cesse, les rares rescapés, convalescents, ne sont pas pour autant autorisés à regagner leur domicile en ville : ils sont tenus de rester sur place au moins quarante jours avant de reprendre une vie normale. Mais la formule du sanitat coûte cher. Il faut notamment payer à prix d'or le chirurgien et ses aides, ainsi que les corbeaux. Aussi certaines municipalités autorisent-elles les gens aisés ou « moyennés » à rester chez eux et à s'y faire soigner à leurs frais ; ainsi à Vitré, « les infectés de contagion, s'ils sont pauvres, seront incontinent menés au sanitat et leur maison condamnée ; et quant aux malades de contagion ayant moyens, demeureront en leurs maisons et en icelles se feront traiter, si bon leur semble, à leurs dépens ». Il est vrai que l'exode massif des notables rend la mesure assez théorique : dans la réalité, la plupart des malades, trop pauvres pour se soigner chez eux, se retrouvent au sanitat.

Dans le même temps, des mesures sont prises en ville contre l'infection et le danger de contagion : prescriptions d'hygiène corporelle des individus, nettoyage des rues, création de latrines, entretien aux carrefours de grands feux de feuillages odoriférants, suppression des marchés *intra-muros* et de la plupart des occasions de rassemblement, expulsion des mendiants étrangers ou même originaires de la ville (mendiants et vagabonds sont en effet particulièrement redoutés, car on les soupçonne d'être les vecteurs privilégiés de la contagion). A Chartres, l'ordonnance de 1629 précise : « Pour ôter, le plus que faire se pourra, la communication et hantise qui est ordinaire cause des maladies qui arrivent, défenses sont faites à tous hôteliers, cabaretiers et autres vendant vin, de recevoir en leurs maisons autres personnes que les allants et venants pour la nécessité de leurs affaires, sans y en recevoir d'autres. Est enjoint aux mendiants, vagabonds et autres fainéants de se retirer et vider de cette ville et faubourgs dès aujourd'hui, à peine du fouet, et défenses de les y loger et retirer sur les mêmes peines. »

L'efficacité des décisions prises unanimement au début de l'épidémie dépend largement de l'attitude de tous ceux qui détiennent l'autorité dans la ville. Or beaucoup d'entre eux appliquent, comme la plupart des notables, le remède préconisé par Hippocrate et que les médecins du 17e siècle continuent à considérer comme le plus efficace : fuir vite, loin et s'en revenir tard. Il y a des exceptions, certes — celle de Rotrou, lieutenant particulier du bailliage de Dreux, qui meurt à son poste lors de l'épidémie de 1650 —, mais elles ne sont que des exceptions. Cette désertion des responsables n'empêche pas forcément l'application des règlements qu'ils se sont empressés d'édicter ou de remettre en vigueur avant de partir, mais elle aboutit à faire dépendre cette application de la seule bonne volonté des exécutants : l'efficacité des mesures, souvent limitée par le retard avec lequel elles sont adoptées, l'est aussi par la fuite des responsables. D'autre part, une telle politique coûte très cher, notamment, on l'a dit, l'entretien du sanitat, sans parler de la perturbation provoquée dans la vie économique par l'isolement de la cité. La répétition des épidémies à intervalles plus ou moins réguliers entraîne un endettement de plus en plus catastrophique.

Pendant toute la première partie du 17e siècle, la peste règne en France, comme dans le reste de l'Europe, à l'état endémique, avec des flambées épidémiques plus ou moins graves et plus ou moins étendues. Il ne se passe pas une année sans que la peste ne sévisse en tel ou tel point du royaume. Sont particulièrement dramatiques les quatre années 1628-1631, au cours desquelles aucune province n'est épargnée, et les deux années 1636 et 1637, où tout le quart nord-est de la France est victime de la peste en même temps que de la guerre, les deux fléaux étant liés[56]. Chaque fois, les villes appliquent, vaille que vaille, les mesures traditionnelles qui ont fait leurs preuves en limitant incontestablement l'extension et la gravité des épidémies. Mais cette politique de défense reste strictement urbaine et étroitement égoïste : la lutte s'organise au niveau de chaque cité qui se replie jalousement sur elle-même en cas de menace extérieure et expulse ses mendiants en cas d'alerte intérieure sans se soucier d'une éventuelle contamination du plat pays. Il y a bien quelques rares prescriptions prises à l'échelon provincial, mais elles sont le plus souvent inappliquées, sauf précisément par les grandes villes. Surtout, il n'y a pas encore de défense organisée par le pouvoir central à l'échelle du royaume.

Les choses sont différentes en 1667-1669, lors de la dernière épidémie de peste du 17e siècle. Depuis 1661, Louis XIV aidé de Colbert s'applique à étendre son autorité dans tous les domaines, en s'appuyant sur les intendants, représentants du roi dans les provinces, dotés de pouvoirs considérables sous l'autorité du contrôleur général des finances. Or, après un répit de dix ans, la peste réapparaît à Amsterdam à la fin de 1663 et de là gagne l'ensemble des Pays-Bas et les îles Britanniques. La France du Nord est d'abord épargnée grâce à la rigoureuse application des mesures de contrôle décidées par les parlements de Paris et de Rouen. Pourtant, en novembre 1667, Lille et Cambrai sont atteints par le fléau, puis au printemps et à l'été 1668, Amiens, Laon, Beauvais, Reims, Rouen, Le Havre, Dieppe et les campagnes avoisinant chacune de ces villes. L'automne et l'hiver 1668 voient un recul général de l'épidémie et sa disparition totale au début de 1670 après quelques nouvelles alertes au printemps et à l'été 1669. Si l'épidémie a pu être ainsi cantonnée au Nord de la France et surtout si Paris a pu en être préservé, alors que Londres a été ravagé en 1665[57], le mérite en revient à Colbert. En effet,

LA PESTE EN FRANCE aux XVIIe et XVIIIe siècles

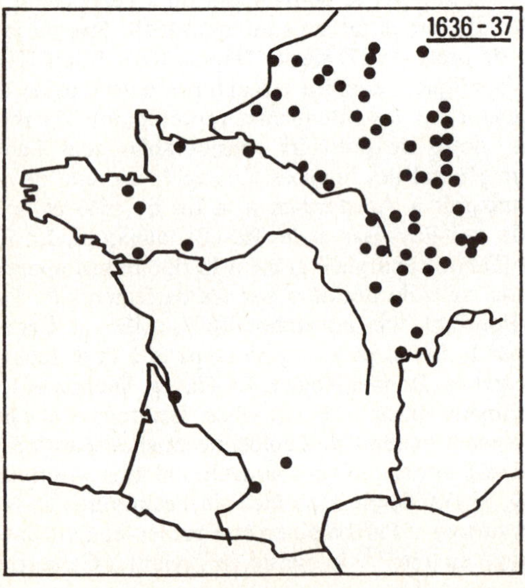

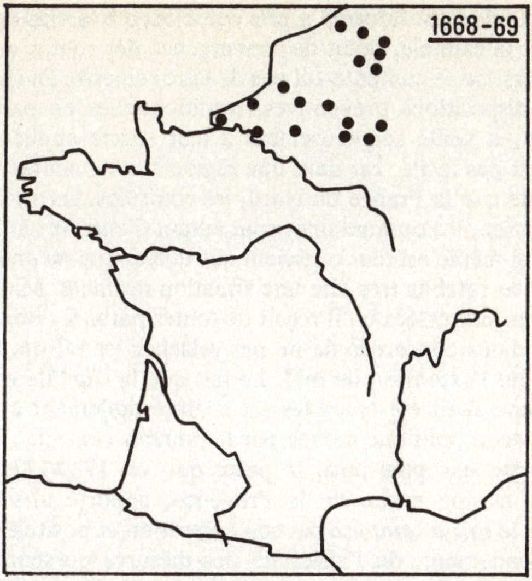
1668-69

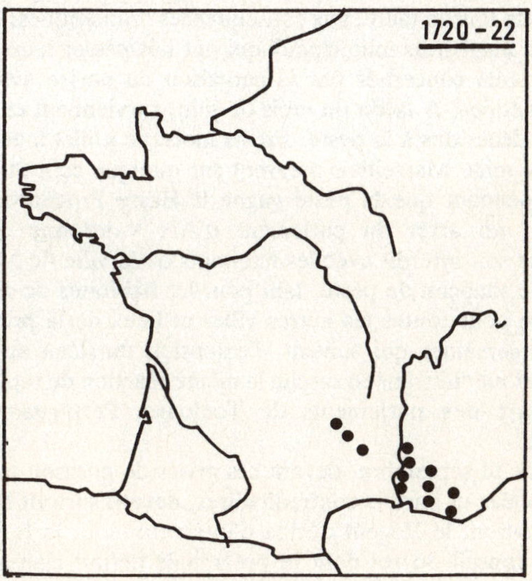
1720 - 22

celui-ci rapidement informé a pris conscience très vite du danger que court la capitale, point de convergence des routes venues du Nord. Aussi ne se contente-t-il pas de faire remettre en vigueur les diverses dispositions préventives, traditionnelles en pareille circonstance, il veille soigneusement à leur stricte application. La tâche n'est pas facile, car dans une région aussi manufacturière et marchande que la France du Nord, les contrôles, les interdictions de circulation, les quarantaines sont autant d'entraves à l'activité. Colbert lui-même est plus conscient que quiconque du problème et soucieux de rétablir très vite une situation normale. Mais malgré les plaintes intéressées qu'il reçoit de toutes parts, il donne l'ordre aux intendants concernés de ne pas relâcher les efforts entrepris pour freiner l'extension du mal. Le fait que la capitale et le reste du royaume aient été épargnés est incontestablement à mettre à l'actif de cette politique menée par le pouvoir central.

Cinquante ans plus tard, la peste qui, en 1720-1721, ravage Marseille et une partie de la Provence, apporte une nouvelle preuve, à la fois *a contrario* par son apparition et positivement par son cantonnement, de l'efficacité des mesures préventives lorsqu'elles sont prises par le pouvoir central et rigoureusement appliquées. Le 27 mai 1720, le *Grand Saint-Antoine,* navire pestiféré, arrive au large de Marseille en provenance du Levant. Or, dès le 14 juin, il est autorisé à débarquer hommes et marchandises à l'encontre de tous les règlements. La responsabilité de cette lourde faute, aux conséquences dramatiques, incombe à certains magistrats municipaux qui ont fait passer leurs intérêts de négociants concernés par la cargaison du navire avant leurs devoirs d'édiles. A la fin du mois de juin, surviennent en ville les premiers décès dus à la peste. En six mois, de juillet à décembre, cinquante mille Marseillais meurent sur quelque cent mille habitants, cependant que la peste gagne la Basse Provence. Dès le 31 juillet, un arrêt du parlement d'Aix « ordonne que tout commerce soit interdit avec les habitants de la ville de Marseille, attendu le soupçon de peste, tant pour les habitants de cette ville d'Aix que pour toutes les autres villes et lieux de la province ». Dans les semaines qui suivent, l'extension du fléau au-delà du grand port méditerranéen suscite la même réaction de repli égoïste de la part des parlements de Toulouse, Perpignan, Dijon, Besançon.

Mais, le 14 septembre, devant ces prises de position multiples, désordonnées et parfois contradictoires, devant surtout la gravité de la situation, le Régent décide d'intervenir sous la forme d'un arrêt du conseil du roi dont le préambule définit clairement les raisons de cette intervention du pouvoir central : « Le roi étant informé que, le bruit de la maladie contagieuse dont la ville de Marseille est affligée ayant répandu la crainte et l'inquiétude non seulement dans les provinces voisines, mais dans les lieux les plus éloignés, plusieurs parlements de ce royaume ont cru devoir rendre des arrêts où leur zèle pour la conservation des provinces de leur ressort les a portés à prendre des précautions surabondantes et capables non seulement d'augmenter l'alarme et la consternation dans le cœur des peuples, mais encore d'interrompre le cours ordinaire du commerce et de priver leur pays même, par un excès de prévoyance, des secours qui leur sont le plus nécessaires, Sa Majesté dont les vues s'étendent aux besoins de toutes les provinces de son royaume, a jugé à propos de renfermer dans un seul arrêt toutes les précautions qui ont paru nécessaires et suffisantes pour empêcher d'un côté la communication du mal dont elle espère que la ville de Marseille sera bientôt délivrée, pour conserver de l'autre la liberté du commerce entre les différentes provinces de son royaume et veiller également à leur santé et à leur abondance. » L'arrêt lui-même prend deux séries de mesures, les unes instituant le blocus de la ville de Marseille et créant un cordon sanitaire autour de la Provence, le long du Verdon, de la Durance et du Rhône, les autres organisant la protection des ports français contre les dangers de contagion représentés par l'accueil éventuel de navires provençaux ; le dernier article précise que ces mesures sont prises par Sa Majesté, « ce sans avoir égard aux positions des arrêts rendus dans ses cours de parlements qui seraient contraires au présent arrêt ou qui établiraient d'autres et plus grandes précautions que celles qui sont ci-dessus marquées ». Cette prise en charge des mesures réglementaires par le pouvoir central et surtout la stricte application de celles-ci se révèlent efficaces : en dehors d'une incursion en Gévaudan, l'épidémie reste circonscrite à la Provence et disparaît définitivement en 1722.

On a du mal à imaginer aujourd'hui la terrible épreuve que pouvait constituer une épidémie de peste. Brusquement, la mort devient une menace personnelle, directe, immédiate. Dès lors, toutes les perspectives sont modifiées, les barrières morales sont renversées, les liens de la chair et de l'affection ne comptent plus, le vernis de la civilité, là où il existe, s'écaille : chez la plupart, ne subsistent plus que l'instinct de conservation et la volonté de fuir. Dans la cité ou le village, s'installe pour quelques semaines un climat de terreur et d'égoïsme. Dès les premiers jours, la ville se vide d'une partie de ses habitants fuyant terrifiés, magistrats, bourgeois aisés, religieux. Ces départs paralysent bientôt la vie économique : les boutiques des artisans se ferment faute de clients. Les rues les plus populeuses apparaissent comme vides : dans la journée, elles ne sont guère parcourues que par les corbeaux qui, la clochette à la main, accomplissent leur besogne macabre, entrant dans les maisons « contagiées » pour y enlever les malades et les transporter au sanitat ou pour en retirer les cadavres ; la nuit venue, elles sont le domaine des voleurs qui profitent de la désertion d'une partie des habitants et des carences de la police. Le nombre des victimes est bientôt tel qu'il n'est plus possible de procéder aux inhumations dans des conditions normales. Les corps ne passent plus par l'église et sont hâtivement enterrés de nuit après une simple bénédiction. A Marseille, au début du mois d'août 1720, alors qu'il meurt déjà cinq cents personnes par jour, « pour rassurer le peuple toujours plus alarmé du bruit des tombereaux sur lesquels on jetait les chrétiens morts ainsi qu'on aurait jeté des chiens ou des pierres, les médecins et les chirurgiens permettaient de temps en temps aux prêtres d'en ensevelir quelques-uns dans les églises ou dans les cimetières avec les cérémonies accoutumées ; il est vrai qu'on ne faisait plus de convoi funèbre ; c'était beaucoup de trouver à grands frais quatre, quelquefois deux hommes pour porter les morts par le chemin le plus court ». Mais bientôt ce sont mille personnes qui meurent par jour, et les cadavres s'entassent dans les rues sans que les forçats, réquisitionnés, puissent les enlever tous. Le 6 septembre, alors que plus de deux mille cadavres pourrissent dans Marseille, une visitandine écrit à ses sœurs d'Annecy : « Quatorze tombereaux chargés en pyramide ne suffisent pas, chaque jour, à vider les rues des cadavres qu'on jette des fenêtres. »

Il y a pire encore. La peur panique de la contagion pousse des enfants à abandonner leurs parents mourants, des parents à jeter à la rue leurs enfants. La peste provoque en effet non seulement l'ébranlement des cadres sociaux traditionnels, mais encore une véritable déstabilisation des individus pour le meilleur ou pour le pire. Dans une situation aussi exceptionnelle, la médiocrité n'est plus possible, il n'y a plus place que pour les sentiments extrêmes ; la lâcheté et l'égoïsme des notables fuyant « vite et loin », la cupidité, plus forte que la peur de la contagion, des voleurs ou des corbeaux, l'immense panique de tant de pauvres gens qui n'ayant pas les moyens de fuir attendent, terrorisés, le moment où ils seront frappés ; mais aussi l'héroïsme d'une poignée d'hommes, quelques édiles, quelques chirurgiens, quelques religieux, qui en dépit de tout essaient, sans toujours y parvenir, de maintenir une partie des cadres que la catastrophe contribue à détruire et d'assurer, vaille que vaille, la garde aux portes, la police des rues, le ravitaillement des habitants, les soins corporels et spirituels aux malades, l'inhumation des morts ; beaucoup paient de leur vie ce courage exceptionnel. De même que la menace de la contagion a souvent été l'occasion de grandes prières collectives pour demander à Dieu par l'intermédiaire de la Vierge, de saint Sébastien ou de saint Roch, d'écarter le fléau, en accompagnant cette demande de vœux divers (cierge gigantesque, ceinture de cire, calvaire, procession annuelle, etc.), de même la cessation de l'épidémie est marquée par le chant solennel d'un *Te Deum* ou, plus souvent, par une grande procession d'actions de grâces faite par les survivants à travers les rues de la ville désolée.

Les effets proprement démographiques de la peste sont difficiles à mesurer avec précision, sinon sur quelques rares exemples locaux. Dans les villes, on peut évaluer les décès, lors des grandes épidémies, au dixième au moins de la population : ainsi à Toulouse en 1652, à Amiens et à Lille en 1668. Mais l'hécatombe est dans certains cas encore plus tragique : Metz perd le cinquième de ses habitants en 1636, Marseille, la moitié en 1720. La proportion du dixième peut paraître relativement faible à première vue, bien que correspondant à un triplement du taux normal de mortalité. Elle est en fait terrible pour deux raisons. D'abord le taux de mortalité par peste semble décroître avec l'âge, ce qui signifie que les classes les plus touchées sont celles des enfants, des adolescents et des jeunes adultes. D'autre part, les épidémies touchent les mêmes lieux à intervalles souvent rapprochés. Ces coups répétés frappant les groupes d'âge les plus jeunes, entraînent des phénomènes de classes creuses, compromettent durablement les taux de nuptialité et de fécondité et condamneraient les villes à la régression si un courant d'immigration rurale ne venait redresser partiellement la situation. Dans les campagnes, il semble que les effets de la peste soient très sélectifs, ravageant telle paroisse, épargnant telle autre pourtant voisine. On s'explique assez mal, à vrai dire, ces effets très différents d'un même fléau contagieux, à une même date, dans des lieux très proches les uns des autres, dont les habitants partagent le même genre de vie et ont les mêmes réactions face à l'épidémie ; mais peut-être faut-il supposer justement que certaines paroisses ou certains hameaux réussissent à échapper au fléau en évitant plus farouchement que d'autres tout contact avec l'extérieur.

Le dernier problème que pose l'histoire de la peste est celui de sa disparition. Pourquoi, après l'épidémie limitée de 1667-1669, le fléau multiséculaire disparaît-il de France et d'Europe occidentale, mis à part le tragique épisode provençal de 1720 ? Il semble bien que l'explication réside dans l'efficacité croissante des mesures prises collectivement pour lutter contre le fléau, notamment la quarantaine, surtout à partir du moment où, dans la seconde moitié du 17e siècle, ce sont les gouvernements eux-mêmes qui organisent cette lutte activement.

les autres maladies épidémiques

Même avant 1670, la peste n'est pas, loin de là, la seule maladie épidémique qui frappe les populations françaises, et sa disparition ne signifie nullement celle de ces autres maux que sont la dysenterie, les fièvres paludéennes, la variole, le typhus, les affections pulmonaires, pour ne pas parler de ces « grandes maladies », « fièvres malignes » ou « maladies populaires » que les contemporains désignent sous ces formes vagues faute de les identifier avec précision. La dysenterie semble avoir été le mal le plus fréquent et le plus meurtrier. Sous sa forme maligne, elle correspond à la dysenterie bacillaire qui sévit surtout en juillet, août et septembre ; les brusques changements de température, l'absorption de fruits verts et d'eau impure, la sous-alimentation chronique favorisent le développement du bacille dysentérique et exaltent sa virulence. Ses victimes sont surtout les enfants et les adolescents. Longtemps désarmés, les médecins disposent à partir des années 1700 de l'ipécacuana, mais celui-ci, on l'a vu, est encore mal préparé et mal utilisé, et son efficacité est donc réduite. Extrêmement contagieuse, la dysenterie bacillaire est à l'origine de redoutables épidémies. C'est ainsi que sont frappés en 1639, entre deux offensives de la peste, la Haute-Bretagne, le Maine et l'Anjou. L'épidémie commence au nord de Rennes dans les derniers jours de juillet et de là gagne l'ensemble de la Haute-Bretagne, puis les régions mancelle et angevine. Fin octobre, le mal atteint son maximum d'extension et de virulence et commence à reculer là où il a débuté, c'est-à-dire autour de Rennes. Ailleurs, il régresse, puis disparaît en novembre ou en décembre selon les paroisses. En quatre ou cinq mois, le plus souvent en trois mois seulement, la dysenterie a tué cinq à dix fois plus de personnes qu'il n'en meurt en temps normal à la même époque de l'année ; de plus, la moitié environ des victimes sont des enfants de moins de dix ans. A l'automne de 1707, ces mêmes régions armoricaines sont frappées à nouveau par une épidémie similaire. Mais c'est en 1779 que la France connaît sa plus redoutable épidémie de dysenterie, sur laquelle nous reviendrons.

Si le terme même de paludisme ne date que de 1884, la maladie infectieuse qu'il recouvre est désignée avant cette date, du fait de ses caractéristiques essentielles, par les noms de fièvres intermittentes, fièvres des marais ou plus simplement fièvres. Elle sévit à l'état endémique plus ou moins partout, mais plus spécialement dans les bas quartiers des grandes villes et dans les régions mal drainées et infestées de moustiques, comme la Sologne, la Saintonge, la Dombes, le Bas-Languedoc, la Camargue, les Landes. On distingue, selon la cadence des accès fébriles, les fièvres tierces (un jour sur trois), quartes (un jour sur quatre), doubles-tierces, triples-quartes, etc. En Sologne, « nul presque n'est exempt d'avoir la fièvre pendant l'automne », selon le témoignage du curé de Sennely en 1700, que confirme Tessier dans un mémoire de 1776 : « Les fièvres intermittentes, tierces ou quartes, sont endémiques dans toute la province de Sologne. Il n'est pas rare de voir dans la même maison cinq ou six personnes qui en sont attaquées à la fois sans qu'on y fasse la moindre attention. Pour y avoir été exposé une année, on n'en est point exempt les suivantes. » Les fièvres paludéennes sont ainsi responsables non seulement de nombreux décès, mais aussi d'une véritable dégénérescence des populations. Un médecin de Saint-Sever oppose en 1784 les habitants de la riche Chalosse, « en général de bonne taille, renforcés, laborieux, sains et robustes », à ceux des Landes voisines : « Ils sont très petits, faibles, mal faits, ont une mauvaise couleur, le ventre un peu gros ; on rencontre souvent parmi eux des bossus et des rachitiques ; ils ont un air chétif et rabougri ; enfin l'espèce humaine y est singulièrement dégénérée, et la vie y est courte. » De plus, le paludisme éclate parfois en épidémies comme celles qui déciment, entre 1660 et 1690, à chaque grande campagne de travaux, les nombreux ouvriers employés sur les chantiers de Versailles. Dans ce site malsain et marécageux, « ce cloaque » comme dit Saint-Simon, le paludisme, joint peut-être à la dysenterie, fait d'énormes ravages, notamment pendant l'été et l'automne. Les courtisans ne sont pas épargnés et seuls les efforts de drainage et d'assèchement des étangs au sud de la ville assurent à partir de la fin du 17e siècle, un progrès réel de la salubrité. Depuis 1650 environ, les médecins usent avec succès du quinquina ; mais il est beaucoup moins efficace que ne le sera la quinine, isolée seulement en 1820, et il est d'autre part trop coûteux pour être utilisé à grande échelle en Sologne ou dans les Landes.

La variole, ou petite vérole*, bien décrite par Sydenham et Boerhaave, est, elle aussi, un mal endémo-épidémique. Elle est particulièrement redoutable, frappant et tuant surtout enfants et adolescents, mais n'épargnant pas pour autant les adultes. Ceux qui en réchappent et sont par là même immunisés, en gardent toute leur vie les marques sur le visage. La Condamine écrit en 1754 : « De cent personnes échappées aux premiers dangers de l'enfance, treize ou quatorze sont emportées par cette maladie et pareil nombre en porte toute la vie le triste signalement ; voilà donc sur cent personnes, vingt-six ou vingt-huit témoins qui prouvent que ce fléau détruit ou dégrade le quart de l'humanité. » En fait, la maladie tue entre 15 et 20 % des malades. Les médecins sont impuissants et ne préconisent même pas des mesures préventives tant la maladie paraît inéluctable ; elle est d'ailleurs qualifiée d'universelle. Elle revient, sous forme d'épidémie, à intervalles à peu près réguliers dans chaque site, généralement tous les dix ou quinze ans. Dans les cas les plus graves, une paroisse perd en quelques mois le quart, voire le tiers de ses enfants de moins de quatorze ans. A Paris, l'épidémie de 1719 fait quatorze mille victimes, celle de 1723, plus de vingt mille. Ce fléau, dont nul n'est à l'abri et qui « saisit tôt ou tard toutes sortes de personnes, sans avoir égard au climat, à l'âge, au sexe, ni au tempérament du malade », selon l'*Encyclopédie*, est si redouté que la pratique de l'inoculation* connaît, dans les années 1750, un réel succès, au moins dans les milieux aisés de la capitale. Toutefois, le caractère ambigu de cette arme préventive explique non seulement les objections morales des théologiens, dont on a parlé précédemment, mais aussi l'attitude très divisée du corps médical. Après 1778, la Société royale de médecine se montre, pour sa part, réservée, recommandant de n'inoculer qu'avec beaucoup de prudence et de modération. C'est pourquoi la variolisation n'est pas, au total, l'arme absolue que vantent ses défenseurs, et La Condamine prend ses désirs pour des réalités lorsqu'il écrit : « La petite vérole nous décimait, l'inoculation nous millésime. » En fait, son efficacité est trop aléatoire et surtout sa diffusion, beaucoup trop limitée pour qu'elle ait une action réelle sur l'incidence épidémique de la variole. Seule la géniale découverte de Jenner, qui pratique en 1796 la première vaccination, entraînera, au cours du 19e siècle, la quasi-disparition en Europe du terrible fléau.

Décrit et nommé en 1760 par Boissier de Sauvages, le typhus exanthématique, transmis par le pou, atteint surtout soldats et marins, mais ceux-ci contaminent souvent la population civile. La Bretagne notamment est ravagée à différentes reprises au 18e siècle par des épidémies typhiques apportées à Brest à chaque retour d'escadre par les marins et les soldats embarqués. Les médecins bretons savent bien distinguer de la dysenterie, le typhus qu'ils désignent sous des expressions telles que « fièvres prétendues pourpres » ou « fièvres coliquatives malignes ». Mais dans beaucoup de cas, il est difficile, à la lecture des rapports des médecins du 18e siècle, de faire la part du typhus, de la suette *, du pourpre *, de la variole, du paludisme, de la fièvre typhoïde, ou même des affections pulmonaires. Quant à la grippe, le terme même est inventé à l'occasion de la grande épidémie qui sévit à Paris et dans une partie de la France au cours de l'hiver de 1742-1743. L'avocat parisien Barbier en parle ainsi dans son *Journal :* « Il règne, cet hiver, une maladie générale dans le royaume, qu'on appelle *grippe,* qui commence par un rhume et mal de tête : cela provient des brouillards et d'un mauvais air. Depuis quinze jours, même un mois, il n'y a point de maison dans Paris où il n'y ait eu des malades ; on saigne et on boit beaucoup, d'autant que cela est ordinairement accompagné de fièvre ; on fait prendre aussi beaucoup de lavements. On guérit généralement après quelques jours ; les gens âgés sont plus exposés que les autres. »

des « remèdes du roi » à la Société royale de médecine

Si les épidémies de grippe semblent avoir été assez bénignes, il n'en est pas de même, on l'a dit, de certaines épidémies de dysenterie, de variole ou de fièvres intermittentes, dont les ravages, notamment dans les campagnes, peuvent être très importants. Mais depuis Louis XIV et Colbert, le pouvoir central prend de plus en plus conscience de ses responsabilités en ce domaine et, fort de l'expérience acquise dans la lutte contre la peste, il s'efforce de réagir contre les méfaits de ces « maladies populaires ». La santé publique fait partie désormais des attributions des intendants et cette prise en charge est d'autant plus efficace que ceux-ci n'agissent pas seuls, chacun pour leur compte, comme naguère les villes, mais en coordination étroite avec le contrôleur général des finances qui, régulièrement informé, est susceptible de se faire une idée d'ensemble et de proposer les solutions qu'ils jugent les meilleures au nom de l'intérêt général et non de l'intérêt particulier de telle province, de telle ville ou de telle coterie. Certes, les difficultés de l'information, la lenteur des communications, la pesanteur administrative, la mauvaise volonté de certains pouvoirs locaux constituent autant de freins à cette efficacité théorique. Il n'empêche que s'instaure, dès le règne personnel de Louis XIV et surtout au cours du 18e siècle, une volonté de politique globale face aux grands fléaux mortifères et plus généralement aux maladies qui affectent les populations.

C'est en 1710 que Louis XIV, « touché de compassion pour les pauvres malades de la campagne qui périssaient la plupart faute de secours », donne l'ordre qu'il soit « envoyé tous les ans à Messieurs les intendants des provinces, une quantité des remèdes du sieur Helvétius pour être distribués sous les ordres desdits sieurs intendants à leurs subdélégués, et par leurs subdélégués aux sœurs grises, chirurgiens et autres personnes intelligentes, dans les villes, bourgs et villages de leurs départements ». Deux arrêts du conseil du roi, en 1721 et en 1722, confirment la mesure ainsi adoptée. L'idée d'Adrien Helvétius consiste à regrouper dans de grandes boîtes, faciles à expédier en province, un arsenal très complet de trois cent cinquante-trois « prises » susceptibles de faire face à toutes les éventualités. Conformément à la notice imprimée jointe à la boîte, il faut d'abord saigner le malade deux ou trois fois, puis utiliser, selon le cas, les prises de poudre vomitive « dans le commencement de toutes les maladies où les vomitifs sont indiqués », celles de poudre fébrifuge purgative dans toutes les fièvres intermittentes, celles de pilules purgatives universelles « dans les fièvres continues, malignes, ardentes, pourpreuses, etc. », celles de pilules hydragogues purgatives dans les hydropisies, celles de poudre spécifique d'ipécacuana dans « les cours de ventre, flux de sang, dysenteries », celles de poudre de corail anodine dans les coliques bilieuses et douleurs néphrétiques, celles enfin de pâte sudorifique dans les vraies et fausses pleurésies. En outre, chaque boîte contient une fiole d'or potable pour « les apoplexies, léthargies, fièvres malignes et pestilentielles », une fiole d'élixir thériacal pour la petite vérole et la rougeole, une fiole de quintessence d'absinthe pour les vomissements, et deux onces de thériaque.

La notice fournit de plus les précisions suivantes : « On trouvera dans le nombre de ces remèdes de quoi combattre toutes les maladies qui surviennent le plus fréquemment. Ces remèdes sont en petit volume ; ils peuvent être aisément transportés et ne se gâteront point, pourvu qu'on les tienne dans un lieu sec et frais, et bien enveloppés. Chaque espèce de remède est étiquetée et accompagnée de plusieurs mémoires instructifs, pour guider le distributeur et les malades mêmes. Les doses y sont exactement marquées suivant l'âge, les forces et le tempérament. Il ne s'agit que de recommander à ceux qui les distribueront, de lire exactement les mémoires pour faire une juste application des remèdes. »

A la mort d'Adrien Helvétius en 1727, son fils Jean-Claude-Adrien est chargé à son tour de la composition et de l'envoi aux intendants des « remèdes du roi ». Son cousin Diest lui succède en 1756, puis Lassone en 1762. En fait, l'initiative d'Helvétius connaît à partir de 1740 environ une double limitation : les boîtes de remèdes, dont le contenu est distribué gratuitement, sont désormais réservées aux seules paroisses de la campagne et uniquement lorsque celles-ci sont victimes d'une maladie épidémique. Dans un tel cas, l'intendant réclame des boîtes d'Helvétius au contrôleur général, s'efforce de coordonner les efforts entrepris sur place, accorde des secours en aliments ou en argent, promet éventuellement des dégrèvements d'impôts. Cette intervention, inégale selon les provinces et le plus souvent sporadique et insuffisante, se renforce considérablement vers 1750 avec la nomination, dans chaque intendance, d'un « médecin correspondant des épidémies », chargé, sous l'autorité de l'intendant, de jouer le rôle que tentait d'assumer jusque-là celui-ci. Peu à peu l'institution se met en place dans toutes les provinces et les attributions du médecin correspondant se précisent et se renforcent à la lumière de l'expérience.

Vers 1770, le système est au point et fonctionne presque partout de la même façon. Lorsque dans une paroisse la brutale augmentation des décès et les conditions dans lesquelles ils surviennent peuvent laisser penser qu'il s'agit du début d'une maladie épidémique, le curé de la paroisse doit immédiatement avertir par lettre le subdélégué * qui, éventuellement alerté par d'autres curés voisins, écrit sans tarder, par l'intermédiaire de l'intendant, au médecin correspondant. Celui-ci entre en relation avec le médecin le plus proche du lieu suspect et l'invite à s'y rendre afin d'attester de l'existence d'un mal réellement épidémique, de poser un diagnostic et de prescrire les remèdes appropriés. Le ou les chirurgiens résidant dans la paroisse ou dans les paroisses voisines sont chargés d'appliquer sur place ces prescriptions tout le temps qui sera nécessaire. Les frais engagés sont pris en charge par l'intendant qui réclame, en contrepartie, de son médecin correspondant, des comptes exacts par paroisse : journées de médecin ou de chirurgien, remèdes et aliments distribués. Cette prise en charge ne s'étend théoriquement qu'aux malades pauvres, c'est-à-dire incapables de payer eux-mêmes les visites d'un homme de l'art et les remèdes qu'il ordonne. Mais lorsqu'il s'agit de paroisses rurales, c'est le fait de la plus grande partie de la population.

Par ailleurs, en 1776, Louis XVI, impressionné par les ravages causés par les épidémies qui, l'année précédente, ont frappé plusieurs provinces, et encouragé par Malesherbes et Turgot, demande au célèbre anatomiste Vicq d'Azyr de faire une enquête dans les régions les plus touchées et d'en communiquer les résultats à son premier médecin, Lassone. L'enquête de Vicq d'Azyr fait apparaître qu'en dépit de l'existence du médecin des épidémies auprès de chaque intendant et de la distribution des remèdes du roi, l'isolement dans lequel se trouvent les médecins de province les empêche d'échanger leurs observations et d'unir efficacement leurs efforts pour tenter d'enrayer la propagation des maladies. C'est pourquoi Lassone propose au roi la création d'une commission chargée de correspondre avec les médecins du royaume. Dans les années 1730, Pierre Chirac, premier médecin de Louis XV, avait déjà songé à établir une telle commission, mais la violente opposition de la faculté de médecine de Paris et la mort soudaine de Chirac en 1732 avaient fait abandonner le projet. Cette fois, l'initiative vient du pouvoir lui-même ; le 29 avril 1776, un arrêt du conseil crée une commission de huit membres, sous le titre de Société de correspondance royale de médecine. Le 29 juillet, une ordonnance porte le nombre des commissaires de huit à quatorze et dote la commission, dont Lassone est président et Vicq d'Azyr, commissaire général, d'un règlement précis : les commissaires pourront être envoyés en province chaque fois que leur présence sera requise ; entre-temps ils se réuniront chaque semaine pour répondre aux demandes de renseignements qui leur seront adressés, tout le courrier passant « sous l'enveloppe de M. le contrôleur général des finances » qui entend bien faire de la commission « un véritable rouage gouvernemental ».

La faculté de médecine de Paris manifeste immédiatement son hostilité et tente, durant de longs mois, par toutes sortes de manœuvres, de réduire la commission à l'impuissance. Mais la lutte est perdue d'avance. Les lettres patentes du 28 août 1778 y mettent fin en transformant la commission en une puissante

Société royale de médecine, installée dans un local du palais du Louvre. Le roi est le protecteur de la Société dont son premier médecin est le président et qui est composée de trente membres associés ordinaires, douze associés libres résidant à Paris, soixante associés « régnicoles » *, soixante associés étrangers et un nombre indéterminé de membres correspondants parmi lesquels pouvaient même figurer des chirurgiens. Dès la première séance, le 29 octobre 1778, Vicq d'Azyr est élu secrétaire perpétuel. La faculté parisienne continue un combat d'arrière-garde et essaie d'ameuter les facultés de province. Mais la jeune société a pour elle non seulement l'appui total du roi et de ses ministres, mais aussi l'adhésion enthousiaste de nombreux médecins soucieux de secouer le joug retardataire des vieilles facultés et conscients du caractère novateur et utile au « bien public » de l'institution ainsi créée. La Société royale de médecine, qui publie chaque année un gros volume intitulé *Histoire et Mémoires,* joue désormais un rôle capital, mettant à l'étude les questions les plus diverses relatives à la santé et à l'hygiène publiques, collectant ainsi auprès de ses correspondants de multiples renseignements tant météorologiques que proprement médicaux, permettant aux praticiens jusqu'ici isolés de confronter leurs observations et leurs expériences, et surtout coordonnant les efforts contre les épidémies en étroite collaboration avec les intendants. Il est vrai que la piètre efficacité de l'art de guérir limite, de fait, l'action de la Société, de même qu'au chef-lieu de chaque intendance, celle du médecin des épidémies qui est presque toujours membre de la Société ou, à tout le moins, son correspondant. Il n'en reste pas moins que cette double action coordonnée exprime une volonté politique cohérente et dynamique en matière de santé publique.

l'épidémie de dysenterie de 1779

Le déroulement de l'épidémie de 1779 illustre parfaitement l'efficacité et les limites des moyens de défense ainsi mis en place par la monarchie à la fin de l'Ancien Régime. Dans un rapport présenté en 1780 à la Société royale, le médecin Caille la qualifie de « l'une des plus meurtrières qu'on ait encore vues régner en France, si l'on en excepte la peste ». De fait, même si le nombre des victimes n'est pas comparable à celui des grandes épidémies pesteuses du 17e siècle, par son extension géographique, par sa particulière virulence, par le nombre des malades atteints, par la sévère augmentation de la mortalité qu'elle entraîne dans les régions les plus touchées, elle apparaît bien comme un fléau d'ampleur nationale, le plus grave en son genre entre la peste de 1720 et le choléra de 1832. Dans son rapport de 1780, Caille apporte sur l'extension de l'épidémie des précisions intéressantes : « Moins meurtrière dans la Franche-Comté, la Bourgogne, le Lyonnais, elle a dévasté des cantons entiers dans la Bretagne, le Poitou, l'Anjou, le Maine, la Normandie, la Picardie et la Flandre. Elle n'a été que sporadique — c'est-à-dire qu'elle n'a affecté que quelques individus dispersés çà et là sans offrir aucun symptôme de malignité — dans les provinces méridionales et dans toutes les villes, même celles des provinces les plus maltraitées. » Ces propos sont confirmés par l'approche chiffrée que l'on peut tenter. En effet les chiffres annuels des naissances et des décès par intendance étant conservés, sauf rares exceptions, pour les années 1770-1789, il est possible de déceler, mesurer et cartographier l'éventuelle surmortalité de l'année 1779, intendance par intendance. On peut ainsi mettre en évidence au moins trois zones différentes : un bloc de l'Ouest, Bretagne, Maine, Anjou, Poitou, Aunis, Saintonge, où la surmortalité est la plus forte ; un ensemble de provinces, les unes voisines du bloc précédent, Normandie et Guyenne, les autres à l'est et au sud du royaume, Champagne, Bourgogne, Lyonnais, Roussillon, où les décès l'emportent sur les naissances ; enfin, toute une France centrale et méridionale (notamment le cœur du Bassin parisien) qui semble avoir échappé presque complètement à l'épidémie puisque partout les naissances l'emportent sur les décès.

Le mal semble être apparu simultanément au mois de juillet en plusieurs points de l'Ouest du royaume : Saintonge autour de Saintes et de Jonzac, Haut-Maine et Anjou occidental, confins du Pays nantais et du Bas-Poitou, Haute-Bretagne, notamment autour de Saint-Malo, Basse-Bretagne autour de Concarneau. Sa nature même est vite décelée par les premiers médecins dépêchés sur place, et le 12 octobre, Vicq d'Azyr pourra commencer en ces termes un rapport lu en séance de la Société royale : « La maladie qui afflige aujourd'hui un grand nombre des provinces de la France, avec des accidents plus ou moins violents, est certainement la dysenterie. » De fait, les nombreux mémoires et rapports rédigés par les médecins et les chirurgiens à l'intention soit des intendants, soit de la Société royale, concordent tous dans leur description des symptômes observés : fort « cours de ventre » avec tranchées violentes et ténesmes* très douloureux, matières glaireuses et sanguinolentes devenant purulentes, puis vermineuses, vomissements continuels avec hoquet, fièvre accompagnée de sueurs froides. Dans les premiers temps de l'épidémie, l'issue fatale survient souvent au bout de quelques jours ; mais parmi ceux qui en réchappent, beaucoup succombent à une récidive. Le diagnostic a été d'autant plus facile à poser pour la plupart de ces médecins que la dysenterie est un mal qu'ils connaissent bien, et l'épidémie de 1779 est loin d'être la première du genre, on l'a vu. Son exceptionnelle gravité est due non seulement à sa forme particulièrement virulente et maligne, mais surtout à une circonstance fortuite qui favorise sa diffusion extrêmement rapide à partir de certains des foyers initiaux.

En effet, au printemps de 1779, le gouvernement de Louis XVI engagé dans la guerre américaine aux côtés des colons anglais soulevés contre leur métropole, envisage un débarquement dans les Iles britanniques avec l'appui de la flotte espagnole. A cet effet, il est décidé de constituer une armée d'invasion composée de quatre divisions qui se concentreront au Havre et surtout à Saint-Malo, plus quelques régiments réunis à Brest. Les troupes, en provenance de toute la France, commencent à arriver en Normandie et en Bretagne à la mi-juillet. Il y a déjà de nombreux malades parmi les soldats qui viennent de traverser soit le Maine, soit le Poitou. Ont-ils contracté la dysenterie en faisant étape dans des paroisses déjà touchées ou ont-ils apporté eux-mêmes le mal dans ces paroisses ? Il est difficile de le dire. Ce qui est sûr, en tout cas, c'est que la dissémination de l'épidémie est largement liée à leurs déplacements. En juillet et août, ils sillonnent les grandes routes de Bretagne et marchent vers Brest ou Saint-Malo, abandonnant leurs malades les plus atteints soit dans les hôpitaux des petites villes traversées, soit même chez l'habitant dans les campagnes. Ce n'est pas pour rien que les paroisses les plus affectées sont généralement le long de ces grandes routes ou à proximité de celles-ci. En même temps, le mal poursuit ses ravages parmi les soldats concentrés dans les ports et bientôt embarqués sur les vaisseaux de l'amiral d'Orvilliers. La raison principale de l'abandon, à la fin de septembre, de la tentative de débarquement en Angleterre, outre le mauvais temps constant qui règne sur la Manche et le retard de l'escadre espagnole, est l'état sanitaire déplorable des troupes de terre et des marins décimés par la maladie.

Cependant, dans les campagnes de l'Ouest, la réaction des

autorités est aussi rapide et aussi efficace qu'elle peut l'être. Dès juillet ou début août selon les cas, les intendants et leurs médecins correspondants, alertés par les subdélégués eux-mêmes avertis par les curés, interviennent immédiatement. Sur leurs ordres, de Rennes et de Saint-Malo, d'Angers et du Mans, de Poitiers et de La Rochelle, de toutes les villes qui sont à proximité d'une région « infectée », partent des médecins vers les paroisses rurales qui leur ont été signalées comme les plus menacées. La tâche qui s'offre à eux est immense, car, ils s'en rendent compte très vite, l'épidémie est fille de la misère, non pas la misère exceptionnelle résultant d'une année de cherté (1779 est une année de bonne récolte céréalière et le pain est à bas prix), mais la misère structurelle, fondamentale, désespérante, résultant du véritable sous-développement matériel et culturel de la plus grande partie des campagnes de l'Ouest : alimentation insuffisante et mal équilibrée, hygiène lamentable, analphabétisme massif.

Que peuvent faire les médecins en pareille occurrence ? Très vite, l'ipécacuana se révèle pratiquement inefficace, et il faut se rabattre sur vomitifs, purgatifs et saignées. Or de tels remèdes ne peuvent être que de peu d'effet ; encore heureux si, appliqués à des malades affaiblis, ils ne hâtent pas leur fin. « Les deux principales indications qu'on avait à remplir dans cette maladie, écrit Caille en 1780, étaient d'adoucir l'acrimonie des humeurs renfermées dans les premières voies et de produire les évacuations nécessaires, toutes les fois que la force de la fièvre, la sécheresse de la bouche et de la langue, la soif et la tension du ventre ne s'y opposaient pas ; ainsi les adoucissants, les délayants, les vomitifs et les purgatifs, prescrits avec prudence dans le commencement, ont été accompagnés d'un succès constant. C'est dans ces deux espèces de remèdes qu'on a trouvé la vraie manière de calmer les douleurs, de diminuer l'irritation et de procurer une terminaison heureuse. Mais autant cette maladie était facile à guérir lorsque, dès son invasion, les remèdes appropriés étaient mis en usage, autant la cure en était difficile lorsque les malades avaient négligé de demander des secours ou qu'ils avaient augmenté la gravité des symptômes par le défaut de régime, par des aliments pris à contretemps et par un abus très pernicieux du vin, des liqueurs, des cordiaux et des astringents. »

Il est clair que c'est en imposant aux malades les moins atteints une diète contrôlée que les médecins réussissent à en sauver un certain nombre, non en les saignant ou en les purgeant. Mais c'est surtout au plan de la prévention que leur action est efficace. En prescrivant à tous de sévères mesures d'hygiène, en isolant les malades, en imposant aux convalescents un régime alimentaire reconstituant, en distribuant aux habitants encore indemnes bouillons, pain et viande, ils peuvent espérer limiter la contagion et éviter les récidives. Mais encore leur faut-il convaincre ceux-là mêmes qu'ils veulent sauver. Or, à lire aujourd'hui leurs rapports, on a l'impression d'un dialogue de sourds. Hommes des Lumières, venus de la ville, ils parlent un langage proprement incompréhensible à ces paysans habitués à régler entre eux les problèmes qui les concernent. Ceux-ci refusent, par méfiance invétérée, et parfois justifiée, les remèdes et les régimes proposés et s'en tiennent avec obstination à leurs manières de vivre et à leurs intermédiaires habituels. Un médecin constate avec dépit : « Quelques-uns, par forme de remède, mangent beaucoup d'œufs durs. La plupart font un abus extraordinaire de vin et d'eau-de-vie ; plusieurs avouent qu'ils souffrent davantage quand ils en ont bu, et ils n'y retournent pas moins. D'autres se médicamentent à leur gré ou suivant l'ordonnance de charlatans et de commères. » Dans beaucoup de paroisses, on multiplie les prières, les neuvaines et les vœux à saint Sébastien et à saint Roch que la disparition de la peste ont rendu disponibles pour d'autres recours.

Dans les villages les plus gravement atteints, le nombre des malades est tel et la peur qu'inspire l'extrême contagiosité est si grande que les vieux réflexes des temps de peste réapparaissent. Michel Vétillart du Ribert, médecin du Mans envoyé au début du mois d'août dans les parois ses contaminées du Haut-Maine, décrit en ces termes le spectacle qu'il découvre : « Lors de mes premières visites, j'ai trouvé la plupart des malades sur la paille, plusieurs exposés aux injures de l'air ; ceux qui avaient des lits se réunissaient deux ou trois dans le même. Ces malheureux, je ne dis pas les pauvres seulement, mais même ceux qui étaient dans l'aisance, n'avaient pour les secourir que ceux d'entre eux qui étaient les moins malades et qui pouvaient à peine se soutenir. Hors d'état de se nettoyer eux-mêmes, ils étaient contraints de rester dans la fange. J'en ai vu plusieurs dont les cuisses, corrodées par la malpropreté, fourmillaient de vers. L'air corrompu qu'ils respiraient ajoutait beaucoup au danger de la maladie et devenait une source d'infection pour ceux qui les approchaient. La contagion se propageait sensiblement. La crainte du mal éloignait les voisins, les parents. L'argent ne tentait pas ceux qui en avaient le plus besoin : j'ai offert dix fois plus que je n'aurais donné en toute autre circonstance pour secourir et pour nettoyer certaines maisons ; ni mes invitations, ni mon offre n'ont tenté personne. Des mères ont été contraintes d'ensevelir leurs enfants et des enfants leurs père et mère. On a été obligé de porter les morts dans des charrettes, ne trouvant personne qui à prix d'argent ait voulu les transporter au cimetière. »

Face à cette situation de catastrophe, les médecins font preuve, dans l'ensemble, d'un dévouement et d'un courage incontestables. Plusieurs d'entre eux, et plus encore de chirurgiens, meurent d'ailleurs à la tâche. Chifoliau, médecin de Saint-Malo, écrit le 21 septembre à l'intendant de Rennes : « Je compte plus de six cents malades dans mon district. Le mal se propage étonnamment à Saint-Suliac, Châteauneuf, Saint-Benoît, etc. Je vois déjà trois de mes chirurgiens victimes de leur zèle et de leur dévouement, l'un est très en danger. Deux femmes courageuses, qui se prêtaient au soulagement des pauvres, ont péri malheureusement de cette peste. » Et d'ajouter sans modestie excessive : « Moi seul ai soutenu jusqu'à ce jour. La terreur n'a jamais ralenti mon courage et mon zèle. Deux fois, l'amour du bien public a conduit ma main intrépide dans les entrailles de deux victimes. » On multiplie en effet les autopsies dans l'espoir de mieux cerner la nature du mal.

Dans le même temps, le spectacle, à bien des égards exceptionnel, que leur présentent ces campagnes profondes où ils ne se hasardent guère d'habitude, confirme les médecins dans l'idée que les individus qui y vivent sont des demi-sauvages ignorant les bienfaits de la civilisation. Imbus de la supériorité de leur savoir et de leurs modes de vivre et de penser, ils se considèrent comme investis d'une véritable mission à l'égard de ces populations rurales encore enfoncées dans l'ignorance, les préjugés, la superstition et la misère. Si la dysenterie n'a fait que trop de victimes, c'est, à les entendre, soit parce qu'ils ont été appelés trop tard, soit parce que les malades ont refusé obstinément de se plier à leurs prescriptions. Forts de leur science, pourtant dans l'enfance, ils ne donnent jamais l'impression de céder au doute ou de s'interroger devant certains réflexes de bon sens de leurs patients. « Les gens du peuple, s'étonne Vétillard, les paysans surtout, ne peuvent ajouter foi aux remèdes évacuants dans la maladie en question ; ils pensent et nous disent qu'ils n'évacuent déjà que trop, qu'ils n'ont déjà que trop envie de vomir. La plupart nous allèguent encore qu'ils sont trop faibles pour être purgés. » L'un des paradoxes de la situation, c'est que ces médecins des villes n'ont pas affaire à leurs clients bien nourris du temps normal, mais à des malheureux qui vivent constamment à la limite de la malnutrition et qui répugnent à se plier à cette médecine évacuante qui leur est proposée, basée sur la saignée, la purgation, la diète. C'est avec une parfaite bonne conscience que Caille conclut son rapport de 1780 : « Aussitôt que les habitants des campagnes ont été à portée de recevoir les secours du gouvernement et d'être soignés par les médecins, cette maladie a ralenti ses fureurs, le nombre de ses victimes a sensiblement diminué, et la Nature, impuissante par elle-même, a laissé à l'Art les honneurs du triomphe. »

Triomphe, le mot est nettement outrecuidant : en fait, demi-succès conviendrait mieux. Là où elle s'est implantée, l'épidémie dure tout l'automne de 1779, ne çédant peu à peu qu'à la fin de novembre ou au début de décembre. Dans beaucoup de régions, on assiste même à des récidives, soit dans les premiers mois de 1780, soit à l'automne suivant. Pourtant malgré les obstacles de toutes sortes, malgré l'impuissance thérapeutique, l'action coordonnée et financée par les intendants a certainement été positive. Elle a permis de limiter non seulement l'extension géographique de l'épidémie, mais aussi, là où elle a sévi, le nombre des victimes. Dans la sénéchaussée d'Angers, par exemple, il y a eu cinq mille à sept mille morts, soit deux ou trois fois moins que lors de l'épidémie précédente de 1707. De plus, les villes sont partout beaucoup moins touchées que les paroisses rurales. Des conditions d'hygiène et d'alimentation un peu moins mauvaises dans les classes populaires urbaines qu'à la campagne, mais surtout la présence de médecins susceptibles d'intervenir immédiatement, expliquent certainement cette différence. Les contemporains, tel Caille, constatent le fait et les quelques études régionales entreprises jusqu'à maintenant le confirment. En Bretagne, la plupart des centres urbains sont sinon épargnés, du moins beaucoup moins maltraités que les campagnes : ainsi à Saint-Brieuc, les taux de morbidité * et de mortalité sont deux ou trois fois moins importants que dans les paroisses proches. Par ailleurs, l'état civil ancien permet d'étudier de façon précise les conséquences démographiques de l'épidémie, notamment la répartition des décès par âge. On constate ainsi que les principales victimes sont les enfants de plus d'un an et les adolescents : alors qu'en temps normal, les décès des enfants entre un et quinze ans représentent à peu près le quart du total des décès survenant pendant les mois d'automne, ils en représentent plus de la moitié durant les mêmes mois de 1779.

Combien au total le fléau a-t-il fait de victimes ? Il est difficile de le dire avec précision. Toutefois, une approximation peut être tirée du mouvement de la population, c'est-à-dire des chiffres annuels des naissances et des décès entre 1770 et 1780. En admettant que, dans les intendances présentant un excédent de sépultures par rapport à la moyenne décennale, cet excédent soit imputable à la dysenterie, celle-ci aurait fait en moins de six mois, cent soixante-quinze mille morts dans le royaume, dont quatre-vingt-dix mille dans les quatre intendances les plus touchées (La Rochelle, Poitiers, Rennes, Tours) et quarante-cinq mille dans la seule Bretagne, épreuve d'autant plus sévère pour l'Ouest armoricain et ses marges qu'elle s'inscrit dans le contexte épidémique des années 1770-1785. Mais cette épreuve aurait été plus sévère encore si elle n'avait pas été l'occasion d'un effort exceptionnel de la part des autorités. Sous cette impulsion, médecins et chirurgiens ont fait tout ce qui était en leur pouvoir pour endiguer le mal et secourir les populations rurales dont ils découvraient, parfois avec stupeur, la situation trop souvent misérable, et ce n'est pas leur faute si leur aptitude à guérir n'était à la hauteur ni de leur dévouement, ni de leur confiance en eux-mêmes. L'épidémie de 1779 constitue, à la veille de la Révolution, un excellent révélateur de la situation sanitaire des populations françaises, des possibilités encore très réduites de la médecine pratique, et de l'existence, au niveau du pouvoir s'appuyant sur la toute jeune Société royale de médecine, d'une volonté politique cohérente et résolue en matière de santé publique.

Conclusion

L'histoire des rapports des Français et de la maladie aux 17e et 18e siècles n'est pas une histoire totalement immobile. Entre l'époque d'Henri IV et celle de Louis XVI, certains changements interviennent, notamment dans deux domaines : la place dans la société des médecins et des chirurgiens, et l'intervention des autorités en matière de santé publique.

Au temps de Molière et de Boileau, les médecins restent trop souvent des Diafoirus prétentieux et raillés à juste titre par l'opinion. Ils reçoivent dans les facultés un enseignement formaliste et sclérosé, refusent de se mettre à l'école de l'observation et de l'expérience et cachent leur impuissance derrière un langage abscons et des références constantes aux grands Anciens. Au 18e siècle, cette image fait place peu à peu à celle de l'homme des Lumières. En effet, les meilleurs parmi les médecins côtoient savants et philosophes à l'Académie des sciences et dans les académies de province, et se préoccupent avec passion de l'amélioration de la santé du peuple. Certes, leur efficacité est presque aussi limitée que par le passé, mais ils sont animés d'une confiance inébranlable dans les progrès ultérieurs et indéfinis de la science médicale. La place des chirurgiens dans la société française évolue plus encore. Au début du 17e siècle, ce sont toujours de simples artisans manuels qui sont confondus avec les barbiers au sein des mêmes communautés de métier et que les médecins regardent avec mépris ou condescendance. Mais une minorité de maîtres chirurgiens, dont la culture et le savoir ne le cèdent en rien à ceux des médecins, obtiennent leur séparation définitive d'avec les barbiers et la reconnaissance de la spécificité et de la dignité de leur art, cependant qu'au sein de l'Académie de chirurgie, fondée en 1731, ils poursuivent un effort de réflexion affranchi des préjugés de l'enseignement médical des facultés. Certes, la grande masse des chirurgiens de province ne suit pas, mais la route est frayée qui prépare l'unification officielle des deux professions médicales en 1803.

Jusque vers 1660, les grandes épidémies de peste donnent lieu à des interventions isolées des autorités locales. Mais seules les villes de quelque importance peuvent tenter de tels efforts, et encore ceux-ci sont-ils le plus souvent sporadiques, insuffisants et égoïstes. La mise en place progressive des intendants dans les provinces entre 1660 et 1689, marque un tournant capital. En effet, la santé publique devient l'une des attributions de ces grands administrateurs placés sous l'autorité directe du pouvoir central représenté par le contrôleur général des finances. Au lieu de limiter leurs vues aux murailles d'une ville, comme c'était nécessairement le cas des municipalités, les intendants embrassent l'ensemble de la province dont ils ont la charge et peuvent se préoccuper désormais des plus nombreux et des plus démunis de leurs administrés, c'est-à-dire les habitants des campagnes. Bien plus, dans la mesure où ils travaillent sous l'autorité du contrôleur général, seul susceptible de coordonner les efforts à l'échelle du royaume, c'est une véritable politique de santé publique qui se met en place au cours du 18e siècle. La fondation de la Société royale de médecine en 1776-1778 concrétise cette volonté du pouvoir qui se donne ainsi l'un des moyens de sa politique. En effet, la nouvelle Société met, sur place, le réseau de ses correspondants au service des intendants et de leurs médecins des épidémies et, depuis Paris, coordonne, impulse, collecte, enquête et même vaticine, rêvant de la mise en place d'un véritable pouvoir médical qui encadrerait tous les Français et ferait reculer la mort.

Mais ces changements ne doivent pas masquer les immobilismes et les permanences qui l'emportent de beaucoup. La science médicale n'a que très peu progressé au cours de ces deux siècles. Alors que les autres sciences conquièrent peu à peu leur autonomie et réalisent leurs premiers progrès, alors que Lavoisier, par exemple, tourne délibérément le dos à l'alchimie du Moyen Age et de la Renaissance, la médecine reste un étrange foyer d'archaïsme. C'est pourquoi, en ce qui concerne l'art de guérir, il faut se garder de distinguer trop vite une élite éclairée et des classes populaires encore plongées dans les ténèbres de la superstition. Il n'y a pas une médecine savante et compétente qui s'opposerait à une médecine empirique, inefficace et dangereuse. Il n'y a qu'un art de soigner, usant des mêmes remèdes et également impuissant, doublé du recours à des thérapies magico-religieuses. Que le malade soit un grand de la cour, un bourgeois de province ou un paysan, sa démarche est la même, et parfaitement cohérente : en cas de maladie grave, il s'adresse d'abord au médecin ou à l'empirique, selon le cas, puis si la guérison attendue ne survient pas, au conjureur ou, plus souvent, au saint guérisseur, parfois à l'un et à l'autre, en même temps ou consécutivement.

Il est vrai que dans la seconde moitié du 18e siècle, avant même que la science médicale ne fasse des progrès décisifs, prend corps l'idée que l'homme peut par ses propres moyens lutter, mieux qu'il ne l'a fait jusqu'ici, contre la mort et la maladie. Celle-ci n'est plus considérée comme un châtiment mérité et inéluctable, mais comme un événement naturel contre lequel on peut combattre avec des armes humaines. Cette prise de conscience et cette désacralisation de la maladie qui en résulte ne sont encore le fait que d'une minorité à laquelle appartiennent notamment les membres de la Société royale de médecine, qui, persuadés que la vérité est du côté de leur science balbutiante, sont de plus en plus incompréhensifs face aux croyances et aux pratiques de l'immense majorité de leurs compatriotes. Tels quels, avec leur infatuation et leur dévouement, ils représentent l'avant-garde de la médecine moderne qui va peu à peu au cours du 19e siècle se constituer vraiment en tant que science et, à la suite d'une lente dérive, se dégager complètement des dogmes et des pratiques de la médecine ancienne.

Mais les progrès de cette médecine moderne du 19e siècle, si importants qu'ils aient été, doivent être ramenés à leur juste mesure. On ne peut, en particulier, leur imputer que très partiellement la baisse décisive de la mortalité. La lente amélioration du niveau de vie et de l'alimentation des classes populaires, les progrès constants en matière d'hygiène publique (surtout après la révolution pastorienne), la mise en place d'organismes de prévention médico-sociale ont fait plus, entre 1800 et 1950, pour la baisse de la mortalité infantile et le repli des maladies infectieuses frappant enfants et adultes, que les progrès de l'art de guérir proprement dit. C'est surtout depuis 1950 que celui-ci marque des points décisifs dans trois domaines essentiels — l'exploration du corps humain, la chimiothérapie, la chirurgie — et joue désormais le premier rôle, en France, dans le recul de la maladie. Mais les progrès foudroyants de ces trente dernières années cachent mal de redoutables dangers. La très haute technicité à laquelle sont parvenues médecine et chirurgie, avec le corollaire de l'hospitalisation, entraîne trop souvent une réelle déshumanisation ; le caractère agressif de certains médicaments ou de certaines thérapeutiques est de plus en plus mal supporté ; le coût que représente la santé pour la collectivité nationale est de plus en plus élevé. C'est pourquoi face à certains excès de la médecine « dure », se développent divers types de médecines « douces ». Cette aspiration à un art de soigner plus proche de l'homme et de la nature est une réaction inévitable et, à beaucoup d'égards, salubre. Toutefois, mettre la médecine d'aujourd'hui en accusation en oubliant ses bienfaits, bien plus, se retourner avec nostalgie vers le bon vieux temps où l'on guérissait par les plantes, serait faire preuve d'une totale méconnaissance du passé.

Certes, cette médecine ancienne avait ses mérites. Elle traduisait une familiarité attentive avec le corps et avec la nature dans leurs subtiles correspondances. Elle avait retenu d'une expérience millénaire l'usage de certaines plantes, cultivées ou sauvages, dont elle tirait quelques remèdes efficaces, à côté de beaucoup d'autres, il est vrai, inopérants ou même dangereux. Surtout, elle avait su maintenir entre le malade et le thérapeute des relations riches et complexes qui étaient basées sur la parole et la confiance et qui recélaient en elles-mêmes leurs vertus. La parole, c'était d'abord celle du malade exposant longuement le mal dont il souffrait. La confiance, c'était celle qu'il témoignait au thérapeute dans la mesure où celui-ci était à la fois proche de lui — le médecin du bourgeois, l'empirique du paysan, le saint du fidèle — et révéré à cause de son pouvoir mystérieux. Certes, dans les cas les plus graves, remèdes dérisoires, formules magiques, neuvaines n'avaient pas d'effet. Du moins d'avoir parlé et d'avoir été écouté, le malade revenait-il de sa visite ou de son pèlerinage rassuré et réconforté : sa solitude et son angoisse avaient reculé.

Mais ces mérites ne peuvent dissimuler les terribles réalités que ce livre a tenté de restituer. D'ailleurs, il n'est que de lire aujourd'hui, à défaut des travaux des historiens, les témoignages récents d'un Pierre-Jakez Hélias ou d'une Emilie Carles évoquant leurs souvenirs de petits paysans breton ou dauphinois au début de ce siècle[58], pour toucher du doigt la dureté des conditions matérielles des classes populaires en un temps où pourtant la souffrance, la maladie et la mort avaient déjà amorcé leur spectaculaire repli. Ce n'est pas honorer nos ancêtres du temps de Louis XIV et de Louis XV que de parer artificieusement leur vie de couleurs qu'elle n'avait pas. Rappeler au contraire, dans la vérité et la sympathie, le tragique de leur existence, montrer notamment l'omniprésence de la maladie et de la mort et l'impuissance à lutter efficacement contre elles, c'est souligner par là même le courage de ces hommes et de ces femmes qui échappaient au fatalisme et à la peur en plaçant leur espoir au-delà des apparences.

notes

INTRODUCTION

1. Ces chiffres, calculés pour l'ensemble de la France entre 1740 et 1789, sont fournis par la grande enquête de l'Institut national d'études démographiques « pour connaître la population de la France depuis Louis XIV », dont les résultats partiels ont été publiés dans la revue *Population,* numéro spécial, novembre 1975, notamment Yves BLAYO, « La mortalité en France de 1740 à 1789 », p. 123-137. Rappelons, à titre de comparaison, les chiffres actuels : mortalité infantile, 8 pour mille (au lieu de 280) ; espérance de vie à la naissance, 70 ans environ (au lieu de 27-28 ans).

2. Notamment Robert MANDROU, Pierre GOUBERT, Jean DELUMEAU.

3. Michel FOUCAULT : *Naissance de la clinique,* Paris, 1963. Sur l'histoire de la médecine en France au 19e siècle, cf. les travaux de Jacques LÉONARD, notamment *La Médecine entre les pouvoirs et les savoirs,* Paris, 1981.

1
LES DISCOURS SUR LA MALADIE

4. *Parole de Dieu et Révolution. Les sermons d'un curé angevin avant et pendant les guerres de Vendée,* présentés par François LEBRUN, Toulouse, 1979, p. 58.

5. Comme le fait remarquer très justement Alain CROIX : « Fléchir Dieu est le moyen privilégié de la lutte contre l'épidémie, puisque touchant sa cause profonde » (*La Bretagne aux 16e et 17e siècles,* Paris, 1981, tome I, p. 514).

6. Cité dans Robert FAVRE : « Les Mémoires de Trévoux dans le débat sur l'inoculation de la petite vérole », *Etudes sur la presse au 18e siècle,* Centre d'études du 18e siècle, 1973, 1, p. 39-57.

7. *Ordonnances et règlements synodaux du diocèse de La Rochelle,* Paris, 1e éd. 1710, rééd. 1780, p. 318.

8. Comme en témoignent, à vingt ans d'intervalle, ces deux titres (cités par M. FOUCAULT : *Naissance de la clinique,* p. 16 et 17) : VICQ D'AZYR : *Remarques sur la médecine agissante* (Paris, 1786) et L. VITET, *La médecine expectante* (Paris, 1806).

9. Cité dans René BRUNI : *Le pays d'Apt malade de la peste,* Aix-en-Provence, 1980, p. 41.

10. Cf. à ce sujet, M. LAIGNEL-LAVASTINE : « Les médecins collaborateurs de l'*Encyclopédie* », et P. ASTRUC : « Les sciences médicales et leurs représentants dans l'*Encyclopédie* », *L'« Encyclopédie » et le progrès des sciences et des techniques,* Paris, 1952, p. 163-178.

2
LA MÉDECINE OFFICIELLE : FORMATION ET SAVOIRS

11. MOLIÈRE : *Le Malade imaginaire,* acte II, sc. V.

12. L'édit de Marly est publié intégralement dans ISAMBERT : *Recueil général des anciennes lois françaises,* tome XX, Paris, 1830, p. 508-517.

13. Cet exemple rennais, ainsi que celui de Guillaume Laennec, qui suit, est emprunté à Jacques LÉONARD : *Les médecins de l'Ouest au 19e siècle,* Lille, 1978, tome I, p. 140-147.

14. Cf. sur ce problème Pierre DARMON : « Le vol de cadavres et la science (17e-19e siècles) », *L'Histoire,* n° 48, septembre 1982, p. 30-37. En dehors de la difficulté qu'il y a à se procurer des cadavres, Pierre Darmon souligne les énormes risques d'infection encourus du fait des conditions dans lesquelles ont lieu les dissections.

15. Toby GELFAND, article cité en bibliographie.

16. L'un de ces chirurgiens accoucheurs du début du 18e siècle a été étudié par J. GÉLIS : *Accoucheur de campagne sous le Roi-Soleil. Le Traité d'accouchement de G. Mauquest de La Motte,* Toulouse, 1979.

17. Jacques GÉLIS, article des *Annales de démographie historique* cité en Bibliographie, avec, en hors-texte, une reproduction photographique du mannequin de Mme Du Coudray conservé à Rouen.

18. Don Antonio de BEATIS : *Voyage du cardinal d'Aragon (1517-1518),* Paris, 1913, p. 192.

19. Cependant l'historien américain James Goodrich considère que l'on a sous-estimé l'influence de Léonard de Vinci sur Vésale ; celui-ci a eu connaissance des dessins de Léonard grâce à Francesco de Melzi, et les artistes qui ont illustré la *Fabrica* s'en sont inspirés (Cf. James GOODRICH : « Andreas Vesalius and anatomy : an re-evaluation of his efforts », *XXVIIIe Congrès international d'histoire de la médecine,* Paris, 1982, Actes à paraître).

3
LA MÉDECINE OFFICIELLE : L'ART DE GUÉRIR

20. MOLIÈRE : *Monsieur de Pourceaugnac,* acte I, scène VIII.

21. Telle est la définition du mot « diagnostic » que donne Furetière dans son *Dictionnaire.*

22. Rappelons ici que la percussion inventée par Auenbrugger en 1761 et l'auscultation médiate par Laennec en 1816-1819, ne se diffusent vraiment en France qu'après 1820, et qu'il faut attendre les années 1880 pour que se généralise l'usage du thermomètre médical mis au point en 1867.

23. Dans son *Traité des instruments de chirurgie* (1723), GARENGEOT décrit une pince de son invention, dite clé de Garengeot, pour l'extraction des dents, cependant que les deux manuels des chirurgiens Pierre FAUCHARD, *La Chirurgie dentaire ou Traité des dents* (1728) et Robert BUNON, *Essai sur les maladies des dents* (1743) fondent en quelque sorte la stomatologie.

24. J'emprunte cette phrase à Marie-José IMBAULT-HUART : article cité en Bibliographie. La citation d'Antoine LOUIS, qui suit, est faite d'après cet article.

25. Sur le « grand renfermement des pauvres », volonté politique beaucoup plus que réalisation effective, cf. Michel FOUCAULT : *Histoire de la folie à l'âge classique,* Paris, 1961.

26. Je n'ai malheureusement pu prendre connaissance à temps des chapitres de Jean-Pierre GUTTON dans l'*Histoire des hôpitaux en France,* sous la direction de Jean IMBERT, Toulouse, 1982.

27. Sur le *Journal* d'HEROARD, cf. « Une observation directe au 17e siècle : le Journal d'Heroard sur l'enfance et la jeunesse de Louis XIII », extraits choisis et commentés par Michèle DAVID avec une introduction d'Hélène HIMELFARB, *Nouvelle*

Revue de Psychanalyse, 1979, n° 19 (L'enfant), p. 268-330.

28. MOLIÈRE : *Le Malade imaginaire*, acte II, sc. V.

29. L'exemple d'Hilaire Raison est emprunté à l'article de Pierre TREUTELL cité en bibliographie.

30. C'est le titre de l'article de Toby GELFAND, cité en bibliographie, « Deux cultures, une profession ».

31. L'exemple de Pierre Robin est emprunté à l'article de Jacques GÉLIS cité en bibliographie.

4
LA MÉDECINE PARALLÈLE : EMPIRIQUES, ÇONJUREURS, SAINTS GUÉRISSEURS

32. *Le livre commode des adresses de Paris pour 1692*, par Abraham du PRADEL (en fait, Nicolas de Blégny), éd. Fournier, Paris, 1878, tome I, p. 150 et 156.

33. « Amasser » est ainsi défini par Furetière : « Mettre ensemble plusieurs choses ou personnes », avec cet exemple significatif : « Un charlatan a bientôt amassé la canaille autour de lui. »

34. Rappelons que le sens premier de « panser » est « soigner ». Ambroise Paré disait : « Je le pansai, Dieu le guérit. »

35. Pour la commodité de la lecture, je me suis permis de corriger la ponctuation et l'orthographe de Ménétra, respectées par Daniel ROCHE dans son édition.

36. Seules exceptions notables, le quinquina et l'ipécacuana, ce dernier « inventé » par Adrien Helvétius, docteur en médecine en Hollande, mais empirique en France.

37. Robert MANDROU : *Magistrats et sorciers en France au 17e siècle*, Paris, 1968.

38. Valentin JAMERAY-DUVAL ; *Mémoires. Enfance et éducation d'un paysan au 18e siècle*, éd. par. J.-M. GOULEMOT, Paris, 1981, p. 298.

39. Thiers s'explique sur cette précaution dans la préface de son *Traité* : « Je n'ai pas toujours rapporté toutes les paroles ni toutes les circonstances qui doivent accompagner les superstitions afin qu'elles puissent produire les effets que l'on en espère, parce que j'ai eu crainte d'enseigner le mal en voulant le combattre et le détruire. »

40. Cahier manuscrit anonyme, de 116 pages, conservé au Musée des arts et traditions populaires. Citation d'après *L'homme et son corps dans la société traditionnelle*, catalogue de l'exposition du Musée des A.T.P., Paris, 1978, p. 116.

41. Sur ces problèmes à l'époque actuelle, cf. Jeanne FAVRET-SAADA : *Les Mots, la Mort, les Sorts. La sorcellerie dans le Bocage*, Paris, 1977.

42. Un tableau du peintre Gaston Vuillier, intitulé « La recherche des saints à invoquer », illustre cette technique (cf. reproduction dans Françoise LOUX : *Le Corps dans la société traditionnelle*, Paris, 1979, p. 62).

43. Les exemples alsacien et breton sont empruntés à l'ouvrage de Louis CHATELLIER et à l'article de Stéphanie JANSSEN-PEIGNE cités en bibliographie.

44. J'emprunte cette phrase à S. JANSSEN-PEIGNE : article cité.

45. Les autres concernent des démêlés avec la justice, des faits de guerre, des incidents divers.

46. J. FAVRET-SAADA : *op. cit.*, p. 185, note 8.

47. Bien que le sujet de ce livre écarte la médecine vétérinaire, il est évident que le problème des maladies des bestiaux est étroitement lié à celui des maladies des hommes. Dans les campagnes françaises des 17e et 18e siècles (et parfois 19e), la maladie et la mort d'une vache ou d'un cheval est un

malheur parfois plus durement ressenti que celle d'un homme.

48. Thiers écrit cela du nouement de l'aiguillette (cf. chapitre suivant), mais sa remarque m'a semblé pouvoir s'appliquer à toutes les maladies.

5
LES MAUX QUOTIDIENS, DU BERCEAU À LA TOMBE

49. Sur tous ces problèmes, cf. essentiellement les articles de Jean-Pierre PETER cités en bibliographie.

50. C'est moi qui souligne.

51. Tel est le sous-titre du livre de Mireille LAGET : *Naissances,* Paris, 1982.

52. On peut noter cependant que beaucoup de monographies paroissiales de démographie historique font apparaître, au 18e siècle, une légère surmortalité féminine entre 20 et 39 ans.

53. N. S. SCRIMSHAW, C. E. TAYLOR et J. E. GORDON : *Interactions entre l'état nutritionnel et les infections,* Genève, O.M.S., 1971, p. 297.

54. Il faut comprendre « meuble de toilette ».

55. L'âge moyen au premier mariage dans la France du 18e siècle est 28-29 ans pour les garçons et 25-26 ans pour les filles.

6
LES GRANDS FLÉAUX ÉPIDÉMIQUES ET L'INTERVENTION DES AUTORITÉS

56. Voir page 162 les deux cartes que j'ai établies pour 1628-1631 et pour 1636-1637 d'après la « Liste nominative et chronologique » des villes et régions de France touchées par la peste au 17e et 18e siècles, fournie par Jean-Noël BIRADEN, ouvrage cité en bibliographie, tome I, p. 385-388. Les deux autres cartes, pour 1668-1669 et pour 1720-1722, ont été établies d'après la même source.

57. La grande peste de Londres sera évoquée, quarante-cinq ans plus tard, par Daniel DEFOE dans son *Journal de l'année de la peste.* C'est la peste de Provence qui donne à Defoe l'idée d'écrire en 1721 ce remarquable document qui s'appuie sur une enquête très minutieuse et très étendue et constitue un étonnant témoignage sur les réactions des populations européennes devant la peste. Cf. la réédition récente de la traduction française du *Journal de l'année de la peste,* avec préface d'Henri H. MOLLARET, Paris, Folio, 1982.

CONCLUSION

58. Pierre-Jakez HELIAS : *Le Cheval d'orgueil,* Paris, 1975 ; Emilie CARLES : *Une Soupe aux herbes sauvages,* Paris, 1977.

lexique

La plupart des définititions des mots marqués, dans le texte, d'un astérisque sont empruntées au *Dictionnaire universel* de FURETIÈRE (1690) ; les autres, soit au *Dictionnaire de la langue française* de LITTRÉ (1863-1873), soit à la dernière édition du *Grand Larousse encyclopédique.*

A

AGNUS-DEI : petite pièce d'étoffe qui est ordinairement brodée et triangulaire, dans laquelle on renferme quelque relique, image ou pâte bénite, qu'on porte par dévotion (Furetière).

ALGALI : est un instrument de chirurgie ou une sonde creuse qui sert à faire pisser ceux qui ont une rétention d'urine (Furetière).

AMÉNORRHÉE : absence du flux menstruel chez une femme en âge d'être réglée ; suppression de la menstruation par maladie (Littré).

ARCHIATRE : premier médecin d'une cour (Littré).

AXONGE : est une espèce de graisse la plus molle et la plus humide du corps des animaux, qui s'appelle autrement de l'oing ; elle est différente du lard qui est une graisse ferme, et du suif qui est une graisse sèche (Furetière).

B

BEZOARD : pierre médicinale qui est un excellent contrepoison ; elle se trouve dans la fiente d'un animal nommé pazan ; c'est une espèce de bouc et de chevreuil qui a le poil court et un bois presque semblable à celui du cerf ; l'oriental qui est le plus estimé vient de l'Inde [...] le bezoard occidental, ou celui du Pérou, est tout à fait différent et se trouve dans plusieurs animaux qui sont particuliers à ce pays-là (Furetière).

BUBON : grosse bube ou tumeur qui vient à suppuration et qui est souvent une peste ou un effet du mal vénérien, qui paraît dans les aînes (Furetière).

C

CHARBON : est une tumeur ou pustule pestilentielle qui vient d'ordinaire aux aînes et aux aisselles (Furetière).

COMPOST ou **COMPUT** : terme de chronologie, ne se dit que des supputations des temps qui servent à régler le calendrier et les fêtes de l'Église (Furetière).

COQUELUCHE : maladie de tête avec rhume et distillation qui cause une maladie populaire et pestilente qui ne règne qu'en certains temps (Furetière).

Cornelius Agrippa : médecin et alchimiste, né à Cologne en 1486, mort à Grenoble en 1535.

E

Écrouelles : ce sont des tumeurs sanguines faites aux parties glanduleuses, comme aux mamelles, aux aisselles et aux aînes [...] ; lorsqu'il s'y mèle de l'humeur mélancolique, elles s'échauffent et deviennent malignes et font un ulcère corrosif et chancreux qui ronge la substance des glandes [...] ; le roi de France a le don de guérir les écrouelles en touchant les malades (Furetière).

Électuaire : terme de pharmacie, c'est un médicament composé de poudres ou d'autres drogues incorporées avec du miel et du sucre (Furetière).

Élément : principe physique qui entre dans la composition de tous les corps naturels ; les éléments sont des parties homogènes et très simples dont l'assemblage et le mélange sont cause de la génération et de la corruption de tous les êtres que nous voyons ; les anciens philosophes reconnaissaient quatre éléments, le feu, l'eau, l'air et la terre (Furetière). Voici, selon différents auteurs des 17e et 18e siècles, le tableau des correspondances entre éléments, qualités, humeurs, organes, tempéraments, astres et saisons.

Ellébore : on dit proverbialement qu'un homme a besoin de deux grains d'ellébore pour dire qu'il est fou, parce qu'on se servait autrefois d'ellébore pour guérir la folie (Furetière).

Émétique : est un remède qui purge avec violence par haut et par bas, fait de la poudre et du beurre d'antimoine préparé, dont on a séparé les sels corrosifs par plusieurs lotions (Furetière).

Émollients : terme de pharmacie, remède qui amollit les duretés du bas ventre ou des tumeurs et enflures (Furetière).

Expectant (qui attend) : médecine expectante, celle qui, attendant que la nature agisse par elle-même, emploie des moyens peu actifs (Littré).

G

Galien (v. 131-v. 201) : médecin grec dont l'œuvre, qui procède en grande partie d'Hippocrate, représente le point culminant de la médecine grecque ; le fondement du galénisme est la théorie des quatre humeurs.

Eléments	Air	Terre	Eau	Feu
Qualités	Chaud et humide	Froid et sec	Froid et humide	Chaud et sec
Humeurs	Sang	Atrabile	Pituite ou phlegme	Bile
Organes	Cœur	Rate	Cerveau	Foie
Tempéraments	Sanguin	Mélancolique	Phlegmatique	Bilieux
Astres	Jupiter	Saturne	Lune	Mars
Saisons	Printemps	Automne	Hiver	Eté

H

Habit de la Vierge : scapulaire ou autre marque qu'on porte par dévotion (Furetière).

Hippocrate (460-v. 377 av. J.-C.) : le plus grand médecin de l'Antiquité ; sa conception du fonctionnement harmonieux de l'organisme, son sens de l'observation clinique en font un grand précurseur.

Homuncule : petit être sans corps, sans pesanteur, sans sexe et doué d'un pouvoir surnaturel, que les sorciers prétendent fabriquer suivant la recette de Paracelse.

Hypostase : fond du sédiment de l'urine (Furetière).

I

Iatrochimiste, iatromecaniste : du grec *iatros*, médecin (cf. archiatre).

Inoculation : action de communiquer artificiellement une maladie contagieuse en en introduisant le principe matériel dans le corps ; absolument, l'inoculation de la petite vérole (Littré). Il ne faut pas confondre inoculation de la petite vérole et vaccination.

L

Lazaret : le terme, synonyme de léproserie, rappelle le temps, révolu en France au 17e siècle, où le grand mal contagieux était la lèpre.

Licorne : la licorne se trouve seulement dans l'Afrique [...] ; [elle] a une corne blanche au milieu du front [...] Les Anciens ont cru que la corne de la licorne sert de contrepoison ; sa rareté fait qu'il lui attribue plusieurs vertus dans la médecine, mais il est constant, comme l'a fort bien prouvé Ambroise Paré, que c'est une pure charlatanerie (Furetière). On notera que si Furetière nie, à la suite de Paré, les qualités médicinales de la corne de licorne, il ne met pas plus en doute que le grand chirurgien du 16e siècle, l'existence même de l'animal.

Lieutenant du premier chirurgien du roi : titre porté par celui qui est à la tête d'une communauté de maîtres chirurgiens.

Looch : terme de pharmacie, c'est une composition d'une consistance entre celle de sirop et celle des électuaires mols, destinée pour les maladies du poumon (Furetière).

Lune : en terme de chimie, signifie l'argent, dont on fait diverses préparations (Furetière).

M

Magie : science qui apprend à faire des choses surprenantes et merveilleuses. Magie blanche est un art qui fait les mêmes effets par l'invocation des bons Anges. Magie noire est un art détestable qui emploie l'invocation des démons et se sert de leur ministère pour faire des choses au-dessus des forces de la nature (Furetière).

Magistère : terme de chimie et de pharmacie, c'est la préparation d'un corps mixte par art de chimie, par laquelle toutes ses parties homogènes sont exaltées en un degré de qualité ou de substance plus noble qu'auparavant, en rejetant seulement ses impuretés externes sans faire aucune extraction (Furetière).

Maille : est une tache qui vient sur la prunelle de l'œil (Furetière).

Mémoires de Trévoux : le *Journal de Trévoux ou Mémoires pour servir à l'histoire des sciences et des arts* est publié à partir de 1701 par les jésuites de la petite ville de Trévoux, près de

Lyon ; il contient des articles de critique, de littérature et de sciences.

Morbidité : état de ce qui est morbide, c'est-à-dire qui a rapport à la maladie.

O

Opilation : terme de médecine, obstruction (Littré).

Oripeaux : se dit populairement d'une maladie d'oreille causée par une fluxion et enflure des glandes parotides qui sont au-dessous ; on la nomme autrement les orillons (*sic*) (Furetière).

P

Peccant : terme de médecine, c'est une épithète qu'on donne aux humeurs quand elles ont de la malignité ou de l'abondance (Furetière).

Périoste : membrane fibreuse qui recouvre les os.

Phtisie : terme de médecine, maladie du poumon qui donne une fièvre lente qui consume le corps, l'exténue et l'amaigrit ; elle fait d'abord cracher le sang en toussant, et, dans la suite, du pus qui va au fond de l'eau ; quelquefois elle fait cracher une partie du poumon pourri après une longue exulcération (Furetière).

Phylactère : les Anciens ont donné ce nom à toutes sortes de charmes, brevets et caractères qu'ils portaient sur eux pour se préserver de quelques dangers ou maladies (Furetière).

Pourpre : est une espèce de peste ou fièvre maligne qui paraît par des éruptions sur le cuir semblables à des morsures de puces ou de punaises ou de grains de mil ou de petite vérole (Furetière).

Priape : membre viril, du nom du dieu Priape.

Pulmonique : qui est malade du poumon ; les pulmoniques ne vivent pas longtemps ; les pulmoniques crachent toujours (Furetière).

R

Régent : signifie un professeur public des arts ou des sciences (Furetière).

Régnicole : qui est établi et domicilié dans un royaume, qui a dessein d'y finir ses jours ; les étrangers ne sont point réputés régnicoles s'ils n'ont obtenu des lettres de naturalité bien vérifiées (Furetière).

Rougeole : maladie qui vient particulièrement aux enfants et qui ressemble à la petite vérole (Furetière).

S

Scorbut : maladie qui prend ordinairement sur la mer et qu'on appelle pourtant d'un autre nom, mal de terre ; elle est contagieuse et vient de pourriture, de la corruption de l'air marin, des salines qu'on mange, du vin pur qu'on boit et des méchantes eaux ; elle s'attaque particulièrement aux gencives où elle cause des enflures et des ulcères ; elle fait tomber les dents, rend l'estomac dépravé et cause grande puanteur d'haleine ; on n'en guérit guère qu'en prenant terre, ou en se frottant du sang des tortues de mer et en usant du jus d'oranges, de citrons et de cocos (Furetière).

Simple : nom général qu'on donne à toutes les herbes et plantes parce qu'elles ont chacune leur vertu particulière pour servir de remède simple (Furetière).

Skirreux ou squirreux : qui est de la nature du squirre qui est une tumeur dure (Littré).

Spécifiques ou remèdes spécifiques : ceux qui guérissent, constamment et par un mécanisme inconnu, certaines maladies particulières, comme le quinquina pour les fièvres intermittentes (Littré).

Subdélégué : chaque intendance est divisée en un certain nombre de circonscriptions territoriales appelées subdélégations, ayant chacune à leur tête un subdélégué de l'intendant, nommé par celui-ci et dépendant étroitement de lui.

Suette : terme de médecine, c'est une maladie pestilentielle qui a été commune en Angleterre et en la basse Allemagne, qui fut ainsi nommée à cause que les patients avaient une sueur universelle avec frisson, tremblement et palpitation de cœur (Furetière).

T

Tenesme : sentiment douloureux de tension et de constriction à la région de l'anus, avec des envies continuelles et presque inutiles d'aller à la selle (Littré).

Thaumaturge : celui qui fait des miracles (Littré).

Topique : se dit en médecine des emplâtres, cataplasmes et autres remèdes extérieurs qui s'appliquent sur la partie affligée et douloureuse (Furetière).

Tranquille (baume) : le nom de ce baume ne se réfère pas à ses vertus calmantes, mais à son inventeur, le père Tranquille, capucin du Louvre à la fin du 17e siècle.

V

Vénérienne (maladie) : est ce qu'on nomme la grosse vérole et les autres accidents qui en dépendent (Furetière).

Vérole : maladie contagieuse qui couvre le corps de gales ou de pustules, qui épaissit la peau et qui y laisse de petits creux ; les médecins tiennent que la vérole et la rougeole ont beaucoup d'affinité et de ressemblance, en sorte que les deux ou trois premiers jours on a de la peine à les distinguer l'une de l'autre ; elles viennent toutes deux d'un sang impur et d'humeurs corrompues [...]. On appelle grosse vérole une autre maladie contagieuse qui se prend ordinairement par les actes vénériens et qu'on ne guérit qu'avec la sueur ou le flux de bouche provoqués par le mercure (Furetière).

Vulnéraire : terme de chirurgie, c'est une épithète qu'on donne à une potion propre pour la guérison des plaies, ulcères et fistules désespérées ; elle est composée de plusieurs simples (Furetière).

Y

Yersin : **Alexandre Yersin** (1863-1943), médecin français d'origine suisse, réussit en 1894, en Asie, à isoler l'agent pathogène de la peste, dit depuis bacille de Yersin ou *Yersinia pestis*.

bibliographie

1
SOURCES

Je me contente de signaler ici les quelques auteurs des 17e et 18e siècles les plus souvent utilisés et cités :

BARBIER Edmond : *Journal,* extraits présentés par Philippe BERNARD, Paris, 10/18, 1963.

FURETIÈRE Antoine : *Dictionnaire universel,* Amsterdam, 1690, 3 vol. (reprint, Paris, 1978).

MÉNÉTRA Jacques-Louis : *Journal de ma vie,* présenté par Daniel ROCHE, Paris, 1982.

MERCIER Louis-Sébastien : *Le Tableau de Paris,* introduction et choix de textes par Jeffry KAPLOW, Paris, 1979.

PATIN Guy : *Correspondance,* extraits par Armand Brette, Paris, 1901.

SAUVAGEON Christophe : *Registre concernant le prieuré de Sennely,* édité par Emile HUET, Orléans, 1908 (reprint, Marseille, 1980).

THIERS Jean-Baptiste : *Traité des superstitions,* 1° éd., Paris, 1679, 1 vol ; rééd., Paris, 1741, 4 vol.

TISSOT Simon-André : *Avis au peuple sur sa santé,* Lausanne, 1761.

2
OUVRAGES GÉNÉRAUX

ARIÈS Philippe : *L'Homme devant la mort,* Paris, 1977.

BARIÉTY Maurice et COURY Charles : *Histoire de la médecine,* Paris, 1963.

BRAUDEL Fernand : *Civilisation matérielle, économie et capitalisme, 15e-18e siècles,* tome I, « Les structures du quotidien », Paris, 1979.

CROIX Alain : *La Bretagne aux 16e et 17e siècles. La vie, la mort, la foi,* Paris, 1981.

DELUMEAU Jean : *La Peur en Occident, 14e-18e siècles. Une cité assiègée,* Paris, 1978.

DUMESNIL René : *Histoire illustrée de la médecine,* Paris, 1935.

FAVRE Robert : *La Mort au siècle des Lumières,* Lyon, 1978.

FRANKLIN Alfred : *La Vie privée d'autrefois,* textes choisis et présentés par Arlette FARGE, Paris, 1973.

GOUBERT Jean-Pierre : *Malades et Médecins en Bretagne, 1770-1790,* Paris, 1974.

GOUBERT Pierre : *La Vie quotidienne des paysans français au 17e siècle,* Paris, 1982.

HAHN André et DUMAITRE Paule : *Histoire de la médecine et du livre médical,* Paris, 1962.

LEBRUN François : *Les Hommes et la Mort en Anjou aux 17e et 18e siècles,* Paris-La Haye, 1971.

LOUX Françoise et RICHARD Philippe : *Sagesses du corps. La santé et la maladie dans les proverbes français,* Paris, 1978.

VAN DER CRUYSSE Dirk : *La Mort dans les « Mémoires » de Saint-Simon,* Paris, 1981.

VOVELLE Michel : *Mourir autrefois. Attitudes collectives devant la mort aux 17e et 18e siècles,* Paris, 1974.

3
MÉDECINS, CHIRURGIENS, SAGES-FEMMES

CHARTIER Roger, COMPÈRE Marie-Madeleine, JULIA Dominique : *L'Education en France du 16e au 18e siècle,* Paris, 1976.

CHAUSSINAND-NOGARET Guy : « Nobles médecins et médecins de cour au 18e siècle », *Annales E.S.C.*, 1977, p. 851-857.

COSMA-MULLER Pascale : « Entre science et commerce : les eaux minérales en France à la fin de l'Ancien Régime », dans *La Médicalisation de la société française, 1770-1830,* Waterloo (Ontario, Canada), 1982.

DEHILLERIN Bénédicte et GOUBERT Jean-Pierre : « A la conquête du monopole pharmaceutique : le Collège de pharmacie de Paris, 1777-1796 », dans *La Médicalisation..., op. cit.*

DELAUNAY Paul : *La Vie médicale aux 16e, 17e et 18e siècles,* Paris, 1935.

GELFAND Toby : « Deux cultures, une profession : les chirurgiens français au 18e », *Revue d'histoire moderne et contemporaine,* 1980, p. 468-484.

GELIS Jacques : « La formation des accoucheurs et des sages-femmes aux 17e et 18e siècles », *Annales de démographie historique,* 1977, p. 153-180.

GELIS Jacques : « Sages-femmes et accoucheurs. L'obstétrique populaire aux 17e et 18e siècles », *Annales E.S.C.,* 1977, p. 927-957.

GELIS Jacques : « La pratique obstétricale dans la France moderne. Les carnets du chirurgien accoucheur Pierre Robin (1770-1797) », *Annales de Bretagne et des Pays de l'Ouest,* 1977, p. 191-210.

GOUBERT Jean-Pierre et LEBRUN François : « Médecins et chirurgiens dans la société française du 18e siècle », *Annales cisalpine d'histoire sociale,* 1973, n° 4, p. 119-136.

GOUBERT Jean-Pierre et LORILLOT Dominique : *1789. Les médecins et le changement,* Toulouse (à paraître).

GUÉRY-BOUSEZ Isabelle : *Pharmacies hospitalières du Val-de-Loire,* Cahors, 1957.

HUARD Paul : « L'enseignement médico-chirurgical », dans *Enseignement et diffusion des sciences en France au 18e siècle,* Paris, 1964, p. 171-236.

IMBAULT-HUART Marie-José : « Les chirurgiens et l'esprit chirurgical en France au 18e siècle », *Clio Medica* (Amsterdam), 1981, n° 3/4, p. 143-157.

IMBERT Jean : *Les Hôpitaux en France,* Paris, 1958 (rééd., 1974).

LAGET Mireille et LUU Claudine : *Dom Nicolas Alexandre. La médecine et la chirurgie des pauvres,* Toulouse (à paraître).

LÉONARD Jacques : *Les Médecins de l'Ouest au XIXe siècle,* Lille, 1978.

LÉVY-VALENSI Jacques : *La Médecine et les Médecins en France au 17e siècle,* Paris, 1933.

MAILLÉ-VIROLE Catherine : « Les médecins de Paris à la fin de l'Ancien Régime », dans *La Médicalisation..., op. cit.*

MEYER Jean : « Le personnel médical en Bretagne à la fin de l'Ancien Régime », *Etudes rurales*, 1969, avril-juin, p. 7-69.

ROGER Jacques : *Les Sciences de la vie dans la pensée française au 18e siècle*, Paris, 1966.

THOMSON A.R. William : *Les Plantes médicinales. Botanique et ethnologie*, Paris, 1981.

TREUTELL Pierre : « Un médecin de Fontenay-le-Comte au début du 18e siècle », *Annales de Bretagne et des pays de l'Ouest*, 1983.

4 EMPIRIQUES ET CONJUREURS

BOUTEILLER Marcelle : *Médecine populaire d'hier et d'aujourd'hui*, Paris, 1966.

FAVRET-SAADA Jeanne : *Les Mots, la Mort, les Sorts. La sorcellerie dans le Bocage*, Paris, 1977.

GOUBERT Jean-Pierre : « L'art de guérir. Médecine savante et médecine populaire dans la France de 1790 », *Annales E.S.C.*, 1977, p. 908-926.

GOUBERT Jean-Pierre : « Les " marginaux " de la thérapeutique en France à la fin du 18e siècle », dans *Les marginaux et les exclus dans l'histoire*, Paris, 1979, p. 333-353.

GOULEMOT Jean-Marie : « Démons, merveilles et philosophie à l'âge classique », *Annales E.S.C.*, 1980, p. 1223-1250.

JALBY Robert : *Sorcellerie et médecine populaire en Languedoc*, Nyons, 1974.

LAPLANTINE François : *La Médecine populaire*, Paris, 1978.

LEBRUN François : « La religion de l'évêque de Saint-Malo et de ses diocésains au début du 17e siècle, à travers les statuts synodaux de 1619 », dans *La Religion populaire* (Colloque, 1977), Paris, 1979, p. 45-51.

LÉONARD Jacques : « Les guérisseurs en France au 19e siècle », *Revue d'histoire moderne et contemporaine*, 1980, p. 501-516.

MANDROU Robert : *Magistrats et Sorciers en France au 17e siècle*, Paris, 1968.

MUCHEMBLED Robert : *Culture populaire et culture des élites dans la France moderne (15e-18e siècles)*, Paris, 1978.

5 SAINTS GUÉRISSEURS ET PÈLERINAGES THÉRAPEUTIQUES

BLOCH Marc : *Les Rois thaumaturges*, Paris, 1923, rééd., 1961.

BUFFET Henri-François : *En Haute-Bretagne. Coutumes et traditions d'Ille-et-Vilaine, des Côtes-du-Nord gallèses et du Morbihan gallo au 19e siècle*, Paris, 1954.

CHANAUD Robert : « Folklore et religion dans le diocèse de Grenoble à la fin du 17e siècle : les visites pastorales de Mgr Le Camus », *Le Monde alpin et rhodanien*, 1977, n° 1/4, p. 33-103.

CHATELLIER Louis : *Tradition chrétienne et renouveau catholique dans le cadre de l'ancien diocèse de Strasbourg (1650-1770)*, Paris, 1981.

COUSIN Bernard : *Ex-Voto de Provence. Images de lc religion populaire et de la vie d'autrefois*, Paris, 1982.

DUPRONT Alphonse : « Vie et création religieuse dans la France moderne (14e-18e siècles) », dans *La France et les Français*, Paris, Encyclopédie de la Pléiade, 1972, p. 491-577.

DUPRONT Alphonse : « Pèlerinage » dans *Encyclopaedia Universalis*.

FERTÉ Jeanne : *La Vie religieuse dans les campagnes parisiennes (1622-1695)*, Paris, 1962.

FOURNEE Dr Jean : *Le Culte populaire et l'iconographie des saints en Normandie. Etude générale*, Paris, 1973.

JANSSEN-PEIGNÉ Stéphanie : « Les miracles de Sainte-Anne d'Auray », dans DELUMEAU Jean : *Un Chemin d'histoire. Chrétienté et christianisation*, Paris, 1981.

LEPROUX Marc : *Contributions au folklore charentais. Dévotions et saints guérisseurs*, Paris, 1957.

PARIS André : « L'abbé Lepas, curé de Boissy-sans-Avoir, témoin de la vie au village au 18e siècle », *Mémoires de la Société historique et archéologique de Rambouillet et de l'Yveline*, tome 35 (à paraître).

PEROUAS Louis : « Entre le 16e et le 19e siècle, des regards différents sur le culte des saints en Limousin », dans *La Religion populaire* (Colloque 1977), Paris, 1979, p. 85-94.

PLATELLE Henri : *Les Chrétiens face au miracle. Lille au 17e siècle*, Paris, 1968.

Religions et Traditions populaires, Catalogue exposition du Musée des arts et traditions populaires, Paris, 1979.

SAUZET Robert : « Pèlerinage panique et pèlerinage de dévotion : Notre-Dame de Rochefort au 17e siècle », *Annales du Midi*, 1965, p. 375-397.

6
LES MAUX QUOTIDIENS, DU BERCEAU A LA TOMBE

BIRABEN Jean-Noël : « Le médecin et l'enfant au 18e siècle. Aperçu sur la pédiatrie au 18e siècle », *Annales de démographie historique*, 1973, p. 215-223.

CORBIN Alain : *Le Miasme et la Jonquille. L'odorat et l'imaginaire social, 18e-19e siècles*, Paris, 1982.

DARMON Pierre : *Le Mythe de la procréation à l'âge baroque*, Paris, 1977.

DEROUET Bernard : « Une démographie sociale différentielle : clés pour un système auto-régulateur des populations rurales d'Ancien Régime », *Annales E.S.C.*, 1980, p. 3-41.

FOUCAULT Michel : *Histoire de la folie à l'âge classique*, Paris, 1961.

GÉLIS Jacques, LAGET Mireille, MOREL Marie-France : *Entrer dans la vie*, Paris, 1978.

HECHT Jacqueline : « L'évaluation de la mortalité aux jeunes âges dans la littérature économique et démographique de l'Ancien Régime », dans *La Mortalité des enfants dans le monde et dans l'histoire*, Liège, 1980, p. 29-84.

LAGET Mireille : *Naissances. L'accouchement avant l'âge de la clinique*, Paris, 1982.

LOUX Françoise : *Le Jeune enfant et son corps dans la médecine traditionnelle*, Paris, 1978.

NEVEUX Hugues : « L'alimentation du 14e au 18e siècle », *Revue d'histoire économique et sociale*, 1973, p. 336-379.

PERROT Jean-Claude : *Genèse d'une ville moderne. Caen au 18e siècle*, Paris-La Haye, 1975.

PETER Jean-Pierre : « Une enquête de la Société royale de médecine (1774-1794) : malades et maladies à la fin du 18e siècle », *Annales E.S.C.* 1967, p. 711-751.

PETER Jean-Pierre : « Les mots et les objets de la maladie. Remarques sur les épidémies et la médecine dans la société française de la fin du 18e siècle », *Revue historique*, 1971, n° 2, p. 13-38.

QUETEL Claude et MOREL Pierre : *Les Fous et leurs médecins de la Renaissance au 20e siècle*, Paris, 1979.

ROCHE Daniel : *Le Peuple de Paris. Essai sur la culture populaire au 18e siècle,* Paris, 1981.

SHORTER Edward : « Sur l'âge des premières règles en France, 1750-1950 », *Annales E.S.C.*, 1981, p. 495-511.

7
LES GRANDS FLÉAUX ÉPIDÉMIQUES ET L'INTERVENTION DES AUTORITÉS

BIRABEN Jean-Noël : *Les Hommes et la peste en France et dans les pays méditerranéens,* Paris-La Haye, 2 vol., 1975-1976.

CARRIÈRE Ch., COURDURIÉ M., REBUFFAT F. : *Marseille ville morte. La peste de 1720,* Marseille, 1968.

FARCY Jean-Claude : *Vivre et mourir sous l'Ancien Régime. L'exemple de la Beauce et du Perche,* Chartres, s.d. (1977).

GANIÈRE Dr Paul : *L'Académie de médecine, ses origines et son histoire,* Paris, 1964.

HILDESHEIMER Françoise : *Le Bureau de santé de Marseille sous l'Ancien Régime,* Marseille, 1980.

LAMARRE-TAINTURIER C. : « Les secours aux malades pauvres des campagnes dans la généralité de Bourgogne au 18e siècle », *Actes du 97e Congrès national des sociétés savantes, Nantes, 1972, Histoire moderne et contemporaine,* Paris, 1977, tome I, p. 499-512.

LEBRUN François : « Les crises démographiques en France aux 17e et 18e siècles », *Annales E.S.C.*, 1980, p. 205-234.

LEBRUN François : « Une grande épidémie en France au 18e siècle. La dysenterie de 1779 », dans *Hommage à Marcel Reinhard,* Paris, 1973, p. 403-415, et « La grande dysenterie de 1779 », *L'Histoire,* novembre 1981, p. 17-24.

MCNEILL William, *Le Temps de la peste. Essai sur les épidémies dans l'histoire,* Paris, 1978.

MEYER Jean : « Une enquête de l'Académie de médecine sur les épidémies (1774-1794) », *Annales E.S.C.*, 1966, p. 729-749.

PETER Jean-Pierre : « Les médecins français face au problème de l'inoculation variolique et de sa diffusion », *Annales de Bretagne et des pays de l'Ouest,* 1979, p. 251-264.

REVEL Jacques : « La peste de 1666-1670 », *Revue d'histoire moderne et contemporaine,* 1970, p. 953-983.

TABLE

AVANT-PROPOS DE LA SECONDE ÉDITION I

INTRODUCTION 7

1. LES DISCOURS SUR LA MALADIE 11

La maladie, avertissement et châtiment divin.................. 11
Les médecins, de Diafoirus aux hommes de sciences............ 18
Le savoir populaire 22

2. LA MEDECINE OFFICIELLE : FORMATION ET SAVOIRS.................... 27

Les facultés et les collèges de médecine 27
La diversité de la formation des chirurgiens 37
L'absence de formation théorique des sages-femmes et des apothicaires 46
Les progrès limités du savoir médical.................... 52

3. LA MEDECINE OFFICIELLE : L'ART DE GUERIR.................... 59

Le diagnostic 59
Saignare, purgare et clysterium donare 62
Simples, thériaque et quinquina 67
La chirurgie 76
Cures thermales et hôpitaux 79
Les médecins, les chirurgiens et leur clientèle 85

4. LA MEDECINE PARALLELE : EMPIRIQUES, CONJUREURS, SAINTS GUERISSEURS 93

Empiriques et guérisseurs 93
Sorciers et conjureurs 103
Saints guérisseurs.................... 113
Pèlerinages thérapeutiques 116

5. LES MAUX QUOTIDIENS, DU BERCEAU A LA TOMBE 129

Naissance, enfance et adolescence 130
Maux d'adultes 136
Les facteurs de la morbidité : hygiène et alimentation 143
La vieillesse 152

6. LES GRANDS FLEAUX EPIDEMIQUES ET L'INTERVENTION DES AUTORITES 155

La peste 156
Les autres maladies épidémiques 168
Des « remèdes du roi » à la Société royale de médecine 171
L'épidémie de dysenterie de 1779 175

CONCLUSION 183

Notes 189
Lexique 193
Bibliographie 199

MAURY-EUROLIVRES S.A. À MANCHECOURT
DÉPÔT LÉGAL : MARS 1995 - N° 23210 (95/02/M5984)

Collection Points

SÉRIE HISTOIRE

H1. Histoire d'une démocratie : Athènes
Des origines à la conquête macédonienne
par Claude Mossé
H2. Histoire de la pensée européenne
1. L'éveil intellectuel de l'Europe du IXe au XIIe siècle
par Philippe Wolff
H3. Histoire des populations françaises et de leurs attitudes devant la vie depuis le XVIIIe siècle
par Philippe Ariès
H4. Venise, portrait historique d'une cité
par Philippe Braunstein et Robert Delort
H5. Les Troubadours, *par Henri-Irénée Marrou*
H6. La Révolution industrielle (1770-1880)
par Jean-Pierre Rioux
H7. Histoire de la pensée européenne
4. Le siècle des Lumières
par Norman Hampson
H8. Histoire de la pensée européenne
3. Des humanistes aux hommes de science
par Robert Mandrou
H9. Histoire du Japon et des Japonais
1. Des origines à 1945, *par Edwin O. Reischauer*
H10. Histoire du Japon et des Japonais
2. De 1945 à 1970, *par Edwin O. Reischauer*
H11. Les Causes de la Première Guerre mondiale
par Jacques Droz
H12. Introduction à l'histoire de notre temps
L'Ancien Régime et la Révolution
par René Rémond
H13. Introduction à l'histoire de notre temps
Le XIXe siècle, *par René Rémond*
H14. Introduction à l'histoire de notre temps
Le XXe siècle, *par René Rémond*
H15. Photographie et Société, *par Gisèle Freund*
H16. La France de Vichy (1940-1944)
par Robert O. Paxton
H17. Société et Civilisation russes au XIXe siècle
par Constantin de Grunwald
H18. La Tragédie de Cronstadt (1921), *par Paul Avrich*
H19. La Révolution industrielle du Moyen Age
par Jean Gimpel
H20. L'Enfant et la Vie familiale sous l'Ancien Régime
par Philippe Ariès
H21. De la connaissance historique
par Henri-Irénée Marrou

H22. André Malraux, une vie dans le siècle
par Jean Lacouture
H23. Le Rapport Khrouchtchev et son histoire
par Branko Lazitch
H24 Le Mouvement paysan chinois (1840-1949)
par Jean Chesneaux
H25. Les Misérables dans l'Occident médiéval
par Jean-Louis Goglin
H26. La Gauche en France depuis 1900
par Jean Touchard
H27. Histoire de l'Italie du Risorgimento à nos jours
par Sergio Romano
H28. Genèse médiévale de la France moderne, XIVe-XVe siècle
par Michel Mollat
H29. Décadence romaine ou Antiquité tardive, IIIe-VIe siècle
par Henri-Irénée Marrou
H30. Carthage ou l'Empire de la mer, *par François Decret*
H31. Essais sur l'histoire de la mort en Occident
du Moyen Age à nos jours, *par Philippe Ariès*
H32. Le Gaullisme (1940-1969), *par Jean Touchard*
H33. Grenadou, paysan français
par Ephraïm Grenadou et Alain Prévost
H34. Piété baroque et Déchristianisation en Provence
au XVIIIe siècle, *par Michel Vovelle*
H35. Histoire générale de l'Empire romain
1. Le Haut-Empire, *par Paul Petit*
H36. Histoire générale de l'Empire romain
2. La crise de l'Empire, *par Paul Petit*
H37. Histoire générale de l'Empire romain
3. Le Bas-Empire, *par Paul Petit*
H38. Pour en finir avec le Moyen Age
par Régine Pernoud
H39. La Question nazie, *par Pierre Ayçoberry*
H40. Comment on écrit l'histoire, *par Paul Veyne*
H41. Les Sans-culottes, *par Albert Soboul*
H42. Léon Blum, *par Jean Lacouture*
H43. Les Collaborateurs (1940-1945), *par Pascal Ory*
H44. Le Fascisme italien (1919-1945)
par Pierre Milza et Serge Berstein
H45. Comprendre la révolution russe, *par Martin Malia*
H46. Histoire de la pensée européenne
6. L'ère des masses, *par Michaël D. Biddiss*
H47. Naissance de la famille moderne, *par Edward Shorter*
H48. Le Mythe de la procréation à l'âge baroque
par Pierre Darmon
H49. Histoire de la bourgeoisie en France
1. Des origines aux Temps modernes
par Régine Pernoud
H50. Histoire de la bourgeoisie en France
2. Les Temps modernes, *par Régine Pernoud*

H51. Histoire des passions françaises (1848-1945)
1. Ambition et amour, *par Theodore Zeldin*
H52. Histoire des passions françaises (1848-1945)
2. Orgueil et intelligence, *par Theodore Zeldin* (épuisé)
H53. Histoire des passions françaises (1848-1945)
3. Goût et corruption, *par Theodore Zeldin*
H54 Histoire des passions françaises (1848-1945)
4. Colère et politique, *par Theodore Zeldin*
H55. Histoire des passions françaises (1848-1945)
5. Anxiété et hypocrisie, *par Theodore Zeldin*
H56. Histoire de l'éducation dans l'Antiquité
1. Le monde grec, *par Henri-Irénée Marrou*
H57. Histoire de l'éducation dans l'Antiquité
2. Le monde romain, *par Henri-Irénée Marrou*
H58. La Faillite du Cartel, 1924-1926
(Leçon d'histoire pour une gauche au pouvoir)
par Jean-Noël Jeanneney
H59. Les Porteurs de valises
par Hervé Hamon et Patrick Rotman
H60. Histoire de la guerre d'Algérie, 1954-1962
par Bernard Droz et Évelyne Lever
H61. Les Occidentaux, *par Alfred Grosser*
H62. La Vie au Moyen Age, *par Robert Delort*
H63. Politique étrangère de la France
(La Décadence, 1932-1939)
par Jean-Baptiste Duroselle
H64. Histoire de la guerre froide
1. De la révolution d'Octobre à la guerre de Corée, 1917-1950
par André Fontaine
H65. Histoire de la guerre froide
2. De la guerre de Corée à la crise des alliances,1950-1963
par André Fontaine
H66. Les Incas, *par Alfred Métraux*
H67. Les Écoles historiques, *par Guy Bourdé et Hervé Martin*
H68. Le Nationalisme français, 1871-1914, *par Raoul Girardet*
H69. La Droite révolutionnaire, 1885-1914
par Zeev Sternhell
H70. L'Argent caché, *par Jean-Noël Jeanneney*
H71. Histoire économique de la France du XVIIIe siècle à nos jours
1. De l'Ancien Régime à la Première Guerre mondiale
par Jean-Charles Asselain
H72. Histoire économique de la France du XVIIIe siècle à nos jours
2. De 1919 à la fin des années 1970
par Jean-Charles Asselain
H73. La Vie politique sous la IIIe République
par Jean-Marie Mayeur
H74. La Grèce archaïque d'Homère à Eschyle
par Claude Mossé
H75. Histoire de la « détente », 1962-1981
par André Fontaine

H76. Études sur la France de 1939 à nos jours
par la revue « L'Histoire »
H77. L'Afrique au XXe siècle, *par Elikia M'Bokolo*
H78. Les Intellectuels au Moyen Age, *par Jacques Le Goff*
H79. Fernand Pelloutier, *par Jacques Julliard*
H80. L'Église des premiers temps, *par Jean Daniélou*
H81. L'Église de l'Antiquité tardive
par Henri-Irénée Marrou
H82. L'Homme devant la mort
1. Le temps des gisants, *par Philippe Ariès*
H83. L'Homme devant la mort
2. La mort ensauvagée, *par Philippe Ariès*
H84. Le Tribunal de l'impuissance, *par Pierre Darmon*
H85. Histoire générale du XXe siècle
1. Jusqu'en 1949. Déclins européens
par Bernard Droz et Anthony Rowley
H86. Histoire générale du XXe siècle
2. Jusqu'en 1949. La naissance du monde contemporain
par Bernard Droz et Anthony Rowley
H87. La Grèce ancienne, *par la revue « L'Histoire »*
H88. Les Ouvriers dans la société française
par Gérard Noiriel
H89. Les Américains de 1607 à nos jours
1. Naissance et essor des États-Unis, 1607 à 1945
par André Kaspi
H90. Les Américains de 1607 à nos jours
2. Les États-Unis de 1945 à nos jours, *par André Kaspi*
H91. Le Sexe et l'Occident, *par Jean-Louis Flandrin*
H92. Le Propre et le Sale, *par Georges Vigarello*
H93. La Guerre d'Indochine, 1945-1954
par Jacques Dalloz
H94. L'Édit de Nantes et sa révocation
par Janine Garrisson
H95. Les Chambres à gaz, secret d'État
par Eugen Kogon, Hermann Langbein et Adalbert Rückerl
H96. Histoire générale du XXe siècle
3. Depuis 1950. Expansion et indépendance (1950-1973)
par Bernard Droz et Anthony Rowley
H97. La Fièvre hexagonale, 1871-1968, *par Michel Winock*
H98. La Révolution en questions, *par Jacques Solé*
H99. Les Byzantins, *par Alain Ducellier*
H100. Les Croisades, *par la revue « L'Histoire »*
H101. La Chute de la monarchie (1787-1792), *par Michel Vovelle*
H102. La République jacobine (10 août 1792 - 9 Thermidor an II)
par Marc Bouloiseau
H103. La République bourgeoise
(de Thermidor à Brumaire, 1794-1799)
par Denis Woronoff
H104. La France napoléonienne (1799-1815)
1. Aspects intérieurs, *par Louis Bergeron*

H105. La France napoléonienne (1799-1815)
2. Aspects extérieurs, *par Roger Dufraisse* (à paraître)
H106. La France des notables (1815-1848)
1. L'évolution générale
par André Jardin et André-Jean Tudesq
H107. La France des notables (1815-1848)
2. La vie de la nation
par André Jardin et André-Jean Tudesq
H108. 1848 ou l'Apprentissage de la République (1848-1852)
par Maurice Agulhon
H109. De la fête impériale au mur des fédérés (1852-1871)
par Alain Plessis
H110. Les Débuts de la Troisième République (1871-1898)
par Jean-Marie Mayeur
H111. La République radicale ? (1898-1914)
par Madeleine Rebérioux
H112. Victoire et Frustrations (1914-1929)
par Jean-Jacques Becker et Serge Berstein
H113. La Crise des années 30 (1929-1938)
par Dominique Borne et Henri Dubief
H114. De Munich à la Libération (1938-1944)
par Jean-Pierre Azéma
H115. La France de la Quatrième République (1944-1958)
1. L'ardeur et la nécessité (1944-1952)
par Jean-Pierre Rioux
H116. La France de la Quatrième République (1944-1958)
2. L'expansion et l'impuissance (1952-1958)
par Jean-Pierre Rioux
H117. La France de l'expansion (1958-1974)
1. La République gaullienne (1958-1969)
par Serge Berstein
H118. La France de l'expansion (1958-1974)
2. Croissance et crise (1969-1974)
par Serge Berstein et Jean-Pierre Rioux (à paraître)
H119. La France de 1974 à nos jours
par Jean-Jacques Becker (à paraître)
H120. La France du XXe siècle (Documents d'histoire)
présentés par Olivier Wieviorka et Christophe Prochasson
H121. Les Paysans dans la société française
par Annie Moulin
H122. Portrait historique de Christophe Colomb
par Marianne Mahn-Lot
H123. Vie et Mort de l'ordre du Temple, *par Alain Demurger*
H124. La Guerre d'Espagne, *par Guy Hermet*
H125. Histoire de France, *sous la direction de Jean Carpentier et François Lebrun*
H126. Empire colonial et Capitalisme français
par Jacques Marseille
H127. Genèse culturelle de l'Europe (Ve-VIIIe siècle)
par Michel Banniard

H128. Les Années trente, *par la revue « L'Histoire »*
H129. Mythes et Mythologies politiques, *par Raoul Girardet*
H130. La France de l'an Mil, *collectif*
H131. Nationalisme, Antisémitisme et Fascisme en France
par Michel Winock
H132. De Gaulle 1. Le rebelle (1890-1944)
par Jean Lacouture
H133. De Gaulle 2. Le politique (1944-1959)
par Jean Lacouture
H134. De Gaulle 3. Le souverain (1959-1970)
par Jean Lacouture
H135. Le Syndrome de Vichy, *par Henri Rousso*
H136. Chronique des années soixante, *par Michel Winock*
H137. La Société anglaise, *par François Bédarida*
H138. L'Abîme 1939-1944. La politique étrangère de la France
par Jean-Baptiste Duroselle
H139. La Culture des apparences, *par Daniel Roche*
H140. Amour et Sexualité en Occident, *par la revue « L'Histoire »*
H141. Le Corps féminin, *par Philippe Perrot*
H142. Les Galériens, *par André Zysberg*
H143. Histoire de l'antisémitisme 1. L'âge de la foi
par Léon Poliakov
H144. Histoire de l'antisémitisme 2. L'âge de la science
par Léon Poliakov
H145. L'Épuration française (1944-1949), *par Peter Novick*
H146. L'Amérique latine au XXᵉ siècle (1889-1929)
par Leslie Manigat
H147. Les Fascismes, *par Pierre Milza*
H148. Histoire sociale de la France au XIXᵉ siècle
par Christophe Charle
H149. L'Allemagne de Hitler, *par la revue « L'Histoire »*
H150. Les Révolutions d'Amérique latine
par Pierre Vayssière
H151. Le Capitalisme « sauvage » aux États-Unis (1860-1900)
par Marianne Debouzy
H152. Concordances des temps, *par Jean-Noël Jeanneney*
H153. Diplomatie et Outil militaire
par Jean Doise et Maurice Vaïsse
H154. Histoire des démocraties populaires
1. L'ère de Staline, *par François Fejtö*
H155. Histoire des démocraties populaires
2. Après Staline, *par François Fejtö*
H156. La Vie fragile, *par Arlette Farge*
H157. Histoire de l'Europe, *sous la direction de Jean Carpentier et François Lebrun*
H158. L'État SS, *par Eugen Kogon*
H159. L'Aventure de l'Encyclopédie, *par Robert Darnton*
H160. Histoire générale du XXᵉ siècle
4. Crises et mutations de 1973 à nos jours
par Bernard Droz et Anthony Rowley

H161. Le Creuset français, *par Gérard Noiriel*
H162. Le Socialisme en France et en Europe, XIXe-XXe siècle
par Michel Winock
H163. 14-18 : Mourir pour la patrie, *par la revue « L'Histoire »*
H164. La Guerre de Cent Ans vue par ceux qui l'ont vécue
par Michel Mollat du Jourdin
H165. L'École, l'Église et la République, *par Mona Ozouf*
H166. Histoire de la France rurale
1. La formation des campagnes françaises
(des origines à 1340)
sous la direction de Georges Duby et Armand Wallon
H167. Histoire de la France rurale
2. L'âge classique des paysans (de 1340 à 1789)
sous la direction de Georges Duby et Armand Wallon
H168. Histoire de la France rurale
3. Apogée et crise de la civilisation paysanne
(de 1789 à 1914)
sous la direction de Georges Duby et Armand Wallon
H169. Histoire de la France rurale
4. La fin de la France paysanne (depuis 1914)
sous la direction de Georges Duby et Armand Wallon
H170. Initiation à l'Orient ancien, *par la revue « L'Histoire »*
H171. La Vie élégante, *par Anne Martin-Fugier*
H172. L'État en France de 1789 à nos jours
par Pierre Rosanvallon
H173. Requiem pour un empire défunt, *par François Fejtö*
H174. Les animaux ont une histoire, *par Robert Delort*
H175. Histoire des peuples arabes, *par Albert Hourani*
H176. Paris, histoire d'une ville, *par Bernard Marchand*
H177. Le Japon au XXe siècle, *par Jacques Gravereau*
H178. L'Algérie des Français, *par la revue « L'Histoire »*
H179. L'URSS de la Révolution à la mort de Staline, 1917-1953
par Hélène Carrère d'Encausse
H180. Histoire médiévale de la Péninsule ibérique
par Adeline Rucquoi
H181. Les Fous de la République, *par Pierre Birnbaum*
H182. Introduction à la préhistoire, *par Gabriel Camps*
H183. L'Homme médiéval
collectif sous la direction de Jacques Le Goff
H184. La Spiritualité du Moyen Age occidental (VIIIe-XIIIe siècle)
par André Vauchez
H185. Moines et Religieux au Moyen Age
par la revue « L'Histoire »
H186. Histoire de l'extrême droite en France, *ouvrage collectif*
H187. Le Temps de la guerre froide, *par la revue « L'Histoire »*
H188. La Chine, tome 1 (1949-1971)
par Jean-Luc Domenach et Philippe Richer
H189. La Chine, tome 2 (1971-1994)
par Jean-Luc Domenach et Philippe Richer
H190. Hitler et les Juifs, *par Philippe Burrin*

H192. La Mésopotamie, *par Georges Roux*
H193. Se soigner autrefois, *par François Lebrun*
H194. Familles, *par Jean-Louis Flandrin*

H201. Les Origines franques (Vᵉ-IXᵉ siècle), *par Stéphane Lebecq*
H202. L'Héritage des Charles (de la mort de Charlemagne aux environs de l'an mil), *par Laurent Theis*
H203. L'Ordre seigneurial (XIᵉ-XIIᵉ siècle) *par Dominique Barthélemy*
H204. Temps d'équilibres, Temps de ruptures *par Monique Bourin-Derruau*
H205. Temps de crises, Temps d'espoirs, *par Alain Demurger*
H206. La France et l'Occident médiéval de Charlemagne à Charles VIII *par Robert Delort* (à paraître)
H207. Royauté, Renaissance et Réforme (1483-1559) *par Janine Garrisson*
H208. Guerre civile et Compromis (1559-1598) *par Janine Garrisson*
H209. La Naissance dramatique de l'absolutisme (1598-1661) *par Yves-Marie Bercé*
H210. La Puissance et la Guerre (1661-1715) *par André Zysberg* (à paraître)
H211. L'État et les Lumières (1715-1783) *par André Zysberg* (à paraître)

Collection Points

SÉRIE ESSAIS

DERNIERS TITRES PARUS

80. Le Macroscope, *par Joël de Rosnay*
81. Délivrance, *par Maurice Clavel et Philippe Sollers*
82. Système de la peinture, *par Marcelin Pleynet*
83. Pour comprendre les média, *par M. McLuhan*
84. L'Invasion pharmaceutique
par Jean-Pierre Dupuy et Serge Karsenty
85. Huit Questions de poétique, *par Roman Jakobson*
86. Lectures du désir, *par Raymond Jean*
87. Le Traître, *par André Gorz*
88. Psychiatrie et Antipsychiatrie, *par David Cooper*
89. La Dimension cachée, *par Edward T. Hall*
90. Les Vivants et la Mort, *par Jean Ziegler*
91. L'Unité de l'homme, *par le Centre Royaumont*
1. Le primate et l'homme
par E. Morin et M. Piattelli-Palmarini
92. L'Unité de l'homme, *par le Centre Royaumont*
2. Le cerveau humain
par E. Morin et M. Piattelli-Palmarini
93. L'Unité de l'homme, *par le Centre Royaumont*
3. Pour une anthropologie fondamentale
par E. Morin et M. Piattelli-Palmarini
94. Pensées, *par Blaise Pascal*
95. L'Exil intérieur, *par Roland Jaccard*
96. Semeiotiké, recherches pour une sémanalyse
par Julia Kristeva
97. Sur Racine, *par Roland Barthes*
98. Structures syntaxiques, *par Noam Chomsky*
99. Le Psychiatre, son « fou » et la psychanalyse
par Maud Mannoni
100. L'Écriture et la Différence, *par Jacques Derrida*
101. Le Pouvoir africain, *par Jean Ziegler*
102. Une logique de la communication
par P. Watzlawick, J. Helmick Beavin, Don D. Jackson
103. Sémantique de la poésie, *par T. Todorov, W. Empson*
J. Cohen, G. Hartman, F. Rigolot
104. De la France, *par Maria-Antonietta Macciocchi*
105. Small is beautiful, *par E. F. Schumacher*
106. Figures II, *par Gérard Genette*
107. L'Œuvre ouverte, *par Umberto Eco*
108. L'Urbanisme, *par Françoise Choay*
109. Le Paradigme perdu, *par Edgar Morin*
110. Dictionnaire encyclopédique des sciences du langage
par Oswald Ducrot et Tzvetan Todorov

111. L'Évangile au risque de la psychanalyse, tome 1
par Françoise Dolto
112. Un enfant dans l'asile, *par Jean Sandretto*
113. Recherche de Proust, *ouvrage collectif*
114. La Question homosexuelle
par Marc Oraison
115. De la psychose paranoïaque dans ses rapports avec la personnalité, *par Jacques Lacan*
116. Sade, Fourier, Loyola, *par Roland Barthes*
117. Une société sans école, *par Ivan Illich*
118. Mauvaises Pensées d'un travailleur social
par Jean-Marie Geng
119. Albert Camus, *par Herbert R. Lottman*
120. Poétique de la prose, *par Tzvetan Todorov*
121. Théorie d'ensemble, *par Tel Quel*
122. Némésis médicale, *par Ivan Illich*
123. La Méthode
1. La nature de la nature, *par Edgar Morin*
124. Le Désir et la Perversion, *ouvrage collectif*
125. Le Langage, cet inconnu, *par Julia Kristeva*
126. On tue un enfant, *par Serge Leclaire*
127. Essais critiques, *par Roland Barthes*
128. Le Je-ne-sais-quoi et le Presque-rien
1. La manière et l'occasion, *par Vladimir Jankélévitch*
129. L'Analyse structurale du récit, Communications 8
ouvrage collectif
130. Changements, Paradoxes et Psychothérapie
par P. Watzlawick, J. Weakland et R. Fisch
131. Onze Études sur la poésie moderne
par Jean-Pierre Richard
132. L'Enfant arriéré et sa mère, *par Maud Mannoni*
133. La Prairie perdue (Le Roman américain)
par Jacques Cabau
134. Le Je-ne-sais-quoi et le Presque-rien
2. La méconnaissance, *par Vladimir Jankélévitch*
135. Le Plaisir du texte, *par Roland Barthes*
136. La Nouvelle Communication, *ouvrage collectif*
137. Le Vif du sujet, *par Edgar Morin*
138. Théories du langage, Théories de l'apprentissage
par le Centre Royaumont
139. Baudelaire, la Femme et Dieu, *par Pierre Emmanuel*
140. Autisme et Psychose de l'enfant, *par Frances Tustin*
141. Le Harem et les Cousins, *par Germaine Tillion*
142. Littérature et Réalité, *ouvrage collectif*
143. La Rumeur d'Orléans, *par Edgar Morin*
144. Partage des femmes, *par Eugénie Lemoine-Luccioni*
145. L'Évangile au risque de la psychanalyse, tome 2
par Françoise Dolto
146. Rhétorique générale, *par le Groupe μ*
147. Système de la mode, *par Roland Barthes*

148. Démasquer le réel, *par Serge Leclaire*
149. Le Juif imaginaire, *par Alain Finkielkraut*
150. Travail de Flaubert, *ouvrage collectif*
151. Journal de Californie, *par Edgar Morin*
152. Pouvoirs de l'horreur, *par Julia Kristeva*
153. Introduction à la philosophie de l'histoire de Hegel
par Jean Hyppolite
154. La Foi au risque de la psychanalyse
par Françoise Dolto et Gérard Sévérin
155. Un lieu pour vivre, *par Maud Mannoni*
156. Scandale de la vérité, *suivi de* Nous autres Français
par Georges Bernanos
157. Enquête sur les idées contemporaines
par Jean-Marie Domenach
158. L'Affaire Jésus, *par Henri Guillemin*
159. Paroles d'étranger, *par Élie Wiesel*
160. Le Langage silencieux, *par Edward T. Hall*
161. La Rive gauche, *par Herbert R. Lottman*
162. La Réalité de la réalité, *par Paul Watzlawick*
163. Les Chemins de la vie, *par Joël de Rosnay*
164. Dandies, *par Roger Kempf*
165. Histoire personnelle de la France, *par François George*
166. La Puissance et la Fragilité, *par Jean Hamburger*
167. Le Traité du sablier, *par Ernst Jünger*
168. Pensée de Rousseau, *ouvrage collectif*
169. La Violence du calme, *par Viviane Forrester*
170. Pour sortir du XXe siècle, *par Edgar Morin*
171. La Communication, Hermès I, *par Michel Serres*
172. Sexualités occidentales, Communications 35
ouvrage collectif
173. Lettre aux Anglais, *par Georges Bernanos*
174. La Révolution du langage poétique, *par Julia Kristeva*
175. La Méthode
2. La vie de la vie, *par Edgar Morin*
176. Théories du symbole, *par Tzvetan Todorov*
177. Mémoires d'un névropathe, *par Daniel Paul Schreber*
178. Les Indes, *par Édouard Glissant*
179. Clefs pour l'Imaginaire ou l'Autre Scène
par Octave Mannoni
180. La Sociologie des organisations, *par Philippe Bernoux*
181. Théorie des genres, *ouvrage collectif*
182. Le Je-ne-sais-quoi et le Presque-rien
3. La volonté de vouloir, *par Vladimir Jankélévitch*
183. Le Traité du rebelle, *par Ernst Jünger*
184. Un homme en trop, *par Claude Lefort*
185. Théâtres, *par Bernard Dort*
186. Le Langage du changement, *par Paul Watzlawick*
187. Lettre ouverte à Freud, *par Lou Andreas-Salomé*
188. La Notion de littérature, *par Tzvetan Todorov*
189. Choix de poèmes, *par Jean-Claude Renard*

190. Le Langage et son double, *par Julien Green*
191. Au-delà de la culture, *par Edward T. Hall*
192. Au jeu du désir, *par Françoise Dolto*
193. Le Cerveau planétaire, *par Joël de Rosnay*
194. Suite anglaise, *par Julien Green*
195. Michelet, *par Roland Barthes*
196. Hugo, *par Henri Guillemin*
197. Zola, *par Marc Bernard*
198. Apollinaire, *par Pascal Pia*
199. Paris, *par Julien Green*
200. Voltaire, *par René Pomeau*
201. Montesquieu, *par Jean Starobinski*
202. Anthologie de la peur, *par Éric Jourdan*
203. Le Paradoxe de la morale, *par Vladimir Jankélévitch*
204. Saint-Exupéry, *par Luc Estang*
205. Leçon, *par Roland Barthes*
206. François Mauriac
   1. Le sondeur d'abîmes (1885-1933), *par Jean Lacouture*
207. François Mauriac
   2. Un citoyen du siècle (1933-1970), *par Jean Lacouture*
208. Proust et le Monde sensible, *par Jean-Pierre Richard*
209. Nus, Féroces et Anthropophages, *par Hans Staden*
210. Œuvre poétique, *par Léopold Sédar Senghor*
211. Les Sociologies contemporaines, *par Pierre Ansart*
212. Le Nouveau Roman, *par Jean Ricardou*
213. Le Monde d'Ulysse, *par Moses I. Finley*
214. Les Enfants d'Athéna, *par Nicole Loraux*
215. La Grèce ancienne, tome 1
   par Jean-Pierre Vernant et Pierre Vidal-Naquet
216. Rhétorique de la poésie, *par le Groupe μ*
217. Le Séminaire. Livre XI, *par Jacques Lacan*
218. Don Juan ou Pavlov
   par Claude Bonnange et Chantal Thomas
219. L'Aventure sémiologique, *par Roland Barthes*
220. Séminaire de psychanalyse d'enfants, tome 1
   par Françoise Dolto
221. Séminaire de psychanalyse d'enfants, tome 2
   par Françoise Dolto
222. Séminaire de psychanalyse d'enfants
   tome 3, Inconscient et destins, *par Françoise Dolto*
223. État modeste, État moderne, *par Michel Crozier*
224. Vide et Plein, *par François Cheng*
225. Le Père : acte de naissance, *par Bernard This*
226. La Conquête de l'Amérique, *par Tzvetan Todorov*
227. Temps et Récit, tome 1, *par Paul Ricœur*
228. Temps et Récit, tome 2, *par Paul Ricœur*
229. Temps et Récit, tome 3, *par Paul Ricœur*
230. Essais sur l'individualisme, *par Louis Dumont*
231. Histoire de l'architecture et de l'urbanisme modernes
   1. Idéologies et pionniers (1800-1910), *par Michel Ragon*

232. Histoire de l'architecture et de l'urbanisme modernes
2. Naissance de la cité moderne (1900-1940)
par Michel Ragon
233. Histoire de l'architecture et de l'urbanisme modernes
3. De Brasilia au post-modernisme (1940-1991)
par Michel Ragon
234. La Grèce ancienne, tome 2
par Jean-Pierre Vernant et Pierre Vidal-Naquet
235. Quand dire, c'est faire, *par J. L. Austin*
236. La Méthode
3. La Connaissance de la Connaissance
par Edgar Morin
237. Pour comprendre *Hamlet*, *par John Dover Wilson*
238. Une place pour le père, *par Aldo Naouri*
239. L'Obvie et l'Obtus, *par Roland Barthes*
240. Mythe et Société en Grèce ancienne
par Jean-Pierre Vernant
241. L'Idéologie, *par Raymond Boudon*
242. L'Art de se persuader, *par Raymond Boudon*
243. La Crise de l'État-providence
par Pierre Rosanvallon
244. L'État, *par Georges Burdeau*
245. L'Homme qui prenait sa femme pour un chapeau
par Oliver Sacks
246. Les Grecs ont-ils cru à leurs mythes ?
par Paul Veyne
247. La Danse de la vie, *par Edward T. Hall*
248. L'Acteur et le Système
par Michel Crozier et Erhard Friedberg
249. Esthétique et Poétique, *collectif*
250. Nous et les Autres, *par Tzvetan Todorov*
251. L'Image inconsciente du corps, *par Françoise Dolto*
252. Van Gogh ou l'Enterrement dans les blés
par Viviane Forrester
253. George Sand ou le Scandale de la liberté
par Joseph Barry
254. Critique de la communication, *par Lucien Sfez*
255. Les Partis politiques, *par Maurice Duverger*
256. La Grèce ancienne, tome 3
par Jean-Pierre Vernant et Pierre Vidal-Naquet
257. Palimpsestes, *par Gérard Genette*
258. Le Bruissement de la langue, *par Roland Barthes*
259. Relations internationales
1. Questions régionales, *par Philippe Moreau Defarges*
260. Relations internationales
2. Questions mondiales, *par Philippe Moreau Defarges*
261. Voici le temps du monde fini, *par Albert Jacquard*
262. Les Anciens Grecs, *par Moses I. Finley*
263. L'Éveil, *par Oliver Sacks*
264. La Vie politique en France, *ouvrage collectif*

265. La Dissémination, *par Jacques Derrida*
266. Un enfant psychotique, *par Anny Cordié*
267. La Culture au pluriel, *par Michel de Certeau*
268. La Logique de l'honneur, *par Philippe d'Iribarne*
269. Bloc-notes, tome 1 (1952-1957), *par François Mauriac*
270. Bloc-notes, tome 2 (1958-1960), *par François Mauriac*
271. Bloc-notes, tome 3 (1961-1964), *par François Mauriac*
272. Bloc-notes, tome 4 (1965-1967), *par François Mauriac*
273. Bloc-notes, tome 5 (1968-1970), *par François Mauriac*
274. Face au racisme
1. Les moyens d'agir
sous la direction de Pierre-André Taguieff
275. Face au racisme
2. Analyses, hypothèses, perspectives
sous la direction de Pierre-André Taguieff
276. Sociologie, *par Edgar Morin*
277. Les Sommets de l'État, *par Pierre Birnbaum*
278. Lire aux éclats, *par Marc-Alain Ouaknin*
279. L'Entreprise à l'écoute, *par Michel Crozier*
280. Nouveau Code pénal
présentation et notes de Me Henri Leclerc
281. La Prise de parole, *par Michel de Certeau*
282. Mahomet, *par Maxime Rodinson*
283. Autocritique, *par Edgar Morin*
284. Être chrétien, *par Hans Küng*
285. A quoi rêvent les années 90 ?, *par Pascale Weil*
286. La Laïcité française, *par Jean Boussinesq*
287. L'Invention du social, *par Jacques Donzelot*
288. L'Union européenne, *par Pascal Fontaine*
289. La Société contre nature, *par Serge Moscovici*
290. Les Régimes politiques occidentaux
par Jean-Louis Quermonne
291. Éducation impossible, *par Maud Mannoni*
292. Introduction à la géopolitique
par Philippe Moreau Defarges
293. Les Grandes Crises internationales et le Droit
par Gilbert Guillaume
294. Les Langues du Paradis, *par Maurice Olender*
295. Face à l'extrême, *par Tzvetan Todorov*
296. Écrits logiques et philosophiques, *par Gottlob Frege*
297. Recherches rhétoriques, Communications 16
ouvrage collectif
298. De l'interprétation, *par Paul Ricœur*
299. De la parole comme d'une molécule, *par Boris Cyrulnik*
300. Introduction à une science du langage
par Jean-Claude Milner
301. Les Juifs, la Mémoire et le Présent, *par Pierre Vidal-Naquet*
302. Les Assassins de la mémoire, *par Pierre Vidal-Naquet*
303. La Méthode
4. Les idées, *par Edgar Morin*